KB232190

청명
清明

청명절에 비 어지럽게 내리니

길 가는 나그네는 시름겨워지네

술집이 어디 있는가 물으니

목동이 멀리 살구꽃 핀 마을을 가리키네

清明時節雨紛紛
路上行人欲斷魂
借問酒家何處有
牧童遙指杏花村

無敵多家 6

신독 新무협 판타지 소설

초판 1쇄 찍은 날 § 2005년 5월 13일
초판 1쇄 펴낸 날 § 2005년 5월 23일

지은이 § 신독
펴낸이 § 서경석

편집장 § 문혜영
편집책임 § 유경화
편집 § 김민정

펴낸곳 § 도서출판 청어람
등록번호 § 제1081-1-89호
등록일자 § 1999. 5. 31
어람번호 § 제2-0597호

주소 § 경기도 부천시 원미구 심곡1동 350-1 남성B/D 3F (우) 420-011
전화 § 032-656-4452 팩스 § 032-656-4453
http://www.chungeoram.com
E-mail § eoram99@chollian.net

ⓒ 신독, 2004

ISBN 89-5831-544-X 04810
ISBN 89-5831-315-3 (SET)

※ 파본은 본사나 구입하신 서점에서 교환하여 드립니다.
※ 저자와 협의하여 인지를 붙이지 않습니다.

무적다가 無敵多家

6

대기(大器)

완결

신독 新무협 판타지 소설

Fantastic Oriental Heroes

도서출판
청어람

|목차|

제43장 개봉적룡(開封赤龍)

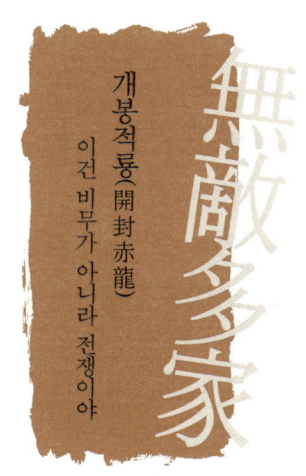

無敵多家

개봉적룡(開封赤龍)

이건 비무가 아니라 전쟁이야

자신의

말을 듣자마자 바로 앞에서 그 말을 듣고 있던 자가 침을 튀기며 웃음을 터뜨린다면 어떤 기분이 들까?

아무리 성격이 좋은 사람이라도 별로 즐겁진 않을 것이다. 그 웃음소리가 높고도 청량해 무척이나 듣기 좋을지라도 말이다. 물론, 지극히 인내심이 깊고 수양이 대단하거나 속내를 드러내기 싫어하는 사람이라면 아무렇지도 않은 듯 내숭을 떨지도 모르지만.

그러나 양괴 공철은 수양이 깊은 편도 아니었고 의뭉을 떠는 성격도 아니었다. 공철은 자신의 기분을 참으로 솔직하게 표현하는 그런 이가 아니던가.

그래서 공철은 불쾌한 표정을 한껏 드러낸 채 딱딱하게 굳은 얼굴로 벽호단주 맹사달에게 물었다.

"내 말이 웃긴가?"

딱딱 끊어지는 공철의 말투는 '나, 성질 더러운 늙은이야. 지금 굉장히 기분 나빠'라는 본심을 유감없이 전달해 주었다.

공철의 면전에서 대놓고 웃음을 터뜨렸던 벽호단주 맹사달은 당황한 표정으로 황급히 손사래를 쳤다.

"설마 양괴 선배를 모욕할 생각이었겠습니까? 오랜만에 흉금을 드러내도 상관없는 분들을 만난 터라 제가 그만 결례를 범했습니다. 혜량해 주십시오."

웃는 낯을 대하면서도 한 점 망설임 없이 가래침을 날릴 수 있는 비정한 인간이 바로 양괴 공철이었지만, 이제는 가주가 된 진파의 체면을 생각할 정도는 나이를 먹은 터였다. 하지만 부르르 볼을 떠는 것이 그리 편한 심사만은 아닌 듯 보였다.

"웃은 이유나 들어보지."

가까스로 평정을 가장한 채 대꾸하는 공철을 보며 진파는 피식 웃음을 지었다. 그러나 진파도 맹사달이 어이없다는 듯 웃음을 터뜨린 이유가 궁금한 건 마찬가지였다. 창룡단과 벽호단을 새 식구로 맞이했으니 적룡단과 혁호단도 손쉽게 한 식구가 되지 않겠냐는 극히 의례적인 말에 맹사달이 돌연 커다란 웃음을 터뜨렸기 때문이다.

맹사달은 여전히 사람 좋아 보이는 웃음을 흘리며 탁자에 비잉 둘러앉은 진파 일행을 한 명 한 명 바라보았다. 마지막으로 진파에게 고정된 맹사달의 시선엔 의아함이 담겨 있어 오히려 진파를 궁금하게 했다.

"나도 궁금하군요."

진파의 말에 드디어 맹사달이 입을 열었다. 그의 얼굴엔 여전히 어이없다는 빛이 담겨 있었다.

"정말 잠룡단에 대해 아시는 건 연락을 취할 장소와 방법밖에 없소이까?"

"말씀드린 대룝니다. 그것밖엔 모르죠."

"허어. 양괴 선배의 말에 너무 어이가 없어 웃긴 했지만 정말들 모르시는군요. 이해할 수 없는 일입니다그려."

쾅!

드디어 공철이 성질을 참지 못하고 탁자를 두드렸다.

"그러니까 웃은 이유가 뭐냐구!"

맹사달은 여전히 웃음을 띤 채 공철에게 시선을 돌렸다.

"산동에 있다는 이유도 있지만 창룡단과 우리 벽호단은 계속 꾸준히 교류를 하고 있습니다. 하지만 적룡단과 혁호단과는 그렇지 않지요. 그 이유를 아십니까?"

"몰라! 모르니까 묻잖아! 돌려 말하지 말고 빨리 웃은 이유나 말하라니까!"

공철의 목소리가 높아지자 진파는 살짝 주의를 주었다.

"할배, 맹 단주는 산동표국의 국주시기도 해. 너무 막말을 하는 건 실례가 아닐까."

"아니, 가주! 지금 내 편이 아니라 벽호단주 편을 드는 거요? 잠룡단주들과 내 지위는 비슷하외다!"

"이게 누구 편들 일이야? 나도 궁금한 건 마찬가지야. 할배 때문에 이유 듣는 게 더 늦어지잖아."

"가주!"

진파는 더 이상 공철을 상대하지 않고 재빨리 맹사달에게 시선을 돌렸다.

"맹 단주, 이해하시오. 우리 할배가 사람은 나쁜 편이 아닌데 가끔 성질을 부려요. 이유나 들어봅시다."

벌떡 일어서려는 공철의 허벅지를 누른 건 손일연이었고, 허리를 안은 건 철정이었다. 이미 수차례 손발을 맞춘지라 딱딱 맞아떨어지는 두 사람의 육탄 공세 때문인지 아니면 진파에게 정말 삐치기라도 했는지 공철은 몇 차례 콧김을 콩콩 내뿜더니 아예 고개를 돌려 버렸다.

맹사달은 웃으며 고개를 끄덕였다.

"격의가 없어 보이니 참 좋은 주종 간입니다. 부럽군요."

빙긋 웃음을 지어 보인 맹사달은 그가 웃은 진짜 이유에 대해 조금은 심각한 안색으로 털어놓았다.

"창룡단과 우리 벽호단은 군이 분류하자면 정파라 할 수 있소이다. 하지만 적룡단과 혁호단은 전혀 다르지요. 그들은 명백한 흑도를 표방하는 단체니까요. 창룡단과 본단만큼 쉽게 복속시킬 수는 없을 거외다."

"흑도요?"

워낙 뜻밖의 말이었기에 진파는 맹사달의 말을 끊을 수밖에 없었다. 그런 진파의 반응이 당연하다는 듯 맹사달은 고개를 끄덕였다.

"그렇습니다. 하남은 예로부터 흑도무림의 본거지라 할 수 있는 곳이었소이다. 오래전부터 도시가 발달했고 거주자가 많다 보니 자연 이권을 따라 움직이는 흑도무림이 번성했지요. 적룡단은 하남흑도를 좌지우지할 수 있는 세력이고, 혁호단은 그들의 자금줄이라고 할 수 있습니다. 한쪽은 무력을, 한쪽은 돈과 정보를 움켜쥐고 있다는 면에선 창룡단과 우리 벽호단의 관계와 비슷합니다."

진파는 고개를 갸웃거렸다. 무적다가의 잠룡단 중 두 곳이 흑도에 연원을 두었다는 건 그에게도 뜻밖이었기에. 진파는 고개를 돌려 공철에게 물었다.

"할배, 적룡단과 연락하는 곳이 개봉이었지?"

"맞소."

공철은 기분이 아직 풀리지 않았는지 아주 짧은 대답만 들려주었다. 그건 평소의 공철답지 않은 일이었고 진파는 공철의 기분을 돌릴 방법을 잘 알고 있었다. 진파는 웃음을 참으며 부드럽게 묻기 시작했다.

"혁호단은?"

"낙양이오."

"할배도 들은 적 없어? 적룡단과 혁호단이 흑도 세력이라는 거 말야."

"없수다."

"그럼 왜라고 생각해? 잠룡단 중 두 곳이 흑도인 이유는 뭘까?"

공철은 진파가 자신에게 자문을 구하자 본연의 임무를 맡았다는 듯 얼굴 표정이 풀어지기 시작했다. 슬며시 미소를 떠올리더니 점잖게 수염을 쓸어 내렸다. 조금 전까지 삐친 게 분명했던 노인네가 아니라 장중한 분위기를 물씬 내뿜으면서. 진파의 입가에 살짝 미소가 스친 것은 물론이다.

"험험. 내 짐작이 가는 바가 있소."

"역시 할배야. 얼른 말해 줘. 모두 궁금해하잖아."

공철은 몇 차례 더 헛기침을 한 후, 좌중을 쓸어보며 천천히 입을 열었다.

"나는 역시 무적다가다운 처사라는 생각이 드오."

"어떤 면에서 말입니까?"

맹사달이 상체를 앞으로 내밀자 공철의 고개가 한층 더 뻣뻣하게 일어섰다. 헛기침이 좀 더 짙어졌다.

"험! 먼저 가주께 묻겠소이다. 가주는 내가 정파 출신이라고 생각하오?"

"괴(怪)라는 별호가 붙었으니 정파는 아니었겠지. 그렇다고 할배가 사파 출신인 건 아니잖아. 할배 말대로 자유롭게 살았을 뿐이잖아?"

공철은 진파의 말이 마음에 든 듯 흡족한 웃음을 지었다. 손일연의 얼굴에도 엷은 웃음이 떠올라 있었다.

"맞소. 하지만 머리가 굳은 완고한 놈들은 우릴 사파로 분류하기도 한다오."

공철은 좌중을 둘러보며 천천히 자신의 생각을 전하기 시작했다.

"무적다가는 중원의 평화를 위해 존재하는 곳이지 백도무림의 대표가 아니외다. 그런 의미에서 잠룡단 중 두 곳이 백도 출신이고, 두 곳이 흑도 출신인 건 참으로 무적다가다운 선택이라 할 수 있소이다. 주인도 우리 부부를 정파 출신이 아니라는 이유로 박대한 적은 없소이다. 정사(正邪)의 구분은 때로 무용할 수도 있는 것이오. 중요한 것은 마음 아니겠소?"

공철은 자신의 말이 상당히 마음에 든 듯, 말을 맺고도 연방 고개를 끄덕였다.

그때 맹사달이 의문을 표했다.

"하지만 공 선배, 그들은 하남흑도의 양대 산맥이라고 할 수 있는 유서 깊은 흑도외다. 나보고 그들과 함께 일을 하라고 한다면 한 번쯤 주저할 수밖에 없을 거요. 흑도가 괜히 흑도입니까? 그들은 세상의 가장 밑바닥에 있는 사람들의 고혈을 빨아먹으며 생을 영위하는 자들이오. 어찌 그들과 우리가 같을 수 있다는 말입니까? 그들의 정체를 듣는다면 공 선배도 생각이 바뀔 거외다. 적룡단은 중원흑도 중 가장 오랜 전통을 자랑한다는 흑사방이고, 혁호단은 그들을 지원한다 말할 수 있는 북염(北鹽)의 무리들이오."

"북염이요?"

처음 듣는 말인지라 벽화가 되묻자 손일연이 심각한 안색으로 대답을 해주었다.

"염상(鹽商)을 가리키는 말이란다. 이익을 위해서라면 부모도 팔아먹는다고 악명이 자자한 곳이지."

적룡단과 혁호단의 정체를 들은 공철도 표정이 굳어버렸다. 흑사방이라면 흑도에 대해 조금만 아는 사람이라도 고개를 저을 정도로 막강한 잠재력을 가진 유서 깊은 흑도방파였다. 황실과도 연결되어 있다는 염상의 존재도 그의 마음을 무겁게 했다. 잠룡단 중 남은 두 곳은 그가 생각한 것보다 훨씬 더 뿌리 깊은 흑도 집단들이었던 것이다.

진파는 턱을 괸 채 그들의 말을 듣다 갑자기 씨익 웃음을 머금었다.

"왜 웃소?"

공철이 묻자 진파는 손가락으로 콧잔등을 매만지며 대답했다.

"재밌을 것 같지 않아? 잠룡단 중 남은 두 곳은 흑도방파라잖아."

"가주!"

공철과 손일연이 큰 소리로 불렀으나 진파는 두 손을 맞잡으며 즐거운 듯 중얼거렸다.

"아무튼 재밌는 조상님들이었다니까."

진파는 장난스러운 표정으로 공철을 향해 눈을 찡긋하고는 다시 맹사달을 향해 고개를 돌렸다.

"맹 단주, 부탁이 있습니다."

"하명하십시오. 부탁이라니 당치도 않습니다."

"현성교의 총단과 나머지 삼천교의 정체를 밝히는 일이 무엇보다 시급합니다. 희생을 줄이기 위해선 그들에 대해 많이 알면 알수록 유리하겠지요. 단주께서 애써주셔야겠습니다."

"당연히 제가 할 일입니다."

진파는 고개를 끄덕이고는 공철과 손일연에게 고개를 돌렸다.

"좋습니다. 그리고 할배하고 할멈은 여기 남아줬으면 하는데?"

"아니, 가주!"

공철과 손일연이 깜짝 놀라 고개를 돌렸다.

"우리가 방해되는 거요?"

공철이 못마땅한 표정으로 묻자 진파는 고개를 저었다.

"그럴 리가 있겠어? 여기서 맹 단주와 함께 현성교의 총단을 최대한 빨리 알아봐 줘. 개방과도 연락을 취해주고. 일단 이곳을 거점으로 삼아 발빠르게 움직여야지. 아주 중요한 일이야. 할배 아니면 누가 하겠어? 이번 일이 끝나면 여기서 다시 모이자구."

"으음, 알겠소이다."

"할멈이 묵아를 데리고 있어. 여긴 넓어서 키우기 좋을 거야."

"그러지요."

공철과 손일연은 미간을 찌푸리고 있었지만 진파의 말대로 사천교의 위치를 찾는 것이야말로 참으로 중요한 일이었기에 고개를 끄덕일 수밖에 없었다.

그 후로도 한참 동안 그들의 숙의는 계속 이어졌다.

*   *   *

"정신이 드느냐?"

"아…… 버님."

광협은 몸을 일으키려는 풍협의 가슴을 오른손으로 눌렀다.

"저, 절 만지시면……."

"상관없다. 무서운 독이긴 하다만 날 어쩌진 못해."

풍협은 눈을 깜박였다.

뿌옇던 시야가 조금씩 밝아지며 어렴풋이 윤곽만 보이던 광협의 얼굴이 또렷하게 보였다. 그가 마지막일지도 모르고 들어섰던 동굴 천장이 보였다. 어떻게 부친이 이곳에 왔는지 알 수는 없었으나 여쭐 생각은 들지 않았다. 이미 신선경에 들어선 광협의 능력을 어떻게 잴 수 있겠는가.

"죄송합니다……."

"그 말은 할 필요 없느니."

"예……."

풍협은 송구하게도 누운 채로 부친을 바라보고 있었다.

"좋은 얼굴이구나."

"그렇습니까……?"

"적어도 흉중의 부담은 털어낸 듯하구나."

"어느 정도는 버렸습니다."

"완전히 버리진 못했느냐?"

"…예."

"못난 놈."

풍협은 눈을 감았다.

혀를 차는 광협의 마음을 그가 어찌 모르겠는가.

하늘이 정한 수명임은 그도 알고 있었다.

그러나 자신 탓에 아내가 내상을 입고 그 때문에 세상을 일찍 등졌다는 부담은 풍협의 마음을 내내 무겁게 했다. 하지만 왜일까. 죽음의 문턱을 두 차례나 넘나든 탓일까. 풍협은 어느새 항상 가슴을 묵직하게 누르고 있던 부담이 많이 사라진 것을 느낄 수 있었다.

귓가에 광협의 음성이 들려왔다.

"일단 네 몸 안에 있는 독기를 진정시키는 데는 성공했구나. 이제부터는 네가 주도적으로 운기를 해야 한다. 아비는 돕기만 하겠다."

"알겠습니다……."

"할 말이 많을 터이지? 그러나 지금은 몸의 회복에만 기력을 쏟거라. 지금 네가 할 일은……."

"당면한 일에 최선을 다하는 일이지요."

광협의 입가에 미소가 떠올랐다.

"그렇다."

광협은 풍협의 가슴에서 손을 떼며 나직하게 읊조렸다.

"할 일이 많구나. 어서 일어나야 한다."

                    *   *   *

현성교의 칠성 중 수좌의 역할을 맡고 있는 탐랑이 머리를 조아리고 깊숙이 부복하고 있었다. 이제는 교주가 된 임수의 앞에 부복한 탐랑은 고개를 들지도 않고 짧게 보고했다.

"교주님, 그들의 위치를 알아낸 것 같습니다."

"어딘가?"

임수에게 보고하는 탐랑의 목소리는 아무 감정이 실려 있지 않아 딱딱하기만 했으나 임수는 탐랑보다 한층 더 메마른 음성으로 되물었다.

"낙양에서 움직이던 본 교의 교도들이 검치 유현의 흔적을 발견했습니다."

"검치? 진파와 함께 다니던 그놈?"

"그렇습니다. 낙양을 장악하려던 계획이 검치 때문에 차질을 빚었다 합니다."

"진파는?"

"그와 소수마후들의 종적은 아직 확인되지 않았습니다. 그러나 함께 있을 확률이 높다 짐작되어 좀 더 자세히 알아보라 명해놓았습니다."

"내가 직접 낙양으로 가겠다."

"교주님! 이제 가볍게 움직이셔서는 아니 됩니다!"

탐랑이 번쩍 고개를 들며 임수에게 직언했으나 그는 싸늘한 임수의 눈빛을 보며 암담한 기분에 젖었다.

아니나 다를까.

무시무시한 충격이 탐랑의 어깨를 내리눌렀다.

"컥!"

상상할 수 없는 거대한 힘에 의해 탐랑의 무릎이 단단한 청석 바닥을 조금씩 파고들어 갔다.

탐랑은 이를 악물고 임수를 향해 심중의 한마디를 토로했다. 그것이야말로 그의 마지막 보루이기도 했다.

"교주님, 제발 돌아가신 선대 교주님의 고충을 헤아려 주십시오!"

갑자기 탐랑의 어깨를 누르는 압력이 씻은 듯 사라졌다.

탐랑은 태사의에서 벌떡 일어나 있는 임수를 올려다보며 쿨럭 마른 기침을 내뱉었다.

등 뒤에 추소예와 현정을 세워놓은 임수는 탐랑을 바라보며 검은 눈을 번뜩였다.

"탐랑, 그대는 내가 아무 생각 없이 행보를 결정할 것 같은가? 아직도 내가 소교주 시절의 철없는 애송이로 보이는가?"

"교주님, 그것이 아닙니다."

"그만! 탐랑 그대에게 묻겠다. 우리가 제일 두려워해야 할 적이 무맹인가?"

"아닙니다. 아직까지도 이합집산을 거듭하는 무맹의 무리들은 결코 본 교를 막을 수 없을 것입니다."

"우리의 진짜 적이 무적다가라는 것은 그대도 잘 알고 있겠지?"

"그렇습니다. 하지만."

임수는 휘익 팔을 휘둘러 탐랑의 말을 끊었다.

"그대도 알다시피 무적다가야말로 우리의 대계를 가로막을 진정한 적이다. 그들을 넘어서지 못하고서는 아무 일도 할 수 없지. 그들을 일거에 침몰시킬 수 있는 복안이 내게 있다."

탐랑이 깜짝 놀라 고개를 번쩍 들자 임수는 자신만만한 웃음을 흘렸다.

"할아버지는 그냥 저들에게 죽임만 당하신 것이 아니다. 그들은 우리가 소수마후 중 둘을 손에 넣은 것도 아직 모르고 있지. 죽은 줄로만 알고 있으니까. 내가 북명신공을 완성했다는 것도. 더구나 난 그 둘을 모두 살려놓았어. 앞으로 무궁무진하게 사용할 수 있을 것이야. 그뿐만이 아니지. 할아버지는 그들 내부에 간자를 심어놓으셨다."

탐랑의 눈이 커졌다.

"정말이십니까?"

"그렇다. 그대의 충정을 보아 이번 한 번만 내 뜻을 설명해 준 것이다. 앞으로는 절대 내 명에 토를 달지 말도록. 낙양으로 떠날 차비를 하라. 최소의 인원만 선발하도록."

탐랑의 얼굴에는 만감이 교차하는 듯 이상한 표정이 떠올라 있었다. 너무나 편협하게 변해 버렸다고 실망을 금치 못했던 임수가 원대한 계획을 품고 차근차근 일을 진행해 왔다는 사실이 탐랑으로서는 감격스럽기 짝이 없었다. 탐랑은 감개무량한 얼굴로 정성을 다해 복명 소리를 외쳤다. 이제까지와는 달리 절절한 성의가 담긴 음성으로.

"존명!"

탐랑이 기쁜 얼굴로 대전을 빠져나가자 임수는 천천히 뒤로 돌아섰다. 임수는 뻣뻣이 서 있는 추소예와 현정의 곁으로 다가가 그녀들의 얼굴을 쓰다듬었다.

"너희도 이번에 큰 몫을 할 것이다."

추소예와 현정의 유리구슬 같은 눈동자는 아무런 움직임도 보이지 않았다.

*　　　*　　　*

개봉(開封)의 북동쪽에 위치한 흑사방의 총단에는 진파와 철정을 비롯해 열 명의 소수마후가 주르륵 배석해 앉아 있었다.

공철과 손일연을 곡부에 담기고 떠난 진파 일행은 예정된 약속을 따라 개봉철탑에 무적다가의 표지를 남겼던 것인데, 예상과 달리 너무도 손쉽게 흑사방의 총단에까지 들어온지라 오히려 의아해하는 중이었다.

진파는 자신의 앞에 앉아 있는 십여 명의 사내를 찬찬히 훑어보고 있었다.

'참나. 이 사람들 정말 이상하네.'

확실히 이상했다. 생긴 게 너무나 기대와 어긋났다.

그가 생각했던 흑도인들의 인상과는 크게 다른 모습들이었다. 그 흔한 칼자국 하나 얼굴에 나 있지 않았다. 흑사방의 총단이 아니라면 아무도 흑도인들이라 생각하지 못할 정도로 점잖게만 보이는 얼굴들. 진파는 고개를 갸웃거렸다.

'이 사람들이 흑도인들이야? 뭐 이렇게 점잖게들 생겼대?'

그때 중앙에 앉아 있던 건장한 장년인이 천천히 입을 열었다. 생긴 것처럼 너무도 점잖은 음성이었다.

"그대가 무적다가의 당대 가주인가? 아니면 가주의 뜻을 전달하러 온 것인가?"

"가주요. 진파라 하오."

장년인은 진파를 잠시 동안 응시하다 고개를 끄덕였다.

"나는 적룡단주인 마편(馬鞭)이다. 그대가 우리의 시험을 통과하면 적룡단과 혁호단은 그대의 뜻에 따르겠다. 이백 년 만의 시험이로군."

장년인의 말 중 이상한 점을 발견한 진파가 재빨리 물었다.

"혁호단? 혁호단은 낙양에 있는 것으로 아는데? 적룡단의 시험만 통과하면 혁호단은 저절로 따라오나?"

한 번만 더 시험을 치면 된다는 말에 진파의 얼굴엔 어떤 기대감이 서렸다. 바로 배신당하고 말았지만.

"내가 바로 혁호단주 지우(智愚)다. 잠시 친구를 만나러 왔는데 뜻밖의 즐거움이 기다리는군. 어차피 적룡단과 혁호단의 시험은 함께 치른다."

마편의 옆에 앉아 있던 장년인이 역시 온화한 음성으로 입을 열자 진파는 고개를 갸웃거렸다.

"함께? 그게 무슨 말이오?"

"말 그대로지. 마 방주와 내가 함께 널 시험한다는 말이다."

"그러니까 합공?"

"방식은 우리가 정하지."

더 이상 가타부타 말이 없어 진파는 여전히 고개를 갸웃거리기만 했다.

"그런데 정말 궁금한 게 있소."

"말하라."

"당신들 정말 흑도인들 맞소?"

뜻밖의 질문에 마편과 지우의 얼굴에는 동시에 비슷한 표정이 떠올랐다.

"그런 건 왜 묻지?"

"아니, 너무 점잖아서들 말이외다. 흑도인들이라면 문신 빽빽하게 새기고 흉터 하나쯤은 갖고 있는 그런 분들을 연상했소만 전혀 상상외라서. 내가 가주라는 것도 너무 쉽게 믿는 거 같고."

마편은 둥글둥글한 얼굴이 찢어져라 한껏 웃음을 터뜨렸다. 지우도 마찬가지로 파안대소를 터뜨렸다. 그들의 웃음에 전염된 듯 진파의 맞은편에 앉아 있던 십여 명의 사내가 일제히 웃음을 터뜨리자 천장이 우렁우렁 울릴 지경이었다.

염상이라 알려진 혁호단주 지우가 피식피식 웃음을 지으면서 진파를 바라보았다. 그는 아직도 웃음을 멈추지 못한 마편의 등을 두드리며 진파를 향해 말을 건넸다.

"어디서 진짜 파락호 같은 놈들만 만났나 보군. 기대에 어긋나 미안하다. 그리고 자네가 진짜 무적다가의 가주인지 아닌지는 우리에게 별로 중요하지 않아."

"웅? 그건 또 무슨 말이오?"

지우는 진파를 향해 우호적인 미소를 보내면서 말을 이었다. 그러나 지우의 눈은 웃고 있지 않았다. 싸늘하기만 한 지우의 눈빛은 냉정하게 진파를 관찰하고 있었다.

"표지가 뜨면 우리는 시험을 하면 그뿐이지. 자네가 무적다가의 가주가 아니라면 결코 우리의 시험을 이겨내지 못할 거네. 내일 죽겠지. 여기는 우리들의 본거지고 말야. 우리는 아무 걱정을 할 필요가 없지. 그리고 운이 좋아 내일 시험을 통과해도 낙양에서 한 번 더 우리 시험을 통과해야 해."

어느새 좌중엔 웃음이 멈춰 있었다.

아무렇지도 않게 죽음을 이야기하는 지우의 얼굴은 여전히 웃고 있었다.

"내일 오시(午時)에 시작하네. 시험이라고 해봤자 별거 아냐. 우리 시험을 통과할 수 있는 사람은 무적다가의 가주가 아니더라도 우릴 다스릴 자격이 있지 않을까? 그게 우리 흑도의 방식이네. 센 놈이 군림한다 이거지. 알겠나?"

진파도 웃지 않았다. 그의 눈은 마편과 지우의 눈을 바라보고 있었다.

불그스레한 살기가 감돌기 시작하는 마편과 지우의 인상은 지금까지와는 완전히 달랐다. 점잖은 명숙처럼 보였던 두 사람은 마치 인간 도살자처럼 노골적으로 살기를 내뿜고 있었다.

진파의 얼굴에 빙긋 미소가 떠올랐다.

"두 번의 시험이라. 이거 기대되는군. 우리 처소나 안내해 주겠소? 밥은 주겠지?"

"물론."

진파는 몸을 일으켰다. 마편과 지우의 살기에 맞서 투기를 끌어올리는 동행들을 데리고 진파는 담담하게 몸을 돌렸다.

"합공이라. 재미있겠군."

침상에 누우며 진파가 피식 웃자 벽화가 목소리를 곤두세웠다.

"이건 너무 불공평한 시험이야!"

"왜?"

진파가 팔베개를 하며 묻자 진파의 앞으로 다가온 벽화가 아미를 찌푸리며 말했다.

"오빠, 왜 그렇게 태평해? 창룡단이나 벽호단은 따로따로 시험을 봤잖아. 왜 적룡단과 혁호단은 합공을 하냐고! 그리고 한 번이 아니라 왜 두 번이야!"

"맞아! 불공평해!"

몇몇 소수마후들이 목소리를 높이자 방 안은 금세 시끄러워졌다.

진파는 침상에서 몸을 일으켜 앉아 고개를 홰홰 저었다.

"그만, 그만! 너희 수다합공이 더 무서워!"

"오빠!"

진파는 벽화를 보며 차분하게 고개를 저었다. 무언가 더 말을 꺼내려던 벽화는 진파가 입을 열자 곧 말문을 닫았다.

"너희도 생각해 봐. 난 무적다가의 가주야. 수하들이 합공을 한다고 그게 불공평하다고 말하면 내 꼴이 뭐가 되겠냐? 그 정도는 감수해야지."

"하지만 어떤 방식으로 대결이 이뤄지는지도 모르잖아. 그 사람들 봤지? 겉으로는 점잖게 보여도 눈 하나 깜빡 안 하고 오빨 죽인다는 협박을 했다구! 어떤 비겁한 수를 쓸지도 몰라!"

"그게 어때서?"

"뭐?"

진파는 몸을 일으키더니 벽화뿐 아니라 모든 이들을 둘러보았다.

"잘들 들어. 우리가 상대할 적은 현성교야. 그뿐 아니라 다른 삼천교도 상대해야 한다구. 그들과 공평한 싸움을 할 수 있을 것 같아? 모략이나 암살도 불사해야 할지 몰라. 아니, 솔직하게 말하면 몇몇 사람만 암살해서 이 전쟁이 마무리된다는 확신만 생기면 난 그렇게 할 거야. 그게 조금이라도 피를 덜 흘린다는 확신만 생긴다면 말야. 이건 비무가 아니라 전쟁이야. 그걸 명심하라구."

방 안이 조용해지자 진파는 씨익 미소를 지었다.

"일단 밥이나 먹자. 앞으로 할 일이 태산이야, 태산. 내가 설마 이쯤에서 좌절할 거라고 생각하는 건 아니지?"

"넌 아직도 밥이 최고냐?"

"밥의 존귀함을 모르면 안 된다니까 그러네."

진파는 철정의 등을 철썩 때리고는 하하 웃음을 터뜨렸다. 그러나 진파 말고는 아무도 진파처럼 웃음을 짓지 못하고 있었다.

철정은 몸을 뒤채는 진파를 향해 말을 던졌다.

"잠이 안 와?"

"응."

둘만 자는 것은 정말 오랜만이었다. 철정은 진파의 등을 바라보며 피식 실소를 흘렸다.

'이 녀석도 긴장을 하긴 하는군.'

"내일 시험이 걱정되냐?"

"약간 긴장되긴 하지만 그건 아냐. 시험이야 이젠 익숙하다구. 그 정도로 잠이 안 오진 않아."

"그럼?"

진파는 벽을 향해 돌렸던 몸을 굴려 철정을 바라보았다. 건너편 침상에 옆으로 누워 머리에 팔을 고인 철정이 보였다. 진파는 뭐라 말을 꺼내려다 '제길~' 하고 한숨을 토하더니 다시 벽을 보고 돌아누웠다. 철정이 어이없는 듯 쩍 하고 입을 벌렸다.

"야! 뭐야? 말을 하려면 제대로 해!"

"됐어, 임마."

"되긴 뭐가 돼? 사내자식이 말을 하려다 마냐?"

벽을 보고 누웠던 진파가 다시 몸을 돌렸다. 철정을 바라보는 진파의 눈엔 망설임이 서려 있었다.

"너 이거, 우리끼리만 알아야 한다?"

"뭔데 그래?"

"약속이나 해."

"알았다. 천지신명께 약속한다. 나만 안다."

철정은 피식 웃으면서 양손을 모아 잡고 흔들었다. 무적다가의 가주가 된 후 갑자기 어른이라도 된 것처럼 잔뜩 무게를 잡던 그 진파가 아니었다. 아직 여린 속내를 간직하고 있는 또래의 고민을 듣는 것처럼 철정은 간질거리는 친숙함을 오랜만에 맛보고 있었다. 진파가 다시 한 번 다짐을 했다.

"절대! 너만 알아야 해! 알았어?"

"자식, 친구끼리 확인도 참 여러 번 하네. 걱정 마라. 나만 알고 있을 테니. 죽은 지애한테 맹세하마. 됐냐?"

진파가 갑자기 침상에서 몸을 일으켜 앉았다.

땅이 꺼져라 한숨을 쉰 진파가 천천히 말을 늘어놓자 비스듬히 누워 있던 철정의 얼굴이 차츰 굳어갔다. 진파의 말이 끝날 때쯤엔 철정도 침상에서 몸을 일으켜 앉아 있었다.

철정의 음성이 절로 심각해졌다.

"그게 정말이냐?"

"그래, 그것만 생각하면 정말이지 미치고 팔짝 뛰겠다."

"아니, 어쩌자고 그런 말도 안 되는……. 그럼 친남매일지도 모른다는 거 아냐?"

"그러니까 이러지. 에휴~"

진파가 천장을 보며 한숨을 내쉬자 철정도 따라서 천장을 바라보았다. 그렇게 두 사람은 한참 동안 천장만 바라보았다.

"그럼 검치 아저씨만 기다리고 있어야 되나?"

진파가 묵묵히 고개를 끄덕이자 철정도 따라서 고개를 끄덕였다.

"이제 이해가 가네. 어째 이 소저를 대하는 태도가 영 이상하다 했더니."

"어떻게 계속 말로 얼버무리고 있긴 한데 속이 새까맣게 타는 것만 같아."

"나한테라도 진작 얘기하지 그랬냐."

"그럴 여유도 없었어."

철정과 진파는 서로 얼굴을 마주 보고는 무슨 말을 꺼내려 하다가 동시에 한숨만 내쉬고 말았다. 잠시 후 입맛만 다시던 철정이 말을 걸었다.

"남녀 문제라면 내가 너보단 낫다만, 이거야 뭐라고 할 말이 없구나."

"들어주기라도 하는 게 어디냐. 얘기라도 했더니 그나마 좀 낫다."

"아닐 거야. 그렇게 믿고 좋은 소식 기다리자."

"그 수밖엔 없겠지. 너, 벽화한테 티 내면 안 된다. 알았어?"

"걱정 마."

진파와 철정은 각각 벽을 누워 오지 않는 잠을 청해갔다.

그 시각, 유현이 보낸 편지가 개방을 통해 산동으로 향하고 있었지만 진파와 철정으로서는 그 사실을 알 수가 없었다.

제44장 적룡비무(赤龍比武)

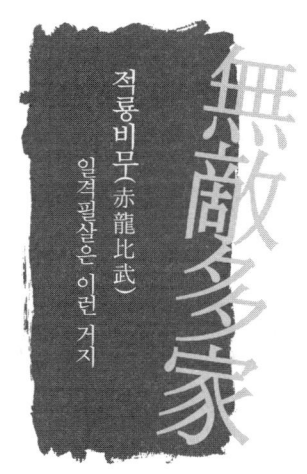

적룡비무(赤龍比武)

일격필살은 이런 거지

無敵多家

진파는

태양이 머리 위에 떠 있는 오시에 한 점의 햇빛도 즐기지 못하고 있었다. 그가 서 있는 곳이 흑사방의 지하에 있는 거대한 연무장이었기 때문이다. 대낮임에도 불구하고 연무장 안은 밤처럼 어두컴컴했다.

지하 광장이라고는 생각하기 힘들 정도로 넓은 연무장을 둘러보며 진파는 여유있게 뒷짐을 지고 있었다.

그의 등 뒤엔 철정과 벽화를 비롯한 소수마후들이 걱정스러운 표정을 감추지 못한 채 서 있었다.

진파의 등을 바라보며 벽화가 슬쩍 철정에게 전음을 던졌다.

"철 소협, 이번 시험은 너무 위험 부담이 크지 않을까요? 우리가 도와주는 게 어떨까요?"

철정은 고개를 저었다.

"진파가 바라지 않을 겁니다. 녀석의 성격을 아시잖아요?"

"하지만 저들의 의도가 아무래도 심상치 않은 것 같아요."

"어떤 도전, 어떤 시험이라도 그대로 받아주겠다는 것이 진파의 의지가 아닙니까. 우리에게도 이미 신신당부했잖아요. 진파를 믿으세요. 이 소저, 진파는 이미 일반 고수들의 수준을 아득하게 넘어섰습니다. 우리가 손을 쓰게 되면 진파 말대로 가주의 권위를 세울 수 없을 겁니다. 그건 확실해요."

"하지만……."

철정은 꿀꺽 침을 삼키고 재빨리 전음으로 벽화의 걱정을 끊었다. 자꾸만 남매일지도 모른다는 생각이 들어 오히려 더 신경이 쓰였다. 그 탓에 철정은 조금은 이상한 말을 내뱉었다.

"무조건 진파를 믿는 겁니다. 무조건요. 이 소저는 운명을 믿으셔야 합니다."

"예? 운명이라뇨?"

이상하다는 듯 벽화가 고개를 돌리자 철정은 얼른 말을 얼버무렸다.

"이제 시작하는군요."

철정의 전음처럼 진파의 앞에 마편과 지우가 한 걸음씩 나서고 있었다. 진파의 음성이 들렸다. 명랑하기까지 한 기운찬 음색이었다.

"당신들 둘이 덤비는 거야?"

마편과 지우는 서로의 얼굴을 바라보곤 어깨를 으쓱했다. 의미를 알 수 없는 모호한 웃음을 짓더니 진파를 향해 마편이 입을 열었다. 사람 좋게만 보이는 푸짐한 미소를 걸고서.

"뭔가 오해했나 보구려."

"뭘?"

"시험 방식을 알려주려 나선 것뿐이오."

진파는 고개를 갸웃거렸다.

"어제 합공한다고 했잖아."

"방식은 우리가 정하는 걸 따르는 거라고 했을 뿐이오."

"거참, 되게 돌려 말하네. 그럼 어쩌라구?"

이번엔 지우가 대답했다. 육 척이 넘는 키에 대인의 풍모를 풍기는 체구를 지닌 마편과는 달리 지우는 호리호리하나 단단해 보이는 인상이었다. 차돌멩이 같은 지우의 입에 흰 선이 그어져 있었다.

"어렵지는 않소. 우리 방식이란 게 혹도의 방식일 뿐이니까. 가주는 먼저 우리가 내세우는 수하들과 비무를 가질 것이오. 그들을 모두 꺾으면 마지막에 우리 둘과 손속을 겨루게 될 거요."

"뭐야! 지금 차륜전을 펼치겠다는 거냐! 그런 게 어딨어!"

진파의 뒤에 서 있던 철정이 버럭 소리를 질렀다. 철정은 손가락으로 마편과 지우를 가리키며 날카롭게 꾸짖었다.

"너희는 부끄러움도 모르는 것이냐! 일파를 이끈다는 주제에 거리낌 없이 합공을 하는 것도 모자라 부하들까지 동원하겠다고? 아무리 혹도라지만 정말 후안무치하구나!"

마편이나 지우의 얼굴엔 한 점의 부끄러움도 떠오르지 않았다. 마편이 느릿하게 말을 건넬 뿐이었다. 그 대상도 철정이 아니라 진파였다.

"마음에 들지 않으면 돌아가구려. 이게 우리 방식이니까."

진파는 눈을 깜박일 뿐이었다.

"수하들과는 몇 번이나 비무를 해야 하는데?"

"많지도 않소. 겨우 두 번이오. 내 수하와 한 번, 그리고 마 방주의 수하와 한 번. 그 후엔 우리와 겨루게 될 거요. 물론 중간에 쉴 수는 없소."

지우는 진파의 질문에 대답해 주고 또 한 번 씨익 미소를 흘렸다. 입으로만 웃는 그 미소엔 진득한 살기가 실려 있었다.

"물론 싫으면 관두면 그뿐이오. 무적다가가 처음 우릴 복속시킬 때를 따르는 것뿐이니까. 철저하게 힘으로 우릴 굴복시켰다 들었소이다. 그것이 바로 혹도의 율법이오. 납득할 수 없다면 돌아가시오."

"천만에."

"진파야!"

"오빠!"

진파는 뒤를 돌아보지도 않고 손을 내저었다. 철정과 벽화들의 반대를 잠재우고서 진파는 하얀 이를 드러냈다.

"충분히 알아들었으니 시작이나 하자구. 뭐든지 받아주지. 난 준비 끝났어."

"좋소. 시작합시다."

마편과 지우가 몸을 뒤로 물렸다. 연무장의 가운데에 진파를 세운 채 순식간에 두 사람이 뒤로 물러서자 그 자리를 다시 채운 사람은 한 명이었다.

진파의 눈이 반짝거렸다.

"나랑 맨손으로 싸우겠다는 거야?"

상대는 말없이 고개를 저었다.

칼날을 세운 것처럼 날카롭게만 보이는 인상에 몸에 꼭 끼는 검은 옷을 두른 사내였다. 어제 함께 자리를 했던 사내들 중 하나였다. 호리호리한 체구에 날렵해 보이는 발걸음을 선보인 사내는 진파를 바라보며 아무 말도 없었다. 그때 마편의 음성이 들려왔다.

"흑사방에서 날 제외하고는 최고의 고수라 할 수 있는 녀석이오. 어사(魚四)라는 놈이지. 전신이 무기가 될 수도 있고 몸에 여러 가지 무기를 숨기고 있는 놈이기도 하와다. 나도 그 녀석이 쓰는 무기가 몇 개나 되는지 모른다오."

마편이 말을 하는 동안 진파는 가만히 멈춰 선 채 어사를 바라보고만 있었다. 좌우로 조금씩 어사의 상체가 움직이고 있었다. 마편의 말이 멎는 순간 어사는 연무장의 바닥을 박차고 몸을 날렸다.

'빠른데?'

어사의 검은 몸이 삽시간에 전면으로 닥쳐들었다.

진파는 검을 빼지도 않고 연혼사를 꺼내지도 않은 채 어사의 전진을 그대로 맞이하고 있었다. 솜씨를 한번 직접 몸으로 겪어보고 싶었던 것이다.

'흑사방의 최정예라 이거지? 어디 어느 정도일까?'

쌔액―

귀청을 찢을 듯 날카로운 파공음이 울렸다.

삽시간에 거리를 줄인 어사가 폭풍 같은 각법을 선보였던 것이다.

허공에 몸을 띄운 채 내뻗는 열두 번의 발길질을 일일이 피하며 진파는 씽긋 웃음을 흘렸다.

'제법인데?'

귀청을 스치는 날카로운 파공음은 어사의 신발에 부착된 날카로운 비수 때문이었다. 한 치 가까이 솟아오른 비수의 날은 푸르게 반짝이고 있었다. 독(毒)이라도 발라놓은 듯했다. 스치기만 해도 치명상을 입으리라. 물론 보통 무림인들에게나 해당되는 말이겠지만.

어사가 바닥에 내려서자 진파는 어느새 그의 사각으로 파고들었다.

마지막 각법을 전개한 후 앞으로 내디딘 어사의 오른쪽으로 파고들었던 것이다.

'접근전이 특기인 것 같은데? 얼마나 하는지 한번 볼까?'

차륜전을 이용해 힘을 빼겠다는 의도가 분명했지만 진파는 어사와의 비무를 즐기고 있었다.

진파가 딴죽이라도 거는 것처럼 어사의 오른쪽 오금을 노리고 슬쩍 올려 찼으나 어사의 다리는 그것을 피하며 다시 폭풍우처럼 휘몰아치기 시작했다.

"호~"

진파의 입에서 감탄성이 흘렀다.

앞으로 쏠렸던 중심을 순식간에 이동시키며 진파의 몸을 향해 자욱한 퇴영을 그리는 어사의 발차기에 진심으로 감탄했던 것이다. 일류고수가 아니라면 선보이기 힘든 중심 이동이었다. 그 대상이 진파인 것을 감안한다면 몸의 중심 이동이 엄청나게 빠른 사내였다.

파파파파팡—

단 한 대도 진파를 명중시키진 못했지만 어사의 오른발이 눈부시게 춤을 추었다. 왼발을 땅에 붙인 채 단 한 번도 오른발을 땅에 대지 않고 어사는 팔을 휘두르는 것처럼 다리를 움직이고 있었다.

진파가 몸을 낮추며 빙글 다리를 휘둘러 후소퇴를 전개하자 어사는 가볍게 뛰어오르며 진파를 향해 맹렬히 팔꿈치를 휘둘렀다.

파파팡! 카캉!

공기가 압축되듯 엄청난 소리가 터져 나왔다. 그와 함께 금속음이 날카롭게 울렸다.

팔꿈치를 시작으로 상박과 손목, 주먹을 이용한 어사의 연속기가 진파에게 작렬했던 것이다.

"그것도 무기였군 그래?"

진파는 솔직한 감탄사를 내뱉었다.

팔꿈치는 물론 손목에서도 튀어나오는 날카로운 칼날을 보고 감탄했던 것이다. 효율적으로 숨긴 무기와 적절한 이용이 돋보였다. 옥수공으로 단련한 손이 아니었다면 어사의 공격을 막으면서 이미 손목이라도 날아갔을 것이다. 그만큼 어사의 공격은 날카로우면서도 화려했다.

"저런 비겁한!"

나령이 주먹을 불끈 쥐며 신음을 토해냈다.

"비겁한 건 아니지. 효과적인 공격이야."

막수옥이 옆에서 나령의 말을 부정하자 나령은 눈을 부릅떴다.

"무기를 숨긴 채 공격하잖아! 저게 안 비겁하면 뭐가 비겁하냐!"

"제약을 두고 싸운다면 그건 싸움이 아니지. 이건 놀이가 아니잖아. 진파도 감탄하는데, 뭘."

나령은 막수옥을 노려보다 꽝꽝대는 소리가 들리자 다시 고개를 돌렸다. 나령의 잇새에서 시익 하는 위협 소리가 나왔지만 막수옥은 코웃음을 칠 뿐이었다.

"앗!"

오후 양우가 깜짝 놀라 소리쳤다.

진파가 위험한 듯 보였던 것이다.

어사는 그사이에 이상한 퇴법을 구사하고 있었다.

진파를 앞에 두고 짓밟는 것처럼 발을 내디디는데 어사의 발에 눌린 청석 바닥에서는 쾅쾅 소리와 함께 연달아 폭발음이 들리고 있었다. 실제 어사가 발을 디딘 바닥은 폭죽이라도 터지듯 부서져 파편이 튀고 있었다.

"뭐야? 저게?"

"천마군림보라도 되나?"

"말도 안 돼! 그럼 흑사방이 마교의 후신이란 소리야?"

육후 옥지와 칠후 경원이 놀라 소리치는데 벽화가 고개를 저었다.

"그게 아냐. 신발에 칼만 숨긴 게 아니었어."

벽화의 말처럼 어사가 디딘 바닥에는 이상한 족적이 가득 찍혀 있었다. 송곳으로 촘촘히 찌른 듯 보이는 작은 구멍들로 이루어진 발자국이었다. 어사의 신발 밑창에는 맹수의 이빨 같은 날카로운 돌기들이 솟아나 있었던 것이다.

"천마군림보까지는 아니더라도 보통 솜씨는 아니군요. 저 장치만으로는 저런 위력을 내기 힘들 겁니다."

"그렇긴 하죠."

초반에 걱정하던 것과는 달리 벽화의 음성은 침착하기까지 했다. 진파는 계속 수세에 몰린 듯 보였지만 여유있게 힘을 비축하고 있다는 것을 한눈에 알아보았던 것이다.

그때 낭랑한 진파의 음성이 들렸다.

"어이! 이 친구만으론 안 되겠는데?"

진파는 폭풍우처럼 몰아치는 어사의 연환 공격을 종잇장 차이로 피하면서 마편과 지우를 향해 말까지 걸었다.

"그런 말은 꺾은 다음에나 하시구려."

여유있는 마편의 음성에 진파는 고개를 갸웃거렸다.

'이미 상대가 안 된다는 걸 보여줬는데 뭘 원하는 거지?'

어사의 연환 공격은 훌륭했지만 실제 진파의 옷깃 하나 스치지 못하고 있던 차였다. 그때 지우의 음성도 들렸다.

"우린 혹도 사내들이외다. 눈앞에 결과를 보여주기 전엔 절대 승복하지 않지!"

지우의 말에 진파는 고개를 끄덕였다.

일부러 거리를 허용해 주고 최선을 다한 공격을 완벽하게 피하는 것만으로는 이들의 기질을 꺾을 수 없다는 것을 깨달았던 것이다.

'원한다면 그렇게 해주지.'

진파는 어사의 공세를 파고들며 오른손을 슬쩍 내뻗었다. 어사의 눈에 당황한 기색이 역력했다. 진파의 속도를 따라잡을 수 없는 어사의 눈으로는 갑자기 눈앞에 진파의 손이 불쑥 나타난 것으로 보였던 것이다.

'목을 제압하면 되겠지.'

그런데 그때 어사가 이상한 행동을 했다. 허보를 취하면서 낮췄던 몸을 갑자기 꼿꼿이 세웠던 것이다. 그리고 목을 노렸던 진파의 손은 어사의 가슴팍을 후려치게 되었다.

그것을 바라보는 마편과 지우의 얼굴에 회심의 미소가 스쳤다.

쾅!

이상한 예감에 부드럽게 밀어내려고만 했던 진파의 손에서 갑자기 경력이 터져 나왔다.

휘청이며 뒤로 물러난 어사의 가슴팍 옷자락이 너덜너덜해졌다. 그 속에 드러난 것은 검은 철가시들이었다.

"철저하게도 준비했군."

진파는 자신의 손바닥을 힐끗 보며 중얼거렸다.

옥수공을 익힌 진파의 손에 뻐얼건 핏자국이 언뜻언뜻 드러나 있었다.

마편의 빈정대는 음성이 들렸다.

"아아, 말해 주는 걸 깜빡 잊었구려. 어사는 온몸에 철린갑을 두르고 있지. 웬만한 도검으로는 상처 하나 입힐 수 없다오."

"거죽엔 상처가 남지 않겠지. 하지만 움직일 순 없을걸?"

진파의 말이 끝나기 무섭게 어사가 털썩 무릎을 꿇었다. 그의 입에서 폭포수처럼 검은 피가 쏟아졌다.

"엇? 언제?"

마편이 놀라 소리쳤다.

"침투경으로 한 대 쳤을 뿐이야. 내부가 좀 상했겠지. 한 달쯤 요양하면 금세 나을 것이고 잘만 치료해 주면 열흘쯤이면 완쾌될 거야. 다음은?"

여유있는 진파의 음성에 마편이 지그시 이를 깨물었다.

진파의 진신무공을 엿보기도 전에 어사가 당할 줄은 마편으로서도 예상치 못했던 것이다. 온몸을 철린갑으로 감싼 박투술의 대가 어사가 이렇게 쉽게 무릎을 꿇으리란 건 예상치 못했던 결과였다. 철린갑의 존재를 감지하자마자 침투공 계열의 장력을 사용한 진파의 빠른 판단력에 감탄할 수밖에 없었다.

지우가 마편의 어깨를 툭툭 쳤다.

"거봐, 하나론 안 된다 그랬지. 이제 내게 맡기게나."

"으음. 알겠네."

지우가 손가락을 튕기자 두 명이 앞으로 나섰다.

"이젠 둘이야? 다음에도 당신들 둘인데 좀 시시하겠군."

진파의 말에 지우는 고개를 저었다.

"그럴 리가 있겠소. 가주의 기대를 저버리지는 않을 거외다."

두 사내는 어사를 부축해 연무장 구석으로 몸을 옮겼다. 그들은 단지 어사를 데리러 나온 이들이었던 것이다. 어사가 사라진 자리엔 네 명의 사내가 모습을 드러낸 채 서 있었다.

"넷? 이번엔 진법인가?"

"우린 그런 거 모르외다. 하지만 손발은 잘만 맞지."

지우의 말이 끝나자 네 명의 사내가 훌훌 몸을 날려 진파를 사방에서 포위했다. 각기 삼 장씩 거리를 둔 사내들이 무기를 꺼내 들자 진파는 고개를 끄덕였다.

"이번엔 장병기인가 보지? 어서들 꺼내보라구."

진파의 정면에 선 자는 붉은 창영(槍影)을 늘어뜨린 장창을 들고 있었고, 좌우에 선 자들은 구절편을 꺼내 들었다. 뒤에 있는 자만이 아무 무기도 꺼내 들지 않고 양손을 늘어뜨리고 서 있었지만 진파는 그의 손에 끼워진 장갑을 놓치지 않았다.

'암기를 쓰겠군.'

마편과 지우를 힐끗 보니 처음보다 상당히 굳어 있는 표정들이었다. 두 눈을 크게 뜬 그들의 모습을 보다 진파는 고개를 끄덕였다.

'아무래도 내 무공을 미리 보고 싶은가 보군. 그냥 보여달라 그러면 될걸. 쯧쯧.'

진파는 허리춤에서 철우를 꺼내 들었다. 오랜만에 철우를 든 진파는 통 하고 검신을 손가락으로 튕겼다.

"보고 싶어하는 걸 보여주지. 이제 덤벼봐."

그 순간 네 명의 신형이 휘돌기 시작했다.

진파를 가운데에 두고 맹렬하게 소용돌이치던 네 사람의 연수합격은 날카로운 쇳소리와 함께 시작되었다.

차차차차창—

진파의 주위로 우수수 암기들이 떨어져 내렸다. 조악한 쇠침부터 날카로운 표창에 이르기까지 다양한 암기들이 여러 속도를 내포하고 진파를 노렸지만 철우를 거두는 진파의 옷자락에는 구멍 하나 뚫려 있지 않았다.

그러나 공격은 암기만이 아니었다.

진파는 철우를 휘둘러 창날을 튀기고 몸을 굽히고 돌아 구절편의 예리한 공세를 유유하게 빠져나갔다. 한 판 검무를 추듯 끊이지 않고 이어지는 진파의 움직임은 네 사람의 합공을 받고 있음에도 여유있을 뿐 아니라 아름답기까지 했다.

지우가 고개를 저었다.

"힘을 빼는 역할도 못할 것 같군 그래. 무의미해."

"적어도 그의 검을 보기는 했지 않은가."

마편의 말에 지우는 다시 한 번 고개를 흔들었다.

"저건 그냥 데리고 노는 정도밖에 되지 않네. 그만 애들을 물려야겠네."

"그럼 재미가 없지."

"뭐?"

지우가 바라보니 마편의 얼굴엔 웃음기가 서려 있다.

"언제 우리가 격식 따졌나? 저걸 보니 손발이 근질거리는군. 나 먼저 가네."

"아니, 마 방주! 또 저놈의 성질머리."

마편은 지우의 말을 듣지도 않고 휙 몸을 날렸다.

마편의 옆구리에서 거창한 칼 소리가 울렸다.

챙—

"같이합시다!"

"하하! 그렇지 않아도 지루했소. 어서 오구려."

진파의 검이 마편의 칼을 맞아 어지럽게 얽혀 돌아갔다.

사방에서 찔러 들어오는 창날과 구절편, 암기들을 막고 피하면서도 무덤덤하던 진파의 얼굴에 활기가 피어올랐다. 마편까지 가세한 여섯의 그림자가 얽히고설키며 휘돌아 연무장 안에는 병장기 부딪치는 소리가 가득했다.

지우는 마편이 신이 난 듯 목청을 돋우며 돌진하는 것을 보고는 피식 웃음을 터뜨렸다.

"하긴, 그러는 게 너답긴 하다."

고개를 저은 지우의 신형도 원래 있던 자리를 찾아가는 것처럼 일장 박투의 공간으로 날아들었다.

안령도를 뽑아 든 지우의 칼이 가세하자 진파는 두 겹의 포위망 속에 빠져 검을 휘두르게 되었다. 한 겹은 마편과 지우가 이루고 있는 두 자루 칼의 포위망이요, 또 한 겹은 외곽에 서서 간간이 진파를 공격하는 한 자루 창과 두 자루 구절편, 그리고 암기의 세례로 이루어진 포위망이었다. 그 속에서 진파는 껄껄 웃으며 좌우로 몸을 날리고 번개처럼 신형을 돌리며 철우를 휘젓고 있었다.

그 모습을 보던 벽화의 얼굴에 그제야 웃음기가 떠올랐다.

"오빠가 신났군요."

"그래 보이네요. 저도 몸이 근질거립니다."

"우리도 뛰어들까요?"

"그건 참아야지요. 저건 어디까지나 시험입니다."

철정은 자기 몸을 결박이라도 하듯 단단히 팔짱을 끼고서는 연무장의 시험을 바라보고 있었다.

벽화도 말했던 것처럼 이미 그것은 시험이 아니라 여섯 사내가 마음을 주고받으며 한바탕 재주를 뽐내는 놀이마당에 다름 아니었다. 그 속에 서린 살기와 예기, 폭풍 같은 경기와 살초들은 진파의 춤사위에 녹아들며 그대로 한바탕 아무도 다칠 것 같지 않은 놀이마당으로 변하고 있었다. 철정은 진파의 무공에 진심으로 감탄할 수밖에 없었다.

'정말 대단하구나. 저 녀석은 긴장이라는 걸 모르는 것일까?'

그때 진파가 갑자기 철우를 휘저으며 높이 소리쳤다.

"이제 장난은 그만둘까? 수하들은 물리고 진짜로 하자구. 보여줄 만큼 보여줬잖아?"

"좋아!"

지우가 신형을 멈추며 손을 흔들자 외곽에서 계속 진파를 공격하던 네 명의 사내가 한구석으로 물러났다.

마편과 지우는 진파의 앞으로 나서 좌우로 갈라섰다.

진파의 얼굴에 싱긋 웃음이 피어올랐다.

"그래? 잘들 본 거야? 대충 다 보여줬는데."

"구경 잘했소. 우리 것도 대충은 보여줬소이다."

"당신들이야 흑도니까 어디다 뭘 숨겨놓았는지 어떻게 알겠어?"

"그래서 비겁하다고 말하려는 거요?"

"하하. 뭐 하러 그래? 나도 대충만 보여줬을 뿐인데 뭐. 다 보려면 땀깨나 쏟아내야 할걸?"

지우와 대화를 나누던 가운데 마편은 자신의 귀두도를 쩔렁쩔렁 흔들며 진파를 가리켰다.

"너무 방심하지 마시오. 우리야 한 번 칼질에 모든 걸 거니까 말이외다."

마편의 음성엔 한 가닥 정감이 담겨 있었다. 진파도 슬쩍 미소를 짓고 말을 튕겼다.

"일격필살? 그거 말이야 멋있고 좋지만 쉽진 않을걸?"

"증명해 보쇼."

"물론."

빙글빙글 웃던 세 사람의 몸에서 동시에 날카로운 기세가 뻗어 나오기 시작했다.

"하아아ー"

"이야아아압!"

마편과 지우의 기합성이 연무장을 가득 울렸으나 진파는 아무 소리도 내지 않았다. 대신 그의 왼손가락이 펄럭이며 좌에서 우로 공간을 갈랐다.

츄리리리리리릿ー

오랜만에 터져 나오는 귀곡성이 울렸다.

진파의 왼 손목에서 폭죽처럼 연혼사가 터져 나왔던 것이다.

마편과 지우의 칼질이 우뚝 멈췄다.

그들의 목덜미에는 어느새 꼿꼿이 곤두선 연혼사가 한 가닥씩 목줄기를 노린 채 허공에서 멈춰 서 있었다.

은빛으로 빛나는 연혼사는 금방이라도 그들의 목을 뚫어버릴 듯 폭풍 같은 기세를 담은 채였다.

"이, 이런."

"일격필살이란 이런 거지."

진파의 입이 좌우로 벌어졌다. 하얀 이가 매력적으로 빛났지만 마편과 지우의 눈에는 사신의 미소처럼 보였을 것이다.

"낙양에서 한 번 더 한다고 했지? 이제 웬만큼 보여줬으면 다음번엔 준비를 철저히 해보시오."

진파는 연혼사를 거두고 뒤로 돌아섰다.

철정과 벽화들의 환호성이 연무장을 가득 울렸다.

제45장 낙양고월(洛陽孤月)

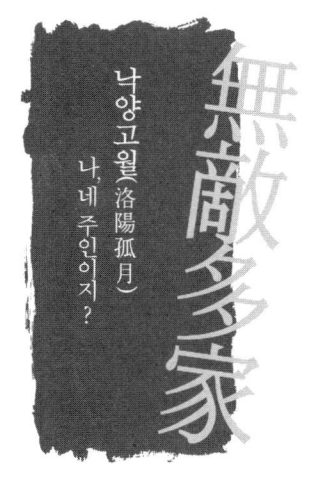

無敵多家

낙양고월(洛陽孤月)
나, 네 주인이지?

개봉에서

낙양으로 가는 길은 평탄한 관도를 따라 편안하게 마차로 갈 수 있다.

진파와 철정이 모는 마차는 바로 낙양의 초입에 거의 당도해 있었다.

여전히 마차를 타고 가는 진파와 철정은 나란히 마부석에 앉은 채였다. 개봉에서 한 번 치른 적룡단과 혁호단의 시험이 아직 끝나지 않아 낙양으로 이어지는 여정이었다.

철정이 입을 열었다.

"근데 너무 천천히 온 거 아니냐?"

"이틀이면 올 거린데 하루만 시간을 더 달랬잖아."

"그동안 또 무슨 짓을 꾸몄을지 모르잖아."

"꾸미면 어때? 또 눌러주면 되지. 씩씩거리던 얼굴들이 재밌던걸?"

진파는 마부석에서 고개를 들고 아하하 맑은 웃음을 토해냈다.

분김을 참지 못해 씩씩대던 마편의 얼굴이 떠올랐던 것이다.

마편과 지우는 제대로 자신들의 절기를 펼치지도 못하고 패하자 얼굴 가득 부끄러운 표정을 짓는 대신 씩씩거리며 낙양에서 삼 일 후에 보자고 청을 넣었다. 두 번째 시험이라나. 진파가 선선히 응낙한 것은 물론이다.

"어? 저기 쉴 만한 데가 있네. 말들한테 풀이나 좀 뜯기고 가자."

"너무 여유 부리는 거 아니냐?"

"여유는 무슨, 다 먹고살자고 하는 일인데. 말도 먹여줘야지."

"객잔에서 먹이면 될 걸 가지고."

"돈도 좀 아끼자고. 좀 있으면 그쪽에서 마중 나오겠지."

진파와 철정은 마차를 관도 밖으로 몰아 강변에 펼쳐진 초지로 들어섰다.

마차가 멈추자 마차 안에 있던 벽화들도 하나둘 몸을 드러냈다.

진파는 벽화를 바라보았다.

"벽화야, 여기서 말들 좀 돌보렴. 낙양에 거의 다 왔으니 그쪽에서 곧 마중 나올 거야. 성 밖에서 보기로 했으니 관도 따라 사람이 하나 올 게다."

"오빠?"

"철정이랑 볼일 좀 봐야겠다."

"볼일?"

"생리적인 일이야. 거 있잖냐? 쉬아라고."

"빨리 갔다 와."

벽화가 더 묻지 못하고 얼굴을 붉힌 채 돌아섰다.

철정과 진파가 낄낄대며 십 장쯤 떨어진 관목 숲으로 들어서자 벽화는 설레설레 고개를 저었다.

"점점 능글맞아진다니까."

한편, 관목 숲에 들어선 진파와 철정은 진짜 작은 볼일을 시원하게 마치고서 흐르는 구름을 바라보며 무언가를 탈탈 털고 있었다.

철정이 힐끗 진파의 하초를 바라보았다.

"오! 제법 여물었는걸?"

"제법이라니! 이미 장성해 위용이 하늘을 찌르고 있는 게 보이지 않아?"

철정이 낄낄거리며 물었다.

"너 그거 한 번도 사용 못했지?"

"그래, 임마. 새삼스럽게 뭘 묻냐?"

"쯧쯧. 난 니 나이 때 이미 만리장성을 쌓아 올렸건만."

"빨리 경험한다고 좋은 게 아냐, 임마."

"그냥 찌그러져 있어라. 그쪽으론 형님이 아득한 고수시다."

"돼지 같은 놈."

"돼지?"

"그래, 임마. 돼지."

"갑자기 웬 돼지타령이냐? 나처럼 날씬한 돼지가 어디 있어?"

"네가 아직 모르는구나."

진파는 바지춤을 수습하며 철정을 장난스럽게 노려보았다.

"돼지란 놈은 말이지. 태어난 지 삼 개월만 지나면 방사를 할 수 있다고 하더라. 그러니까 일찍 경험한다고 자랑스러워하는 놈은 돼지 같은 놈이라 할 수 있지."

"호~ 삼 개월? 후생에는 돼지로 태어나도 괜찮겠구나."

"밝히는 놈."

"썩히는 자식."

킬킬거리던 진파와 철정의 얼굴에서 어느덧 웃음기가 서서히 사라져 갔다.

진파는 하늘을 바라보다 돌연 폭 한숨을 내쉬었다.

진파의 맘을 아는 철정으로선 괜한 말을 꺼냈다고 자책할 수밖에 없었다.

장난처럼 시작한 대화였지만 어느새 벽화와 진파가 친남매일지도 모른다는 사실이 떠올랐던 것이다. 진파도 그 사실을 떠올렸음이 틀림없었다. 그렇지 않다면 저런 한숨은 쉬지 않았으리라. 진파 성격에 저런 맥없는 한숨이 어울리기나 하는가.

철정이 툭툭 어깨를 두드렸다.

"야, 걱정하지 마. 절대 아닐 거야. 얼굴이 닮길 했냐? 선녀 같은 이 소저랑 네놈 얼굴 어디가 똑같아? 그렇다고 성격이 비슷하니? 그것도 아니잖아. 대책없는 니놈 성격이랑 진중한 이 소저 성격이랑 어디가 비슷하냐? 친남매 아닐 거다. 걱정 마."

"그게 위로냐? 놀리는 거냐? 자식아, 난 뭐 그런 생각 안 해본 줄 아냐? 하지만 그럴지도 모른다고 한 사람이 누구냐? 바로 우리 아버지야, 아버지라구. 아버지가 여기 이 낙양에서 사귄 여자가 벽화랑 얼굴이 똑같대잖냐. 완전 찐빵이라고 그러드라. 유 숙이 확인하실 때까지는 이 생각 절대 머리에서 안 떠날 거야."

"좀만 참아라. 검치 아저씨가 애쓰고 계실 거야."

진파는 양손으로 머리를 감싸 안으며 투덜거렸다.

"제엔장할. 이게 무슨 시시껄렁한 얘기냔 말이다. 가까스로 좋아하게 된 여자가 알고 보니 아버지가 같은 여자일지도 모른다니. 아흐!"

"그래도 풍협 어르신 원망은 안 하네? 신통하다."

"안 하긴, 개뿔. 그동안 실컷 속으로 욕했지. 뭐냐? 이게? 천하대협이란 양반이 마누라 죽은 지 얼마나 됐다고 바람이나 피우고 말야. 젠장. 아버지만 아니면 정말 받아버렸을 거야."

"니 성격에 그러고도 남지."

"아~ 젠장. 답 안 나오는 얘기 그만 하고 돌아가자. 열만 더 받는다."

관목 숲을 헤치며 밖으로 나서던 진파는 고개를 돌려 철정을 바라보았다. 따라오는 기척이 안 들려 의아했던 것이다.

"뭐 해? 빨리 가자."

그런데 철정의 얼굴 표정이 참으로 이상했다.

방금 전까지 위로를 해준다며 함께 농담 따먹기를 하던 그 철정의 얼굴이 아니었다. 딱딱하게 굳어 있는 철정의 얼굴엔 당혹감이 그대로 드러나 있었다.

"야! 왜 그래?"

진파는 철정이 자신을 바라보는 것이 아니라 등 너머 다른 무언가를 보고 있다는 사실을 발견하고는 번개같이 고개를 돌렸다.

그리고 보았다, 벽화가 창백한 얼굴로 서서 진파를 바라보고 있는 것을.

"벼, 벽화야!"

벽화는 물끄러미 진파를 바라보고 있었다.

장난도 칠 겸 혁호단의 사자가 온 사실도 알려줄 겸 해서 기척을 지우고 접근했던 것인데, 그만 듣지 않아도 될 말을 들었던 것이다. 단한 번도 생각해 본 적이 없는 그야말로 말도 안 되는 말, 진파와 자신이 친남매일지도 모른다는 말을.

"벽화야, 이, 이건 말이지."

진파는 더 이상 말을 건넬 수 없었다.

벽화의 눈에서 눈물이 또르륵 굴러 떨어지는데 도대체 무슨 말을 해야 할지 머리가 새하얗게 비어버렸다.

"벽화야!"

진파의 부름에도 벽화는 멈추지 않았다.

하얀 옷자락을 펄럭이며 벽화의 신형이 훨훨 허공을 날아 사라져 갔다. 절정의 부풍무영. 소수마후만이 펼칠 수 있다는 그 환상의 신법이 펼쳐진 것이다.

"뭐 해! 빨리 따라가!"

철정의 재촉에도 진파는 꼼짝할 수가 없었다.

"따라가서 뭐라고 해. 제, 제기랄."

"임마! 그래도 이럴 땐 무조건 따라가는 거야! 그리고 무조건 설득해. 시간이 아무리 걸려도 절대 포기하지 말고. 알았어?"

"그, 그래."

"빨리 가! 기다리다 영 안 오면 낙양에 먼저 들어가 있을 테니. 일단 난 낙양에서 제일 큰 객잔에 들어가 있을게."

"아, 알았다."

무적다가의 가주가 된 후, 생전 당황하지 않을 것 같던 진파가 수차례나 말을 더듬고는 벽화가 사라진 쪽으로 신형을 날렸다.

"으휴~ 왜 이리 꼬이는 것이냐."

철정은 절레절레 고개를 젓다가 멀리 멈춰 서 있는 마차를 보고는 또 머리를 흔들었다.

'도대체 이 소저가 갑자기 사라진 걸 뭐라고 말해 줘야 하는 거야? 에휴~'

벽화는 달리고 또 달렸다.

벽화의 눈에선 자기도 모르게 눈물이 방울방울 떨어지고 있었다.

'오빠가 그래서 갑자기 어색하게 대했구나.'

진파의 태도가 어느 순간 변한 이유가 너무나 확실하게 이해되었다.

친남매일지도 모른단다.

그 말을 한 사람이 다른 사람도 아니고 풍협이라니.

풍협의 얼굴을 처음 봤을 때 느낀 그 편안함은 혈육이기 때문에 끌렸던 하늘이 정해준 감정이었던가. 진파에게 자연스레 끌렸던 이유도 바로 그 때문인가.

오직 한 사람에게만 마음을 주리라고 생각했고, 바로 그 사람이 진파였다고 믿었건만.

진파만은 절대 자신을 이용하지 않을 사람이라고 굳게 믿었건만.

그 사람이 오빠란다.

친오빠일지도 모른단다.

벽화는 왜 그렇게 서글픈 감정이 물밀듯 밀려오는지 알 수 없었다.

그저 도망치고만 싶었다.

믿을 수 없는 현실에서 몸을 빼 완전히 사라지고만 싶었다.

그래서 벽화는 달리고 또 달렸다.

절정의 부풍무영이라지만 허공을 스치는 벽화의 신형은 그야말로

한 마리 비조와도 같았다.

그때 멀리서 벽화를 부르는 소리가 들려오고 있었다.

진파였다.

"벽화야! 멈춰! 제발 내 말 좀 들어봐!"

벽화는 멈추지 않았다.

듣고 싶지 않았다.

진파는 벽화의 뒤를 따르면서 이를 악물었다.

뭐라고 말해야 할지는 생각도 나지 않았다.

진파의 무공이 높아졌다고 하지만 신법 면에선 벽화도 진파의 성취에 뒤지지 않았다. 부풍무영이라는 신법의 특성상 벽화의 내력이 진파보다 떨어지더라도 거의 비슷한 속도를 낼 수 있는 모양이었다. 좀처럼 거리가 좁혀지지 않았다.

최고도로 달리고 있지만 휙휙 스쳐 지나가는 경물들을 뒤로한 채 벽화는 여전히 진파의 앞을 죽을 듯 달리고만 있었다.

한 식경이 넘게 달리던 진파는 뭐라고 떠드는지도 모르는 채 벽화를 목 놓아 불렀다.

"가지 마! 말을 들어보란 말이야! 나도 믿을 수 없단 말야! 그래서 유숙이 직접 확인해 주신다고 가셨다구! 다들 아닐 거라고 한단 말이야! 벽화야! 제발 좀 서! 제바알~!"

삽시간에 들을 건너고 산을 넘었다.

날이 컴컴해지고 시야가 좁아질 때까지 진파와 벽화는 그렇게 달리고 달렸다.

마침내 누런 물결이 출렁거리는 황하 줄기가 나타나서야 벽화는 멈추어 섰다. 털썩 그 자리에 주저앉아 고개를 숙였다.

"벽화야."

진파가 조금 후에 벽화의 옆에 당도해 그 자리에 주저앉았다.

그러나 막상 벽화를 따라잡고 나니 진파는 도대체 무어라 말해야 할지 알 수 없었다. 하얗게 비어버린 머리 속에선 이제까지 생각해 온 온갖 말들이 어디로 숨어버렸는지 한마디도 생각나지 않았다.

진파와 벽화는 그렇게 묵묵히 강물을 앞에 두고 앉아 있었다.

진파의 손이 벽화의 어깨를 감싸 안은 후에도 둘은 그렇게 말없이 앉아만 있었다.

*   *   *

철정과 아홉 명의 소수마후는 객청에 있는 탁자에 앉아서 답답한 침묵을 유지하고 있었다.

마차를 보고 찾아온 혁호단의 안내인을 따라 낙양 동쪽에 있는 그들의 본거지까지 왔지만 아직도 진파와 벽화는 도착하지 않았던 것이다.

마편과 지우에게 볼일을 보고 조금 늦게 올 것이라며 말을 얼버무린 철정은 눈살을 가득 찌푸린 채 그의 입만을 바라보는 듯한 소수마후들과 마주 앉아 있었다.

마편과 지우가 떠난 이후 철정은 소수마후들에게 사실을 밝혔고, 그들은 철정과 함께 이 무거운 침묵을 지키고 있었던 것이다.

"정말 남자들이란……."

나령이 한숨을 포옥 쉬고는 몸을 일으켰다.

"언니, 어디 가?"

"여기서 이러고 있으면 뭐 하겠니. 몸이라도 뉘어야겠다."

막수옥의 말에 대충 대꾸한 나령은 말하기도 귀찮다는 듯 손사래를 치고는 걸음을 옮겼다.

말하기 귀찮은 건 막수옥도 마찬가지였다.

왠지 모를 혐오감에다 벽화에 대한 걱정이 뒤섞여 뒤숭숭했지만 양우가 강력하게 반대해 진파와 벽화를 찾으러 가자는 나령의 제안은 받아들여지지 않았다.

어디까지나 두 사람이 풀어야 할 문제라는 양우의 말이 모두를 설득했던 것이다.

막수옥만 자리에 남기고는 모든 소수마후들이 하나둘 자리를 떴다.

진파를 좋아하는 건 막수옥과 정가영을 빼고는 모두 마찬가지였지만 그들 모두 벽화를 좋아했다.

그들의 대장인 벽화의 마음을 생각하니 마음이 무겁기만 했던 것이다.

모두가 사라진 객청에 둘이만 앉아 있던 것이 불편했던지 철정이 몸을 일으켰다.

"철 소협도 주무시려구요?"

막수옥이 묻자 철정은 고개를 저었다.

"잠시 밤바람이나 쐴까 합니다. 답답하군요."

"철 소협이 자책하실 필요는 없어요."

철정은 막수옥의 눈을 바라보았다. 그의 눈 속엔 뜻밖이라는 기색이 담겨 있었다.

"어찌 아셨습니까?"

막수옥은 고개를 숙였다.

"그냥요."

철정은 홀로 탄식을 토해냈다.

선지애와 뜨거운 사랑을 나누었던 그가 어찌 막수옥의 마음을 모르겠는가.

관심이 있고 애정이 있으면 상대의 마음 세세한 구석까지 보고 싶은 법이다. 보려고 노력하면 보이는 것이 또한 사랑하는 이의 마음. 철정은 거칠기만 했던 막수옥의 자신을 향한 마음이 진심이라는 것을 아프게 느낄 수 있었다. 자신도 모르게 말이 부드럽게 나갔던 것은 바로 그 탓이었을까.

"함께 나가시겠습니까? 낙양의 밤거리는 풍취가 있다더군요."

"예?"

번쩍 고개를 든 막수옥은 전혀 예상하지 못했던 철정의 말에 그만 멍청한 반문을 하고 말았다고 자책했다.

'바보같이!'

철정이 다시 한 번 부드럽게 말을 건넸다.

"함께 산책이라도 하시는 게 어떨까 하구요."

"그, 그래요."

막수옥은 자신이 어떻게 대답했는지, 어떻게 혁호단의 본단을 나오게 되었는지 하나도 기억할 수 없었다.

정신이 들었을 때는 철정과 함께 오색 빛이 영롱한 낙양의 밤거리를 거닐고 있었다.

'이, 이런 감정인가? 좋아하는 사람과 좋은 시간을 갖는다는 건 이렇게도 달콤한 걸까?'

어떻게 걸음을 옮기는지도 모르면서 막수옥은 쫄래쫄래 철정의 곁을 걷고 있었다.

철정의 입에서 나오는 말은 하찮은 것일지라도 어쩌면 그렇게 멋지게만 들리는지, 어쩌면 그렇게 따뜻하게 들리는지 막수옥은 꿈이라도 꾸는 것만 같았다.

"잠깐."

그때 갑자기 철정이 막수옥의 옷깃을 붙들었다.

막수옥은 등골을 내달리는 듯한 짜릿함에 정신을 차릴 수가 없었다. 스치기만 한 손짓이었는데도 왜 이리 가슴이 뛰는 것일까.

그런데 철정의 표정은 그렇지 않았다.

잔뜩 긴장해 골목 한구석을 노려보는 철정의 표정은 너무도 진지하기만 했다.

'호, 혹시 저 골목으로 날 데려가서? 꺄악!'

볼이 후끈 달아오르려는데 철정이 나직한 목소리로 말을 건넨다.

"제 눈이 이상하지 않다면 믿을 수 없는 걸 본 것 같습니다."

"뭐, 뭘요?"

"일단 저랑 같이 가보십시다."

철정이 걸음을 옮겨 어두운 골목으로 접어들자 막수옥은 다리가 풀릴 것만 같았다.

'처, 철 소협은 경험도 많으니까. 아잉~'

성큼성큼 걸음을 옮기는 철정을 따라 들어선 골목엔 달빛도 비치지 않아 깜깜하기만 했다.

그러나 막수옥이 누구던가. 바로 전설의 소수마후 중 일 인이 아니던가. 그녀는 골목길에 뒹구는 조약돌 하나까지도 꿰뚫어 볼 수 있는 능력이 있었다. 골목엔 아무것도 없었다. 아무도 없었다. 쥐새끼 한 마리도 없었다. 그래서 뛰었다. 막수옥의 가슴은 동동동동 마구마구 세차게 뛰기 시작했다.

'드, 드디어!'

막수옥은 다소곳하게 철정의 뒤를 따랐다.

철정은 더욱 어두운 골목 구석으로 그녀를 데리고 가고 있었다.

저기쯤 가면 아무리 안력이 좋은 사람이라도 둘이 무얼 하고 있는지 절대로 알아볼 수 없을 것이다. 절대!

철정이 우뚝 멈춰 섰다.

'이제 휙 돌아서겠지? 그리고 날 확! 아~'

기대에 부풀어 있는데 갑자기 철정은 몸을 숙여 바닥을 꼼꼼히 살폈다. 손을 내밀어 땅을 더듬었다.

'아니, 뭘 하시는 거예요? 전 여기 있다구요! 여기요!'

애가 타는 막수옥의 마음을 듣기라도 한 듯 철정이 갑자기 벌떡 몸을 일으켰다.

빙글 몸을 돌린 철정이 막수옥의 얼굴을 보고 눈을 맞추었다.

'아아~'

철정의 억센 두 팔이 막수옥의 양팔을 잡았다.

후욱 하고 거친 남자의 냄새가 풍기자 막수옥은 스르르 눈을 감았다.

'마, 마침내 철 소협이 내 마음을······.'

그때 철정의 목소리가 들렸다.

"틀림없습니다. 제가 헛것을 본 게 아닌 듯합니다. 이걸 좀 보십시오."

"예?"

막수옥은 어리둥절해 눈을 뜨고 철정을 바라보았다. 철정은 잔뜩 흥분한 얼굴로 손가락으로 바닥을 가리켰다.

막수옥이 눈을 내려 그곳을 보자 작게 패인 신발 자국이 보였다. 발끝으로 찍은 듯한 두 개의 발자국.

막수옥의 눈이 번쩍 빛났다.

단단한 바닥에 이 정도의 자국을 남기려면 대단한 공력이 있는 고수가 아니면 불가능할 터였다. 그러나 막수옥이 눈을 빛낸 이유는 그것 때문이 아니었다.

발자국 옆에 떨어져 있는 옥 귀고리 때문이었다.

막수옥은 떨리는 손으로 귀고리를 집어 들었다.

"틀림없지요?"

흥분한 철정의 목소리에 막수옥의 고개가 마구 끄덕여졌다.

"마, 맞아요! 이후 언니의 귀고리예요."

"제가 잘못 본 게 아닌가 봅니다. 방금 분명히 추 소저를 보았습니다!"

"어, 언닌 죽었는데?"

"현정이도 함께 있었던 것 같습니다. 그림자는 둘이었어요."

철정과 막수옥의 신형이 약속이라도 한 듯 골목길의 담장을 넘어 지붕으로 솟구쳐 올랐다.

휙휙 움직이는 두 사람의 신형은 근처의 가장 큰 전각 지붕까지 올라섰지만 어디에도 추소예와 현정의 그림자는 보이지 않았다.

"이, 이게 어찌 된 일일까요?"

"모르겠소. 일단 이 근처를 샅샅이 찾아보기로 하지요. 헛것이라도 이대로 돌아갈 순 없을 것 같습니다."

"좋아요."

"막 소저가 동쪽을, 제가 서쪽을 맡지요. 막 소저가 북쪽으로 훑고 제가 남쪽을 돌아보겠습니다. 두 시진 후에 이곳에서 만나기로 하지요. 길이 어긋나거나 시간이 모자라면 혁호단으로 돌아가서 만나기로 합시다."

"알았어요!"

그때까지 소녀의 감성으로 아릿하기만 하던 막수옥의 눈빛이 아니었다. 동료를 찾는 간절하고도 매서운 눈빛의 소수마후로 돌아선 막수옥은 낙양의 동쪽을 향해 쏜살같이 신형을 날렸다.

철정은 막수옥의 뒷모습을 바라보다 신형을 돌렸다.

죽은 줄만 알았던 두 사람.

추소예와 현정의 죽음은 철정에게도 가슴 아픈 죽음이었다. 그런데 그들이 살아 돌아다니는 것을 본 이상, 철정은 가만히 있을 수 없었다.

'반드시 찾아야 해. 귀고리를 확인했으니 잘못 본 건 아닐 거야. 반드시!'

철정의 신형도 낙양의 밤거리로 사라져 갔다.

철정의 등 뒤를 외롭게 홀로 뜬 달이 유유히 비추고 있었다.

"추 소저! 현정아!"

철정의 목소리가 밤거리를 내달리고 있었다.

성벽을 넘어서 낙양의 외곽 지대를 달리는 철정은 바싹바싹 애가 타고 있었다.

낙양의 서쪽을 휘젓다 추소예와 현정을 발견한 철정은 잡힐 듯 잡힐 듯 잡히지 않는 두 사람의 뒤를 계속해서 따르고 있었다.

잘못 본 듯하여 눈을 씻고 또 씻었지만 이후 추소예와 십후 현정이 틀림없었다.

그러나 그들은 철정의 부름에 멈칫하기만 할 뿐 곧 신형을 날려 지붕과 지붕을 타 넘고 마침내 낙양의 외성벽도 훌훌 타 넘었다.

그들의 뒤를 쫓다 철정이 놓칠 듯하면 그들은 어서 따라오라는 듯 제자리에 멈추기까지 했다.

철정으로서는 애가 탈 수밖에 없었다.

어느덧 인가도 뚝 끊어져 어둠만이 보이는데 달빛 한 가닥에 의지해 추소예와 현정을 뒤쫓자니 철정은 마치 선지애의 뒤를 쫓는 듯한 이상한 감흥에 빠져들었다.

죽은 줄만 알았던 추소예와 현정이 눈앞에 보이니 선지애도 죽지 않았을지 모른다는 까맣게 놓아버렸던 희망이 솟아올랐을까.

추소예와 현정의 신형이 마침내 커다란 은행나무 옆에서 멈추었다.

나란히 서서 철정을 바라보는 두 사람의 얼굴은 분명히 철정이 기억하는 그들이었다.

철정은 너무도 반가워 크게 소리쳤다.

"추 소저! 현정아! 죽지 않았구려!"

그들의 일 장 앞까지 달려갔을 때 갑자기 은행나무 뒤에서 검은 피풍의를 걸친 사내 한 명이 천천히 모습을 드러냈다.

철정은 가슴이 싸늘하게 식는 것을 느끼며 급히 신형을 멈추었다.

"누구냐!"

검은 피풍의를 두른 사내는 추소예와 현정의 어깨에 다정하게 손을 얹었다.

"저자냐?"

짧은 물음에 추소예와 현정의 고개가 공손하게 숙여졌다.

"맞군."

고개를 돌려 철정을 바라보는 사내는 현성교주 임수였지만 그를 처음 보는 철정은 임수의 얼굴을 알아보지 못했다.

"너는 도대체 누구냐!"

거검을 빼 들고 임수를 노려보는 철정의 눈엔 경계심이 가득했다.

임수는 철정을 바라보며 비릿하게 웃었다.

"나? 네 주인이지."

"무엇이!"

분노해 소리치던 철정은 임수의 검은 눈을 보고 갑자기 시야가 뿌옇게 흐려지는 이상한 경험을 하게 되었다.

'뭐, 뭐야……'

그리고 철정의 의식은 끊어졌다.

바닥에 쓰러지는 철정의 미간엔 희미한 검은 별이 떠올라 있었다.

"할아버지 말씀대로군."

임수의 입이 벌어졌다. 싸늘한 미소와 함께 득의한 웃음소리가 밤하늘에 울려 퍼졌다.

제46장 초열지옥(焦熱地獄)

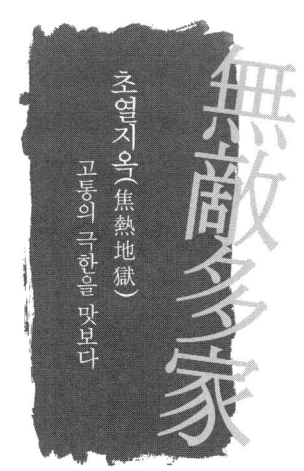

초열지옥(焦熱地獄)
고통의 극한을 맛보다

無敵多家

침상에

누워 있는 여덟 명의 소수마후는 하나같이 잠을 이루지 못하고 있었다.

오후 양우가 몸을 뒤채다 삼후 나령과 눈이 마주쳤다.

문득 생각난 듯이 나령이 말을 건넸다.

"수옥이는 철 소협과 어딜 갔나 보군."

"소원 성취할지도 모르죠."

"그렇겠지?"

"예. 언니도 알다시피 이런 야심한 밤에 둘이 사라졌다면 뻔하죠, 뭐."

하도 막수옥이 들어오지 않자 정가영이 데리러 간다고 나갔다가 홀로 돌아온 게 벌써 한참 전이다.

막수옥이 지금 낙양의 밤거리를 헤매고 있다는 걸 알지 못하는 그들은 여러 가지 야릇한 상상의 나래를 펼치는 중이었다.

"부러운 년."

나령이 투덜대자 여기저기서 '맞아요' 하는 동감의 소리가 흘러나왔다.

그때 정가영이 벌떡 침상에서 몸을 일으켰다.

"정말 꼴불견들이네. 친구들 복수도 아직 못했는데 자나 깨나 남자 생각이나 하고. 그러고들 싶어?"

자나 깨나 정가영과는 앙숙인 설화가 나섰다.

"넌 좋아하는 사람이 없어서 그래."

"뭐야!"

"너 같은 어린애가 뭘 알겠니?"

"이게 정말! 내가 왜 어려? 나이도 같은 주제에! 키만 크면 다냐?"

정가영이 고양이 눈을 치켜뜨고 설화를 노려보았으나 설화는 어깨를 으쓱하며 정가영을 외면했다.

"내가 왜 키만 커? 가슴도 너보다 커!"

"하! 좋기도 하겠다!"

"사랑이 뭔지도 모르는데 나이가 무슨 상관이야. 넌 뭐로 보나 아직 어린애라구."

"뭐야!"

"시끄럽다!"

나령이 꽥 소리를 지르자 정가영과 설화는 씩씩대기만 하고 더는 목소리를 높이지 못했다.

양우는 그런 두 소녀를 웃으며 바라보다 나령에게 나직하게 말을 건넸다.

"그런데, 언닌 어떻게 생각하세요?"

"둘이 친남매일지도 모른다는 거?"

"예."

"아니길 빌어야지. 벽화가 너무 안됐잖아."

"그렇죠. 하지만 언니나 우리에겐 기회일 수도 있다는 거 아세요?"

"기회?"

나령이 침상에서 몸을 일으켰다.

누워 있는 다른 소수마후들도 쫑긋 귀를 세웠다.

양우는 나령을 바라보며 고개를 끄덕였다.

"그래요. 대장한텐 안된 일이지만 둘이 친남매가 틀림없다면 진파가 우리에게 눈을 돌릴 수도 있어요."

"그럴까? 오빠 무적다가의 가주야. 우리 같은 마녀들이 언감생심…… 그냥 좋아만 하는 건데 뭐."

"그렇게 생각할 건 없어요. 진파는 그런 건 신경 안 쓰는 애잖아요. 벽화는 우리랑 다른가요? 벽화도 소수마후인 건 마찬가지잖아요."

"그건 그렇지만."

"친남매이길 빈다는 건 너무 잔인한 노릇이니 그럴 필요까진 없어요. 하지만 적어도 진파의 곁에 다른 여자들이 접근하지 못하게만 막으면 우리에게도 기회가 올 거예요."

"일단 힘을 합치자는 거니?"

"물론이죠. 어쩌면 우리 모두 평생 함께 살 수도 있어요."

소수마후들의 얼굴에 어떤 결의의 빛이 떠오르고 있었다.

양우의 마지막 말이 울렸다.

"하지만 대장에 대한 의리를 잊으면 안 되겠지요. 대장과 진파가 친남매가 아니라면 우린 무조건 대장의 뜻에 따르는 거예요. 그러나 두 사람이 친남매라면 진파는 우리 거예요. 다른 여자는 절대 안 돼요. 무슨 말인지 아시죠?"

"물론."

나령의 눈이 빛나고 있었다.

*　　　　*　　　　*

진파와 벽화는 흐르는 강물을 하염없이 바라보고만 있었다. 어느새 깜깜한 밤하늘엔 하얀 달빛이 넘실거렸지만 그때까지도 두 사람 사이엔 한마디 대화도 없었다.

더 이상은 참기 힘들었던지 아니면 그것밖엔 할 말이 없었던지 진파가 불쑥 입을 열었다.

"가자."

진파의 말에 벽화는 갈라진 목소리로 대답했다.

"어디로?"

"돌아가야지."

"돌아갈 수 있을까?"

"무슨 소리야. 객잔에서 만나기로 했어."

"우리가 오기 전에 혁호단의 사자가 왔어. 다들 혁호단에 있을 거야."

"그럼 뭐가 걱정이야? 표지만 남기면 곧 혁호단에서 찾아올 건데. 가자!"

"우리가 돌아갈 수 있을까? 예전 같은 사이로."

진파는 덜컥 가슴이 내려앉는 소리를 들은 것만 같았다.

그렁그렁 눈물을 담은 눈으로 진파를 바라보는 벽화의 눈빛은 너무나 가슴을 아리게 했다.

"친남매…… 아닐 거야."

겨우 내뱉은 말. 그러나 그건 바람일 뿐이지 않은가.

"맞다면?"

"아닐 거야."

"맞다면 어떻게 할 건데?"

"맞다면…….."

진파는 말끝을 흐렸다.

친남매가 맞다면 어찌할 것인가.

수백 번도 더 생각해 본 질문. 그러나 결코 답을 하고 싶지 않은 질문이었다.

"그래도…… 난 끝까지 널 지킬 거야."

"친오빠로서?"

진파가 이를 악물었다.

"그렇게라도."

벽화는 무릎에 고개를 파묻고 엉엉 울음을 터뜨렸다. 진파도 울고 싶었다. 그러나 진파는 우는 대신 벽화를 등에 업었다. 순순히 업히는 벽화를 꼭 붙잡고 진파는 발걸음을 옮겼다.

둘은 아무 말도 하지 않았다.

할 수 없었다.

*　　　　*　　　　*

임수는 멍한 눈으로 자신을 바라보는 철정을 보며 키득키득 웃고 있었다.

옆에 서 있던 탐랑이 조심스럽게 물었다.

"교주님, 어떻습니까?"

"약한 구석이 많은 놈이야. 꽤나 상처가 많은 놈이네. 이런 놈일수록 섭혼술에 잘 걸려들지. 할아버지가 잘 선택하셨군. 완벽해. 이제 낙양 구석에 갖다 놓기만 하면 돼."

"우릴 기억하거나 하진 않겠습니까?"

임수는 고개를 저었다.

"아니, 최면 상태에서 대답하는 걸 그대도 들었잖아. 친구라지만 마음속 깊이 잠겨 있는 내면에선 진파를 질투하고 있었어. 무공도 자기보다 높고 가문도 자기보다 좋고, 거기다 애인을 잃은 자신관 달리 진파는 계집들이 주위에 끓고 있잖아. 단단히 마음을 붙들어 매놓았으니 절대 거부하지 못해. 명령을 내리는 순간부터 이 녀석의 몸은 우리 것이 되는 거야. 시키는 대로 뭐든 하겠지. 푸하하하!"

"경하드립니다."

탐랑의 칭찬 어린 축하에 임수는 씨익 웃음을 흘렸다.

"축하는 무슨. 계획을 변경해야겠다. 아직도 우리 위치에 대해 감을 잡지 못하고 있다는 것을 알았으니 유인해서 한꺼번에 몰살시키도록 하지. 흑수림(黑樹林)을 이용하도록 하세나."

탐랑의 얼굴에 놀란 표정이 떠올랐다.

"하지만 그곳은?"

"아아. 상관없어. 무적다가를 해치우려면 그 정도 손해는 감수해야지."

"알겠습니다."

"놈들이 한동안 낙양에 머무를 테니 은밀히 소문을 퍼뜨리게나. 절대 흔적이 남아선 안 되니까 탐랑이 직접 관장하게."

"존명!"

임수의 득의한 웃음이 관제묘를 떠돌았다.

임수의 뒤에 시립하듯 버티고 선 추소예와 현정은 표정없는 얼굴로 유리알 같은 눈을 빛내고 있었다.

멍하게 질린 눈을 한 철정의 눈은 흐릿하기만 했다.

*   *   *

다음날 오전, 혁호단의 본단 객청에는 진파와 벽화, 철정과 소수마후들이 열기를 띤 표정으로 앉아 있었다.

낙양의 백마사(白馬寺)에 약속된 표지를 남긴 진파와 벽화는 곧 혁호단으로 안내되어 일행과 합류했던 것이다.

새벽에야 돌아온 철정과 막수옥은 그들이 발견한 사실을 다른 소수마후들에게 알렸고 뒤늦게 합류한 진파와 벽화에게도 그것을 밝혔다.

그들의 눈앞에는 옥으로 만든 작은 귀고리 하나가 놓여 있었다.

"확실해. 소예 언니 귀고리야."

벽화가 고개를 끄덕이자 모두 열기 어린 눈으로 귀고리를 바라보았다.

죽은 줄로만 알았던 추소예와 현정이 살아 있을지도 모른다는 사실은 벽화와 진파가 친남매일지도 모른다는 사실조차 덮어버렸다.

"어떻게 할 생각이야?"

철정이 진파의 의견을 물었다.

누가 뭐라고 해도 지금 자리를 함께한 일행 열두 명의 수뇌는 진파라 할 수 있었다. 소수마후들의 수장인 벽화마저 진파의 얼굴을 바라보고 있었다.

진파가 입을 열었다.

"분명히 내 눈앞에서 가루로 부서지는 걸 보았어. 그게 환상이라고 가정해야 너와 수옥 누나가 본 사람들이 소예 누나와 현정이라 할 수 있지."

철정은 자신없는 표정으로 탁자를 톡톡 두드렸다.

"음. 확신할 수는 없어. 하지만 가능성은 있지 않을까? 슬쩍 본 거였지만 내 눈을 의심할 정도였으니까."

"난 직접 보진 못했지만 철 소협의 말을 믿고 싶어."

진파는 철정과 막수옥의 말을 들으며 귀고리를 보고 있었다.

"가능성은 둘이다. 일단 우리 눈에 보이는 이 귀고리는 우리 모두가 인정했듯이 소예 누나의 것이야. 그렇다고 정이가 멀리서 본 사람들이 과연 소예 누나와 현정이라고 확신할 수는 없지. 아닐 수도 있어."

"하지만 맞을 수도 있잖아."

벽화의 말에 진파도 고개를 끄덕여 동의했다.

"그렇지. 소예 누나와 현정이가 맞다면 그들이 살아 있다는 걸 기뻐해야겠지. 하지만."

"하지만?"

나령이 묻자 진파는 한숨을 내쉬었다.

"그날 누나도 봤잖아. 두 사람은 먼지가 되어 부서졌어. 그게 환상이라면 그건 현성교주가 무슨 수작을 부렸다는 거야. 그렇다면 소예 누나와 현정이는 현성교의 수중에 떨어졌다는 말이지. 어제 둘이 본 사람들이 소예 누나와 현정이라고 해도 현성교의 함정일 가능성이 커."

"아닐 가능성은 없을까?"

양우의 말에 진파는 고개를 가로저었다.

"없어. 그리고 이 귀고리만 진짜고 정이가 본 게 가짜들이라면 그건 현성교의 음모가 틀림없고."

진파의 말에 모두 침묵을 지켰다.

"하지만 알아볼 가치는 충분히 있어. 두 사람이 진짜든 가짜든 반드시 알아봐야지. 실낱같은 가능성이라지만 살아 있을지도 모른다는 증거가 나왔는데 가만있을 수는 없지."

진파는 눈을 빛내며 소수마후들과 철정을 응시했다.

"일단 잠룡단 건을 마무리 짓고 모든 정보망을 동원해서 소예 누나와 현정이를 찾자. 낙양에 현성교의 흔적이 있는지 알아보는 게 무엇보다 시급해. 혁호단의 힘이 필요하다."

"그러자면 먼저 마지막 시험을 통과해야 된다는 거군."

철정의 말에 진파는 주먹을 불끈 쥐었다.

"물론."

혁호단주 지우는 빙글빙글 웃고 있었다.

염상이란 지위는 나라에서 특권을 인정해 주는 자리이기 때문에 그 특성상 수많은 이권을 다루어야 한다. 또한 책략에 능해야만 살아남을 수 있는 자리이기도 했다. 사람을 알아보는 눈이 어느 곳보다 필요한 자리가 바로 북염의 수뇌였다.

지우는 그래서 눈앞에 서 있는 이 젊은 새 가주가 만만치 않은 상대임을 너무도 잘 알고 있었다. 개봉에서 본 그는 넘을 수 없는 산의 모습을 보여주었지만 지우는 아직 진파를 인정하지 않았다.

'이제 드러나겠지. 단순히 무공만 높은 괴물인지 진짜 우리를 다룰 수 있는 거목인지가 말야.'

진파는 삼 일 전과는 달리 어딘가 굳어 있는 얼굴이었다.

"이번이 마지막이겠지?"

다짐까지 하는 것이 분명 마음이 급해 보였다. 지우는 내심 회심의 미소를 머금었다.

'왜인지는 모르지만 서두르는군. 이번엔 내가 이길지도.'

흑사방주인 오랜 친구 마편은 이미 진파를 가주로서 완전히 인정한 모양이지만 지우는 그에 동의하지 않았다. 염상에겐 염상의 방법이 있는 법이니까.

지우는 고개를 끄덕여 진파의 의문에 답을 주었다.

"그렇소."

"시험은 누가 하지? 여전히 마 단주와 지 단주가 하나?"

지우는 고개를 흔들었다.

"아니오. 이번 시험은 사람이 하는 게 아니외다."

"그럼?"

지우의 미소가 짙어졌다.

"삼 일 후 이 뚜껑을 열고 나오기만 하면 되는 시험이외다."

*   *   *

진파는 무어라 형언하기 힘든 더운 열기 속에서 부드득 이를 갈고 있었다.

사방이 고작해야 일 장 남짓한 답답한 공간에는 묘한 열기가 꿈틀거려 턱턱 숨을 막히게 했다.

처음 혁호단주 지우의 말을 들었을 때는 별거 아니라고만 생각했다.

바닥에 만들어진 철문만 열고 나오면 된다는 말에 특별한 기관장치라도 되어 있는 함정이라 생각했는데, 지우의 설명을 들으니 그런 것도 아니었다. 그저 가만히 앉아만 있다 삼 일 후에 나오기만 하면 된다나?

그래서 방심한 것은 아니었지만 그렇다고 이런 상황을 기대하진 않았다.

'젠장.'

진파는 꿀꺽 마른침을 삼켰다.

목청이 타는 것만 같았지만 치밀어 오르는 욕지기를 막으려면 그 수밖에 없었다.

눈앞에 보이는 비쩍 마른 시신이 진파의 시선을 어지럽혔지만 그것을 치울 생각도 들지 않았다.

'체력을 아껴야 해.'

진파는 스르르 쓰라린 눈을 감았다.

*　　　　*　　　　*

마편은 눈살을 찌푸린 채 앞에 앉아 있는 지우를 바라보고 있었다.

지우는 마편을 향해 빙긋 웃어주었다.

"얼굴 좀 펴게."

"맘에 들지 않아. 꼭 그렇게까지 해야 할 필요는 없지 않은가."

"그렇진 않지. 난 적어도 내가 인정할 수 있는 상전을 모시고 싶네."

"아무리 그래도 그렇지, 명염전(冥鹽殿)에 집어넣을 필요는 없었지 않은가."

"뭘 걱정하나? 삼 일 후에 나오면 된다는 걸 말해 줬고, 모래시계도 주었네. 징벌할 때처럼 문을 잠근 것도 아냐. 언제라도 싫으면 뛰쳐나 오면 그만인데 왜 그러나?"

쾅!

마편이 탁자를 내려쳤다.

"그걸 말이라고 하나! 아무리 무공의 고수라도 명염전에서 물 한 모 금 마시지 않고 사흘을 버티는 건 불가능해! 자네가 누구보다 잘 알면 서 왜 그래!"

"가주가 상당히 마음에 들었나 보군."

"그래! 그 정도면 뒤끝도 없고 훌륭한 품성이야. 무공은 더 말할 나 위도 없고. 뭐가 그리 못마땅하나? 우린 가주를 시험할 뿐이지, 거부할 목적인 건 아냐!"

"어쨌든 이 시험은 내 의지대로 치르는 걸세. 그게 우리의 규칙이 야."

"흥!"

지우는 고개를 돌려 버린 마편을 바라보며 피식 웃음을 흘렸다.

"너무 걱정 말게나. 통과만 한다면 가주로 받아들일 테니까. 나도 가주가 마음에 들긴 한다네."

"퍽이나."

"믿든 안 믿든 말일세."

지우의 웃음이 짙어졌다.

철정은 심각한 안색으로 진파가 들어간 철문을 보고 있었다.

철문 주위에는 혁호단의 무인들이 호법이라도 서듯 엄중하게 서 있었다.

방금 전, 자리를 떠난 적룡단주와 혁호단주의 명령대로 추호도 움직이지 않고 꼿꼿이 자리를 지키는 중이었다.

철정과 함께 그들을 지켜보던 막수옥이 철정에게 말을 걸었다.

"너무 걱정하시는 것 아니에요? 그만 들어가시죠. 진파가 저 정도 시험도 통과하지 못하려구요. 제가 보기엔 형식만 지키는 것 같아요."

철정은 고개를 저었다.

다른 소수마후들은 벽화와 함께 잠시 몸을 닦으러 자리를 비웠지만 철정은 이틀째 이 자리를 지키고 있었던 것이다.

"저 시험은 보기처럼 만만한 게 아닙니다."

"예? 그저 소금 동굴에서 삼 일을 보내는 거잖아요. 뭐가 어렵다고 그러세요? 진파 정도의 고수라면 삼 일이 아니라 석 달도 너끈히 버틸 거예요."

"그게 그렇지가 않습니다."

철정은 쓴웃음을 지었다.

"소금이란 물건이 뭐에 쓰인다고 생각하십니까?"

"간을 맞출 때 쓰는 거잖아요."

"그뿐 아니라 절이기도 하지요."

막수옥이 갑자기 웬 요리 강습이냐는 듯 뚱한 표정으로 철정을 바라보았다.

철정은 막수옥에게 다시 물었다.

"절인다는 게 어떤 것인지 아십니까?"

"상하지 않게 하는 것이죠."

"그뿐만이 아닙니다."

철정은 심각한 안색으로 철문을 바라보며 말을 맺었다.

"소금은 수분을 빼앗기도 하지요. 소금 속에 장시간 고기를 절이게 되면 상하지 않을 뿐 아니라 바싹 마르기도 합니다. 지금 저 안은 물기가 하나도 없는 초열지옥 같을 겁니다."

"예에?"

*　　　　*　　　　*

진파는 눈을 뜨고 모래시계를 보고 있었다.

'조금 있으면 삼 일이 되겠군.'

입술이 완전히 말라 쩍쩍 갈라져 있었다.

무적심공을 계속 운기해 체력을 보존하려 했으나 그마저 수월하지 않았다.

소금의 흡수력은 그의 상상을 초월했다.

마른 장작처럼 메말라 죽어버린 시신들을 보자니 그들이 어떻게 이곳에서 죽었는지 너무도 잘 알 수 있었다. 그와는 달리 단단히 결박된 채 들어온 듯 그들의 사지엔 여기저기 헐렁헐렁한 쇠사슬이 걸린 채였다.

호신강기를 펼쳐도 소금의 흡수력을 막을 수 없었다.

내장이 모두 붙어버린 듯한 이상한 경험마저 하게 된 지금, 진파는 되도록 몸을 움직이지 않은 채 묵묵히 견뎌내고 있을 뿐이었다.

사람 또한 소금으로 절일 수 있다는 생각을 누가 처음 했는지 알 수 없었으나 대단히 잔혹한 자임에 틀림없다.

'누군지 몰라도 그 자식은 여기 들어와 본 적이 없겠지.'

진파는 입술이 올라가 얼굴이 당기는 묘한 고통을 느끼면서도 씨익 웃음을 지었다.

육체가 말라 버리는 이상한 경험을 하게 될지 누가 알았겠는가.

그러나 그 때문에 진파가 얻은 것은 적지 않았다.

공철에게 단련되며, 무적관문을 통과하면서 나름대로 육체의 고통에는 어느 정도 익숙해졌다고 느꼈던 진파였지만 그 생각이 얼마나 오만한 것이었는지 이번에 새롭게 깨달을 수 있었다.

'이것도 기연이라고 할 수 있을까?'

고통이 되풀이되면 그것에 익숙해지는 것이 또한 사람의 육체였다. 그러나 숨이 턱턱 막혀 호흡조차 불가능하게 하는 명염전의 소금지옥은 진파에게 고통에 대한 새로운 눈을 뜨게 했다.

세상엔 익숙해지지 않는 고통도 있었다.

게다가 점점 심해지는 고통도 존재했다.

소금은 그저 그의 외부에서 아무것도 하지 않고 존재하기만 할 뿐이었지만 또한 끊임없이 움직이고 있었다. 소금은 사람처럼 지치지도 않고 진파의 몸을 공격하고 있었다.

인내의 극한이 어떤 것인지, 점점 나빠지기만 하는 상황이란 게 어떤 것인지 진파는 이번 기회에 절감할 수 있었다. 몇 번이고 자리를 박차고 밖으로 나가 맑은 공기를 마시고 싶었지만 진파는 참고 또 참았다.

이미 시험이 아니라 자신과의 승부였다.

'문이 열리면 나가리라. 이곳을 나가게 되면 어떤 어려움도 이겨낼 수 있지 않을까?

진파는 스르르 눈을 감았다. 모래시계에서 떨어지는 작은 모래 소리만이 들렸다.

*   *   *

지우는 자신의 눈앞에 떨어지는 모래시계의 가는 모래줄기를 바라보면서 흡족한 미소를 짓고 있었다.

어느새 삼 일이란 시간이 거의 다 흘러내리고 있었다.

"정말 대단하군. 저기서 삼 일을 버티다니."

마편의 입에서 감탄성이 새어 나왔다.

"그렇지. 하지만 아직 일각이 남았네."

지우는 마편을 바라보며 시간을 상기시켰다.

"여태까지 버텼는데 일각을 못 버틸까?"

철문의 주위에 선 모두가 마편의 말에 고개를 끄덕였다.

철정과 벽화, 다른 소수마후들의 눈에는 이제 안도의 빛이 흐르고 있었다.

지우는 시계를 바라보며 고개를 끄덕이는 한편, 슬며시 미소를 짓고 있었다.

'하지만 반 각의 차이를 극복할 수 있을까?

명염전에 갇힌 사람이 어떤 고통을 겪는지는 누구보다도 그가 잘 알고 있었다. 북염의 수좌가 되기 위해서는 명염전에서 꼬박 하루를 버텨내야만 했기에. 하루만 버텨도 누구나 인정하는 초열지옥이 바로 명염전이었던 것이다.

'지금쯤 온몸의 수분이 다 빨려 나간 것 같은 고통을 느낄 것이다. 명염전의 소금은 보통 소금이 아니니까. 보통 소금보다 열 배는 더 빨리 수분을 흡수하지.'

지우는 진파가 이 시험을 통과하지 못하리란 걸 확신하고 있었다.

'그 속에선 누구나 모래시계에 의존할 수밖에 없지. 보고 보고 또 볼 것이다.'

지우는 자신의 눈앞에 세워둔 모래시계를 바라보고 있었다.

'하지만 반 각을 참지 못하고 뛰쳐나올걸? 이 시계와 그 시계는 다르단 말이다. 반 각이 더 빠르지. 딱 반 각이. 크하하하!'

시간이 반 각 더 빨리 흐른다는 사실마저 감지할 만큼 철두철미한 사내라면 지우 또한 완전히 승복할 마음의 자세가 되어 있었다. 그러나 지우는 확신했다.

'그런 사람은 없어. 있다면 사람이 아니야!'

마침내 모래시계가 반 각이 남은 것을 가리키자 지우의 입에 걸린 미소는 더욱 짙어졌다.

'이제 나오겠군.'

그러나 철문은 굳게 닫힌 채 미동도 하지 않았다.

미소를 띠고 있던 지우의 입이 점점 굳어갔다.

'설마…… 그것까지 계산했다는 말인가? 그 정도로 자신을 통제할 수 있는 인간이 정말 존재한다는 말인가?'

스르르르 떨어지는 모래가 지우의 격동을 비웃기라도 하듯 유유히 흘러내렸다.

마침내 모래시계의 바닥에 모든 모래가 쌓이자 지우는 쩍 하고 입을 벌렸다.

'저, 정말 이것이 가능한 일인가! 정말?'

그때 철정의 고개가 홱 돌려졌다.

"이제 시험은 끝난 거요?"

마편이 모래시계를 보더니 고개를 끄덕였다.

"물론이오. 가주는 시험을 통과하셨소."

철정의 눈이 지우에게로 향하자 지우도 어쩔 수 없이 고개를 끄덕였다. 그러나 그의 얼굴은 가면이라도 쓴 것처럼 딱딱하게 굳어 있었다.

철정이 비호처럼 몸을 날려 철문을 열어젖혔다.

"통과했다! 빨리 나와!"

잠시 후 느릿하게 모습을 드러낸 진파가 주위를 둘러보며 싱긋 미소를 지었다.

하얗게 소금기가 서려 반들반들 햇빛에 반짝이는 진파의 얼굴은 마른 북어처럼 핼쑥하기만 했다.

잔뜩 갈라진 목소리가 튀어나왔다.

"무울."

제47장 분산(分散)

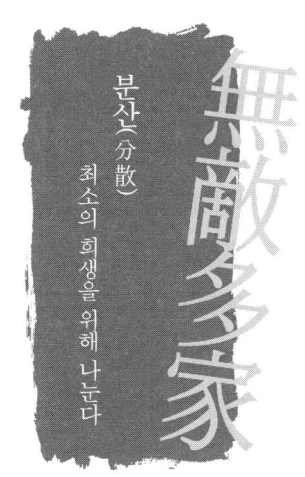

분산(分散)
최소의 희생을 위해 나눈다

無敵多家

충분히

섭취한 물과 편안한 휴식으로 목내이(木乃伊) 같기만 하던 몸이 회복되자 진파는 즉시 산동에서 잠룡단의 회합을 열고자 했다.

그런데 때를 맞추기라도 한 듯 창룡단주와 벽호단주, 그리고 공철 부부가 낙양으로 들이닥쳤다.

진파는 이게 어떻게 된 일이진 알 수 없어 눈을 깜박이고 있었다.

"할배, 어떻게 된 거야? 산동에서 기다리라고 했잖아."

"내가 온 게 싫으슈?"

정감있게 능치는 공철의 말에도 진파는 다시 한 번 상황을 물었다.

"그런 말이 아니잖아. 어떻게 된 거야?"

"낙양에서 현성교의 흔적이 발견되었소. 그래서 급히 온 거요."

공철의 대답에 진파가 소리쳤다.

"정말이야?"

"틀림없소."

공철과 진파의 눈이 마주쳤다.

진파가 주먹을 불끈 쥐고 일어서려는데 손일연의 손이 눈앞에 내밀어졌다.

"검치가 산동으로 보낸 편지예요."

사내들의 호탕한 기세를 끊어버리는 마누라가 못마땅해 공철이 투덜거렸다.

"아니, 그것보다 먼저 작금의 상황에 대해서……."

이번엔 진파가 공철의 말을 급히 끊었다.

"할배, 잠깐만. 이 편지 먼저 보고."

진파는 떨리는 손으로 편지의 겉봉을 열었다. 아주 짧은 전언이었다.

너의 소망은 이루어졌다.

아니다.

우린 낙양에 일이 생겨 한동안 우희루에 머물겠다.

진파는 무척이나 짧은 그 편지를 한참이나 들여다보았다.

공철이 무어라 말하려 했으나 진파는 벌떡 일어섰다.

"할배, 적룡단주와 혁호단주도 불러서 지금 상황에 대해 의견을 종합하고 최대한 분석을 해봐."

"아니, 가주!"

"난 잠시 다녀올 데가 있으니까 할배가 주도해서 계획을 세워봐. 할배 능력을 믿어."

진파가 갑자기 몸을 날려 사라지자 공철은 어이가 없는 듯 진파가 사라진 문을 바라보다가 쩝쩝 입맛을 다셨다.

"아니, 내 능력이 뛰어난 건 알지만 말이지……."

진파는 그사이에 최고 속도로 신형을 날리며 벽화를 찾고 있었다.

소수마후들이 머무르고 있는 객실에 당도한 진파는 인기척도 내지 않고 다짜고짜 문을 열어젖혔다.

"꺄악!"

새된 비명이 들렸으나 진파는 아랑곳하지 않았다.

"벽화 어딨어?"

어이없는 표정으로 진파를 바라보다 양우가 대답해 주었다.

"후원에. 그나저나 이게 무슨 짓이야!"

"미안!"

바람같이 사라져 버리는 진파를 보며 정가영은 입술을 내밀었다.

"그게 미안하다는 얼굴이냐!"

벽화는 양우의 말대로 후원을 거닐며 한숨을 쉬다 진파에게 납치당하듯 끌려 사라졌다.

단숨에 훌훌 담을 뛰어넘는 진파의 신형은 눈에 잘 보이지도 않았다.

"오빠! 왜 이래?"

"가야 할 데가 있어."

사람들의 이목도 생각하지 않고 지붕에서 지붕을 건너뛰어 날다시피 경공을 전개해 진파와 벽화가 도착한 곳은 우희루였다.

　"여긴 왜 온 거야? 이제 말 좀 해봐."

　"유 숙을 만나러."

　"아저씨? 아저씨가 여기 계시대?"

　"아마도. 그것보다 벽화야."

　"왜?"

　"아니래."

　"뭐가?"

　"우리…… 친남매 아니래."

　진파의 말에 벽화는 한동안 말을 잇지 못하고 진파만 바라보았다.

　"저, 정말?"

　"직접 들으려고 다 때려치우고 여기 온 거야. 아저씨한테 직접 듣자."

　진파는 벽화의 손을 잡고 서둘러 우희루로 들어가 유현을 찾았다.

　이제 벽화의 얼굴에도 흥분한 기색이 역력했다.

　점소이의 안내를 받고 달려간 객실의 문이 폭발하듯 열렸다.

　전륜파들과 무언가 이야기를 나누던 유현이 진파를 보고 깜짝 놀라 몸을 일으켰다.

　"아니, 이게 어찌 된 거냐?"

　진파는 벽화의 손을 잡고 다짜고짜 유현의 앞에 이르러 급하게 묻기부터 했다.

　"아니라면서요?"

　유현은 잔뜩 상기된 진파와 벽화의 얼굴을 보다 빙그레 웃음을 지었다.

"음. 아니다."

"확실해요?"

"그래."

"정말이요?"

"그렇다니까. 내 검에 대고 맹세하마. 확실히 아니다."

"진짜죠?"

"그래!"

"아하하하하하!"

진파가 갑자기 대소를 터뜨렸다. 그간의 걱정이 한꺼번에 날아가는 듯했을까. 진파는 정말 오랜만에 소년다운 맑고 큰 대소를 터뜨리고 있었다.

"아니래! 벽화야! 아니래!"

진파가 벽화의 허리를 양손으로 잡고 번쩍 들어 올렸다.

유현이 보거나 말거나, 전륜파들이 웃거나 말거나.

진파의 눈에 보이는 건 눈자위에 뿌연 물막을 드리우고 활짝 웃고 있는 벽화 얼굴뿐이었다.

진파는 벽화를 들고 빙글빙글 방 안을 돌았다.

"아니래! 아니래! 아하하하!"

*　　　　*　　　　*

혁호단이 자리를 잡고 있는 거대한 사합원에서도 가장 깊은 곳에 위치한 전각에는 지금 숨소리도 들리지 않았다.

공철의 목소리만이 은은히 들리는 가운데 자리에 배석한 인물들은 모두 엄청 심각한 표정들이었다.

진파를 정점으로 손일연과 잠룡단의 네 단주, 유현이 앉아 있었다.

벽화를 비롯한 소수마후들은 유현이 데리고 온 벽화의 이모, 고연랑과 따로 객청에 남았기 때문에 장내에는 유현을 제외하고는 무적다가의 인물들만이 회의를 거듭하고 있었다.

진파가 공철의 말이 끝나자 입을 열었다.

"그럼 개방과 무적다가의 힘을 다 동원했는데도 현성교의 총단은 알아내지 못했다는 거 아냐?"

"맞소이다. 유일하게 드러난 것이라곤 검치가 말했던 대로 현성교에서 낙양의 흑도에 진출하려는 공작을 벌였다는 점뿐이오. 현재로서는 현성교의 드러난 행적은 그것이 유일하외다."

"그럼 나머지 삼천교에 대해서는?"

"그 점에 대해서는 제가 말씀드리지요."

혁호단주 지우가 일어서자 공철이 자리에 앉았다.

지우는 벽호단주 맹사달을 바라보더니 진파를 향해 몸을 돌렸다.

"가주도 아시다시피 잠룡단 중 두 곳은 힘을 기르고 다른 두 곳은 사천교의 발호에 대비해 각종 정보를 수집하는 것이 주된 임무외다. 맹단주와 제가 파악한 바로는 현성교를 제외하고 삼천교라 추측되는 세력은 모두 다섯 곳이오."

"다섯? 어디 어디야?"

"절강의 금적문(金積門), 운남의 천어당(天魚堂), 복건의 백마교(白馬教), 강서의 신수궁(神水宮), 사천의 구환교(九環敎)입니다."

"교는 둘밖에 없는데?"

"다른 방파의 형식을 띨 수도 있는 것이죠. 현재 가장 의심이 가는 세력은 이 다섯 곳입니다."

"그럼 그들을 계속 감시해야 한다는 거야?"

"그럴 필요가 있을까요?"

지우는 어깨를 으쓱했다.

"확실하지는 않더라도 그들은 사천교로 의심이 가는 방파들이지요. 지금 우리 힘이라면 그냥 쓸어버리면 됩니다."

"어허! 그 무슨 소리요!"

맹사달이 지우를 꾸짖듯 목소리를 높였다.

"무적다가는 중원의 수호 가문이지, 군림의 가문이 아니외다. 단지 의심이 간다는 이유로 쓸어버리자니 그 무슨 패도적인 말이오이까!"

맹사달의 옆에 앉아 있던 창룡단주 용백도 고개를 끄덕였다.

"그건 아니 될 말이오."

지우는 두 사람을 비웃듯 피식 미소를 흘렸다.

"그럼 나머지 삼천교가 모두 발호할 때까지 기다리자는 말이오? 아니면 일일이 다섯 세력에 세작이라도 침투시켜 삼천교가 맞는지 여부를 가리자는 말이오. 머뭇거릴수록 희생이 더 커질 수도 있다는 생각은 안 드오이까?"

"희생? 그런 걸 염두에 두고 한 발언이 아닌 것 같소만."

용백의 말에 적룡단주 마편이 눈을 빛냈다.

"지금 시비 거는 거요? 우리가 흑도라서? 흑도인들은 희생을 걱정하면 안 된다는 거야, 뭐야!"

"조용히! 애들처럼 뭐 하는 짓입니까?"

진파가 목소리를 높이자 장내는 다시 고요해졌다.

진파는 공철을 향해 고개를 돌렸다.

"할배 생각엔 어때?"

진파의 물음에 공철은 신중한 안색으로 몸을 일으켰다.

"지 단주의 말도 일리가 있고 맹 단주의 말도 일리가 있습니다. 드러난 세력은 현성교 하나라 할지라도 언제 일어설지 알 수 없는 삼천교에도 대비해야 하는 것이 우리의 가장 큰 고충입니다. 세력을 나누지 않고 상대하려면 각개격파가 최선책이 될 것이고, 보다 완벽한 대비를 위해선 세력을 나눠 삼천교까지 포괄해 대비를 해야겠지요."

진파는 고개를 끄덕이다 유현을 바라보았다.

"유 숙, 낙양에 출현한 세력이 현성교인 건 확실하죠?"

"확실해. 내가 그들과 부딪친 것이 한두 번인가? 몰라볼 리가 없지."

"유 숙 생각은 어떠세요? 힘을 모아 현성교부터 차례로 삼천교를 상대하는 게 좋다고 보세요, 아니면 세력을 나눠 사천교를 모두 상대해야 한다고 보세요?"

"최소의 희생을 보고 싶다면서?"

유현의 질문에 진파는 고개를 끄덕였다.

"예."

"힘을 모은다는 건 결국 전면전을 의미하지. 희생을 두려워하지 않고 적의 피도 두려워하지 않고 맞부딪치기 위해서는 전면전이 좋겠지만 아직 적은 그 실체가 완전히 드러나지 않았다. 그렇다면 힘을 나눠 최소한의 피만 흘리는 것이 좋겠지."

"힘을 나눠도 괜찮은 시기일까요?"

신중한 진파의 질문에 장내에 배석한 모든 이들의 입에 미소가 스쳤다. 만족스러웠던 것이다.

맹사달이 일어섰다.

"시기는 괜찮은 듯합니다. 현성교가 무슨 이유에서인지 아직 전면에 나서지 않고 있고 다른 삼천교는 준동하지도 않았지요. 정보만 정확하게 수집한다면 저들의 목덜미를 먼저 누르는 게 가능하다 사료됩니다."

지우도 동의한다는 듯 고개를 끄덕이자 마침내 진파가 일어섰다.

"좋아요. 그럼 본 가와 잠룡단이 다섯으로 나눠 삼천교로 짐작되는 다섯 곳을 철저히 조사해 주세요. 이곳을 본부로 삼고 오로(五路)의 향방을 조율하죠. 난 친구들과 함께 낙양을 조사하겠어요. 유 숙이 도와 주셨으면 합니다."

"존명!"

"알았다."

진파는 기운차게 소리쳤다.

"모두 힘을 내죠. 이제 진짜 시작입니다. 세부 사항은 공철 할배가 총괄하세요."

진파가 유현과 함께 장내를 벗어나자 남은 여섯 명은 머리를 맞대고 의논을 시작했다.

유현은 진파와 함께 객청으로 발걸음을 옮기며 툭 어깨를 쳤다.

"많이 컸구나."

"하하. 다 유 숙 덕분이지요."

"내 덕은 무슨. 공치사가 너무 심하다."

"아닙니다. 유 숙 덕분에 이제 아무 걱정 없이 현성교를 상대할 수 있게 되었어요. 정말 감사드립니다."

싱긋 웃는 진파를 보며 유현은 흐뭇한 표정으로 고개를 끄덕였다.

"그래, 이제 네 아비는 용서했냐?"

"남자끼리 용서고 뭐고 있나요. 제일 맘에 걸렸던 일이 깨끗하게 해결되었으니 지난 일은 모두 덮어야죠."

"좋은 마음이구나."

"그런데 좀 난감하네요."

"뭐가?"

"벽화 이모님께 뭐라 불러야 할지……."

"그냥 이모님이라 부르면 되지, 무슨 상관이냐."

진파는 유현을 보며 미간을 찌푸렸다.

"그냥 이모는 아니죠. 아버지와 인연을 맺은 분인데."

"계속 이어질 인연일지도 확실하지 않은데 뭘. 네 아비는 아마 그럴 생각이 없을 게다. 그냥 이모로 대접하면 될 거야."

"아버지가 그러실까요?"

진파의 질문에 유현은 멈칫했다. 잠시 생각해 보던 유현은 어울리지 않는 한숨을 쉬었다.

"그래…… 자신할 수 없겠구나. 휴우."

"역시 그렇죠? 그쪽으론 믿을 수 없는 분이라니까요."

진파와 유현이 객청에 들어서자 꽃 같은 미녀들이 한껏 웃음꽃을 피우는 중이었다. 그들 사이에는 황홀한 표정을 짓고 있는 고전륜과 못마땅한 표정으로 형을 노려보는 전륜파도 있었다.

유현을 보자 모두 앞 다투어 자리에서 일어나 고개를 숙였다. 유현은 오랜만에 보는 소수마후들과 한 명 한 명 따뜻한 인사를 나누고 자리에 앉았다.

유현을 따라 자리에 앉던 진파가 이상하다는 듯 고개를 두리번거렸다.

"왜, 오빠?"

벽화가 웃으면서 바로 옆에 앉은 진파를 다정한 눈으로 바라보았다. 진파도 벽화를 향해 다정하게 웃어주었다.

"아, 정이가 안 보여서."

"철 소협?"

"그래."

"오빠랑 같이 안 있었어?"

"아니, 난 이쪽에 있는 줄 알았는데."

벽화가 막수옥에게 묻는 듯한 시선을 보냈지만 막수옥은 고개를 흔들었다.

"요새 가끔 혼자 없어지셔. 어디서 몰래 연공 중이시라고 하는데 어디인지는 나도 몰라."

"오! 이제 철 소협에 대해선 모르는 게 없구만."

나령이 막수옥의 등을 철썩 하고 때렸다.

막수옥이 얼굴을 붉혔다.

"아이 참. 언니! 어디서 연공하시는지는 모른다니까!"

어울리지 않게 얼굴빛을 물들인 막수옥을 보며 모두가 행복한 웃음을 한껏 터뜨렸다.

*　　　　*　　　　*

"그래, 소수마후들은 모두 심령금제에서 벗어났다 이거지? 완벽하게?"

"…예."

"아까운 일이군. 쯧쯧."

임수는 혀를 찼다.

그의 눈앞에는 흐릿한 눈을 들고 눈도 깜박이지 않는 철정이 앉아 있었다. 등 뒤에 서 있는 추소예와 현정의 유리 같은 눈과 어울리니 철정 또한 말만 할 뿐 강시처럼 보일 지경이었다.

"좋아. 오늘 보고는 이것으로 끝내도록 하자. 이만 돌아가라. 여길 나서서 낙양으로 들어서는 순간, 너는 낙양 외곽에서 열심히 무공을 수련한 기억만 갖게 되는 거다. 알겠지?"

"…예."

철정이 일어서서 밖으로 향하자 탐랑이 그를 따라 나가 수하들에게 뭔가 지시를 내렸다. 관제묘 안으로 들어선 탐랑은 임수를 향해 감탄한 표정을 지었다.

"교주님, 정말 대단한 섭혼술입니다. 기억마저 조작해 낼 수 있다니요."

"본 교의 섭혼술이 그래서 뛰어나지. 흔적은 남지 않겠지?"

"예. 누구도 저 친구가 우리와 접촉하고 있다는 걸 알 수 없을 겁니다. 우리 흔적은 철저하게 지우고 있으니까요."

"좋아. 흑수림의 준비는 어떤가?"

"이제 끝났습니다."

"소문은 퍼뜨렸나?"

"은밀하게 퍼지고 있지요. 곧 저들의 귀에도 들어갈 겁니다."

"잔챙이들이 걸릴지도 모르니까 그에 대한 준비도 하도록 해."

"무맹 말씀이십니까?"

"그놈들 아니면 누구겠나."

"알겠습니다."

"나가보게."

"존명!"

탐랑의 모습이 사라지자 임수는 등 뒤를 향해 짤막하게 명을 내렸다.

"이후는 어깨를 주무르고 십후는 내 앞으로 오라."

추소예의 손길을 느끼면서 임수는 눈앞에 나타난 현정의 전신을 천천히 훑어보았다. 그의 얼굴에 비릿한 미소가 피어올랐다.

*　　　　*　　　　*

혁호단의 객청 지붕이 하얀 달빛을 받아 반짝거렸다.

달무리가 지붕 위에 서린 듯 뿌옇게 부서지는 달빛의 파편 아래 낮도 아닌데 아지랑이처럼 지붕의 모서리가 흔들리고 있었다. 그 미세한 흔들림은 지붕을 건너 후원까지 이어져 담을 넘어갔지만 아무도 그것을 눈치채지 못하고 있었다.

담을 넘어선 아지랑이가 사람의 형체를 만들어내고 있었지만 보는 이는 아무도 없었다. 스르르 나타난 사람은 신선풍의 노인이었다.

좌우를 살핀 노인은 컴컴한 골목 안으로 스며들 듯 사라져 갔다.

몇 굽이를 돌아 막다른 골목까지 다가선 노인이 낮은 목소리로 속삭였다.

"주인, 나 왔소."

"들키지 않았소?"

"당연하죠! 제 실력 모릅니까?"

"대단한 실력이긴 하지."

또 다른 노인의 목소리가 들리자 신선풍의 노인은 정중히 허리를 굽혔다.

"광협을 뵈옵니다."

"됐네, 공 노인. 새삼스레 무슨 예의를 차리나? 뒤늦게 철이 든 건가?"

"너무 늦었지요."

"주인!"

풍협은 공철에게 농담을 건네고는 빙긋 웃음을 보여주었다. 이젠 소혼시독을 모두 흡수했는지 제 낯빛을 하고 있었다.

"그래, 어찌 되었습니까?"

"명하신 대로 가주가 현성교의 동태를 살피고 본 가와 잠룡단은 삼천교를 조사하는 것으로 결정되도록 유도했지요. 잘되었습니다."

"수고하셨소."

풍협의 치하에 공철은 씩 웃으며 이를 드러내 웃었다.

"그런데 정말 가주께 두 분이 나섰다는 걸 안 밝히실 겁니까?"

공철의 물음에 광협이 고개를 끄덕였다.

"당연한 걸 왜 묻나? 이 나이에 강호 일에 끼어들었다는 게 밝혀지면 무슨 개쪽이야?"

"나이를 잊으신 영웅이 되시는 거지요."

"영웅은 무슨. 그런 거 하려고 나온 것이 아니네."

"예. 어찌 모르겠습니까. 그저 손주 속이시는 게 즐거울 뿐이라는 걸요."

"떽! 속이다니! 누가 들으면 정말인 줄 알겠구먼! 어디까지나 음으로 손주를 돕기 위한 결정인 것을!"

"예예, 그러시겠죠."

공철은 웃으며 고개를 조아렸다.

공철로서는 든든하기 짝이 없었다. 이제는 전대 가주가 된 풍협과 그 부친인 광협이 팔을 걷고 나섰으니 거칠 것이 무어 있으랴!

"그런데 왜 군이 가주한테는 비밀로 하시라 한 겁니까? 두 분이 나서신 걸 알면 누구보다 좋아할 사람이 가주인데."

광협이 손을 흔들었다.

"좋아하긴, 개뿔! 그놈 성격 내 이미 완전히 파악했네. 우리가 나선 걸 알면 '할아버지랑 아버지랑 다 알아서 하세요. 귀여운 손주는 빠지겠습니다' 이럴 놈이야."

"허허허. 정확하게 보셨습니다."

공철이 즐거운 듯 웃음을 터뜨렸다.

풍협도 마주 웃으며 공철을 향해 마지막 당부를 건넸다.

"그럼, 공 노인이 책임지고 연락을 맡아주시오. 삼천교임이 밝혀지면 수뇌를 다루는 건 아버님과 내가 하겠소."

"물론입죠. 이제 삼천교 걱정은 안 됩니다. 가주가 걱정될 뿐이지요."

"유현 그 친구가 옆에서 잘 보살펴 줄 거요. 진파도 그리 약한 녀석이 아니니 너무 걱정 마시구려."

"알겠습니다."

"그럼 이만 가보시오. 오래 있으면 정드오."

공철은 오랜만에 농담을 건네는 풍협을 보고 흐뭇한 웃음을 지었다. 어둠 속에 다시 잠겨드는 공철을 바라보다 풍협과 광협의 신형도 팟하고 그 자리에서 사라졌다.

제48장 흡정대법(吸精大法)

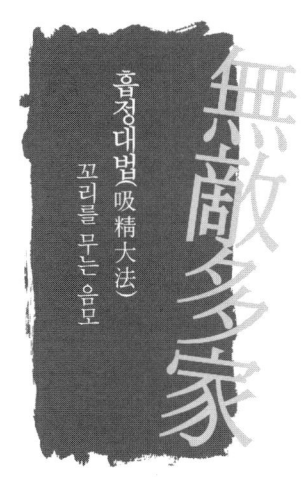

흡정대법(吸精大法)
꼬리를 무는 음모

無敵多家

현성교가

유일하게 흔적을 드러냈다는 낙양의 흔적부터 찾으려던 진파의 의도가 수포로 돌아갔다.

어디에서 시작되었는지 알 수 없지만 현성교의 총단이 장성 너머 흑수림에 있다는 소식이 은밀히 강호에 퍼지고 있었기 때문이다.

진파는 유현과 함께 문제의 소문을 열심히 읊고 있는 고전륜의 말을 듣고 있었다.

"틀림없다니까요. 위치로 봐도 딱 맞아떨어지지 않습니까요!"

"뭐가 맞아떨어지나?"

유현의 반문에 고전륜이 침을 튀겼다.

"생각해 보십쇼! 삼십 년 전, 한중에서 마지막 모습을 드러내고는 꺼지듯 사라지지 않았습니까. 그들이 원래 있던 곳이 어딥니까. 청해입니다, 청해! 무맹에서 수십 차례나 확인했지만 그들이 청해로 돌아가지 않은 건 확실하잖아요. 그러니까 흑수림이라는 게 그럴듯하지요."

"말은 길게 했네만 하나도 그럴듯하지 않네. 흑수림은 섬서에서 장성을 넘어 황토고원 한가운데에 있다는데 뭐가 그럴듯하다는 건가? 한중에서도, 청해에서도 멀리 떨어진 곳이야."

고전륜은 대답이 궁했던지 입맛만 쩝쩝 다셨다.

"벌써부터 호기심 많은 강호인들은 사실을 확인하겠다 몰려가고들 있습니다요. 어찌 되었든 현성교의 총단이 어디라는 소문이 난 것도 처음 아닙니까. 확인 안 하실 겁니까?"

"확인이야 해야겠지. 하지만 우리가 직접 갈지는 정할 수 없다. 결정은 진파가 할 일이다."

진파는 유현에게 먼저 물었다.

"유 숙께선 어떻게 생각하세요? 전 너무 공교롭다고 생각되는데요."

"그래, 시기가 아주 묘하구나. 현성교에서 일부러 퍼뜨린 소문이기가 쉽다."

"유 숙 생각도 그렇습니까? 저도 그렇게 생각합니다."

"그렇다고 안 갈 수도 없는 노릇이고. 난처한 상황이 되었구나."

"뭐…… 난처할 것까지야 있나요. 현성교의 총단이라면 잘된 일이고 그렇지 않아도 의도는 깨뜨려야겠죠. 그게 무엇이든 간에요. 낙양을 맡은 우리끼리 흑수림으로 출발하지요."

"그럴까?"

진파와 유현은 서로를 마주 보며 빙긋 웃음을 지었다.

소수마후들과 유현, 철정만 동행하겠다는 진파의 말에 공철이 펄쩍 뛰었으나 진파는 자신의 의견을 굽히지 않았다. 될 수 있으면 눈에 띄지 않는 소수가 움직이는 것이 기동력을 살릴 수 있다는 진파의 말에 끝까지 반대하던 공철이 간신히 고집을 꺾은 것은 순전히 손일연 덕분이었다.

이것저것 준비해 가라고 부산을 떠는 손일연을 피해 진파는 최소한의 준비만 마치고 훌쩍 길을 떠났다. 마차를 이용한 것은 이제까지와 같았다.

마차가 섬서로 접어들자 진파는 철정을 향해 물었다. 마부석에서 흔들리는 모습이 무척이나 자연스럽게 보였다.

"집에 들를 거냐?"

"아니."

철정이 고개를 저었다.

"왜? 가는 길인데."

"무슨 낯으로. 검선장도 그냥 지나치련다."

선지애의 집이 검선장이라는 것을 떠올린 진파는 씁쓸한 표정의 철정을 위로할 말이 딱히 떠오르지 않았다.

이젠 벽화와 남매가 아니라는 게 확실해져 아무 거리낌이 없는 진파와는 달리 철정은 정혼녀인 선지애가 죽었지 않은가.

철정의 얼굴은 곧 씁쓸함이 아니라 결의에 휩싸였다.

"흑수림이 진짜 현성교의 총단이면 좋겠다."

"왜?"

"복수를 해야 지애 부모님을 뵐 면목이 서지 않겠냐."

진파는 그저 철정의 어깨를 두드려 줄 수밖에 없었다.

그때, 갑자기 철정과 진파의 앞에 거지 한 명이 나타나 깊이 고개를 숙였다. 철정이 말고삐를 잡아채 마차를 멈추자 마차 안에서 유현이 물었다.

"무슨 일이냐?"

"개방도네요."

진파의 말에 유현이 마차 밖으로 몸을 내밀었다.

마차에서 내리는 유현이 일행의 대표라고 생각했던지 개방도는 유현의 앞으로 달려갔다.

"방주께서 근처에서 급히 뵙고자 청합니다."

"양 방주께서? 알겠네."

유현은 진파를 향해 고개를 끄덕였다. 진파 또한 개방을 무맹의 다른 정파와는 달리 생각했기에 서슴없이 마차를 틀어 관도를 벗어났다.

야산의 초입에 도착하자 과연 황개 양철환이 직접 기다리고 있었다.

양철환은 유현 말고는 모두 처음 만나는 처지라 여러 번 포권을 취해야 했다. 진파는 벽화와 인사를 할 때 유독 무겁게만 보이는 황개의 표정을 놓치지 않았다.

'뭔가 안 좋은 일이겠군.'

진파의 생각처럼 황개가 늘어놓은 말은 좋지 않은 소식이었다.

섬서 땅에서 다시 흡정대법에 당한 무림인들이 생겨나고 있다는 뜻밖의 말이었다.

"양 방주, 그게 사실이오?"

좀처럼 믿기지 않는지 유현이 되묻자 양철환은 무거운 표정으로 고개를 끄덕였다.

"허어."

진파는 황개를 향해 정중하게 물었다.

"혹시 시신을 직접 보셨습니까?"

"보았소이다, 가주."

"흡정대법에 당한 시신이 맞던가요?"

"개왕 사부도 인정하셨소이다. 틀림없소."

"개왕께서 보셨다면 믿을 수밖에 없겠군요. 종남의 마지막을 직접 보셨던 분이시니."

진파가 고개를 끄덕였다.

왜 양철환이 벽화를 그런 표정으로 보았는지 그제야 알 수 있었다.

"그래서 개방에선 제 동행들을 의심하는 겁니까?"

진파의 물음에 양철환은 고개를 저었다.

"개방은 아니외다. 하지만 무맹에선 가주의 동행들을 의심하고 있소."

"무맹이오?"

"공교롭게도 그대들이 섬서에 들어서면서부터 피해자들이 생겨났소이다. 또한 그대들이 지나쳐 온 곳까지만 피해자들이 발생했소이다. 의심을 피하기 힘든 상황일 것이오."

진파는 무거운 표정으로 고개를 끄덕였다.

"지난번에 말씀드렸듯 죽은 것으로 알았던 누이 둘이 현성교의 수중에 떨어진 것 같습니다. 아무래도 이건 이간책 같군요."

"눈에 보이지 않는 두 분보다는 눈에 보이는 열 분을 더 의심할 게요."

"그렇겠죠. 원래 꽉 막힌 분들이니까요."

"더구나……."

"말씀하십시오."

황개는 입맛을 다시며 말을 맺었다.

"피해자 중 화산파의 제자 하나가 끼어 있소이다. 어려운 여정이 되실 거요."

거지의 예언이 때로는 어떤 점쟁이보다 정확할 수 있는 법이다.

황개의 예측처럼 진파는 서안을 지나치기도 전에 무맹의 인사를 만날 수 있었다.

이십여 명의 제자를 거느리고 진파의 앞을 막은 이는 바로 화산의 태인 도장이었다.

"오랜만입니다."

"오랜만이네."

침중한 표정으로 진파를 바라보던 태인 도장은 마차에서 내려서는 유현을 보더니 한숨을 내쉬었다.

"자네도 같이 있었군, 검치."

"무맹의 일로 온 것인가?"

유현의 물음에 태인 도장은 고개를 끄덕였다.

"그렇네. 마차에 소수마후들이 함께 있는가?"

"그렇다면?"

"이 마차는 무맹으로 가야겠네. 조사를 할까 하네."

"조사? 자네들이 무슨 권한으로? 언제부터 관에서 하던 일까지 무맹에서 맡게 되었나?"

비꼬는 기색이 다분한 유현의 말에 태인 도장은 고통스러운 표정을 지었다. 그러나 그의 대답은 강직했다.

"섬서에 다시 흡정대법의 피해자가 발생했다네. 우리 파에서도 일대 제자 한 명이 죽었지. 그렇지 않아도 흑수림으로 향하는 무림인들이 많아 섬서에는 수많은 무림인들이 몰려들고 있네. 소수마후들이 날뛰기엔 좋은 환경이지만 무맹에서는 용납할 수 없네."

진파가 번쩍 신형을 날려 태인 도장의 앞에 내려섰다.

"많이 늘었…… 구나."

"염려 덕분입니다."

진파는 태인 도장을 똑바로 바라보았다.

"이번에 제가 정식으로 가주가 되었습니다."

진파의 말에 태인 도장의 얼굴이 창백해졌다.

"그럼 풍협에게 무슨 변고라도?"

"때가 되어 가주가 된 것뿐입니다."

태인 도장은 진파를 바라보다 두 손을 모아 정중히 포권을 취했다.

"가주가 되셨다니 경하드리외다."

비록 친우의 아들인 진파였지만 일파의 종주가 되었으니 당연히 예를 표한 것이다.

진파도 마주 포권을 취하고는 태인도장에게 정중히 물었다.

"무맹에서는 이번 혈사의 주인공으로 제 동행들을 생각하고 있는 듯합니다만, 맞습니까?"

"맞소이다, 가주."

"제가 여러분을 그냥 통과하려 한다면 절 막으실 겁니까?"

"그런 명을 받고 왔소만 먼저 가주를 설득하고자 하오. 동도들 앞에 나서서 떳떳함을 증명해 주실 순 없을까요?"

"지금 저보고 무맹까지 가서 제 일행의 무고를 증명해 보란 말씀입니까?"

"맹주 이하 우리는 그러길 바라고 있소."

진파는 태인 도장의 얼굴을 바라보다 그의 뒤에 버티고 서 있는 스물네 명의 검수를 힐끗 바라보았다. 모두가 화산의 제자들이었다. 일대제자들로만 이루어진 이십사수를 모두 대동하고 온 것이다.

진파의 입에 갑자기 웃음기가 떠올랐다.

"도대체 언제부터 무맹의 맹주가 무적다가의 가주에게 오라 가라 했단 말인가."

낮은 목소리였지만 화산의 이십사수뿐 아니라 태인 도장에게도 진파의 목소리는 똑똑하게 들렸다. 내공을 담은 진파의 목소리는 주변에서 은밀히 추이를 지켜보는 무림인들에게까지 선명하게 들렸다.

태인 도장의 얼굴이 창백해졌다.

무맹에서야 진파가 가주가 된 사실을 아직 모르고 있었다. 여전히 출도객인 줄로만 알고 있었던 것이다. 무적다가의 가주가 된다는 것은 이미 무공을 완성했다는 징표와 같다는 것을 너무도 잘 아는 태인 도장으로서는 진파의 한마디에 담긴 무게를 절절하게 느낄 수밖에 없었다.

'맞다……. 누가 감히 무적다가의 가주에게 명을 내릴까?'

진파는 당당한 태도로 선포하듯 주위를 둘러보며 말했다.

"이미 내 동행들은 자신의 의지대로 행동할 수 있소이다. 그녀들은 더 이상 현성교의 마후가 아니라 본 가의 일원이외다. 이제까지 그녀들과 따로 행동한 적은 한 번도 없었소. 내 장담하건대 섬서에서 일어난 혈겁과 내 동행들은 무관하오. 이에 대해 시시비비를 가리고 싶은

자는 얼마든지 본 가주를 찾아오도록 하시오. 나는 흑수림으로 가는 중이니."

진파는 태인 도장을 보며 물었다.

"도장께선 제 일행을 무맹으로 데려가겠다는 생각을 아직 버리지 않으셨습니까?"

태인 도장은 씁쓸한 표정으로 고개를 저었다.

"어찌 가주의 행보에 대해 가부를 논할 수 있겠소이까. 맹주께 따로 보고드리도록 하겠습니다."

진파는 웃으며 고개를 끄덕였다.

"그러시지요. 전처럼 강제로 제 친구들을 데려가실 생각이라면 준비를 단단히 해오시는 게 좋을 겁니다. 제 친구들은 모두 최고의 상태니까요."

태인 도장은 문득 사천 절곡의 전투에서 엄청난 위용을 보였던 소수 마후들을 떠올리고는 안색을 굳혔다.

"명심하지요, 가주."

태인 도장이 이십사수를 이끌고 사라지자 유현이 탄식을 내뱉었다.

"허…… 고지식한 사람 같으니. 왜 거길 못 떠나?"

"사문을 어찌 떠날 수 있겠습니까?"

"누가 화산을 떠나랬나? 무맹 말일세."

"맹주가 사형이니 어쩌겠습니까? 도장께서 힘드시겠지만 할 수 없는 일이겠죠."

"그나저나 우리 행적이 너무 노출된 것 같으니 어쩌면 좋으냐?"

"어차피 이렇게 된 것, 아예 시선을 끌며 흑수림까지 가는 건 어떨까요?"

"그 편이 나을 듯도 하구나. 적어도 더 이상 혈사의 주인공이 우리
라 우기진 못하겠지."

"보는 눈이 많으면 무맹은 따져야 할 게 많을 테니까요."

진파가 어깨를 으쓱하자 유현은 웃음을 터뜨렸다.

"너도 이제 가주니 조심해야 하는 건 마찬가지야."

"알고 있습니다."

진파 일행을 태운 마차가 서서히 움직이기 시작했다.

서안의 객잔에 투숙한 진파 일행은 식사를 마치고는 무거운 얼굴들
을 하고서 의견을 나누고 있었다.

이제까지 아무런 행적도 남기지 않았건만 진파 일행의 행로는 무맹
을 비롯해 전 무림인들에게 훤히 공개된 것이나 마찬가지인 상태였
다.

유현이 답답한 얼굴로 말을 꺼냈다.

"도대체 알 수가 없구나. 어떻게 우리 일행의 소식이 이리도 사람들
입에 오르내리는 것이냐."

"어디선가 구멍이 뚫렸겠지요."

"그래도 너무 심하다는 생각이 들지 않느냐? 개방에서도, 무맹에서
도, 심지어는 흑수림으로 향하는 일반 무림인들까지 우리 얘기를 하고
있다. 무적다가의 새 가주가 소수마후들을 이끌고 흑수림으로 향하고
있다는 사실이 공공연히 나돌고 있구나."

진파도 무겁게 고개를 끄덕였다.

객잔에 들어와 굳이 방까지 식사를 나르게 한 까닭이 거기에 있었기
때문이다.

어찌 된 영문인지 객잔에 모인 무림인들의 화제는 단연 진파 일행에 대한 것들뿐이었다.

갖가지 억측들이 떠도는 가운데 섬서무림을 휩쓸고 있는 최근의 혈사들이 소수마후들의 짓이라는 단정까지 난무하고 있었던 것이다.

"소문 따윈 두렵지 않아."

벽화가 나직하게 중얼거렸지만 진파는 고개를 흔들었다.

"그렇게 간단하게 생각할 문제가 아냐."

"왜?"

"섬서무림에 흡정대법으로 죽은 사람들이 생겨나고 있다는 건 소예 누나와 현정이가 살아 있다는 반증과도 같다. 아무래도 현성교에서 그들을 이용해 우리를 공격하는 것 같구나."

"우리 행적을 소문낸 것도 현성교일까?"

철정의 반문에 진파는 고개를 끄덕였다.

"어떻게 알았는지는 모르지만 가능성이 제일 큰 건 그쪽이라 봐야지."

"그럼 여기서 행적을 감추고 흑수림까지 이동하는 게 어떨까?"

유현이 의견을 제시했으나 진파는 고개를 흔들었다.

"그럴 수는 없지요."

"정면으로 부딪칠 생각이냐?"

"그래야 합니다. 이번 혈사의 주인공들이 소예 누나와 현정이인지 눈으로 확인도 해야 합니다. 진정 그들이라면……."

"그들이라면?"

"다시 현성교의 손에서 구해내야지요."

진파는 깍지 낀 손으로 이마를 두드리며 소수마후들을 둘러보았다.

"따로 행동하는 일이 없도록 해줘. 혹시 다른 무림인들과 충돌하게 되더라도 되도록이면 손속을 자제하고."

"그들이 우릴 공격해도?"

나령의 말에 진파는 고개를 끄덕였다.

"내가 막을게. 될 수 있으면 나서지 마. 현성교가 아니면 직접 부딪치는 건 피하는 게 좋아."

벽화가 분한 듯 소리를 질렀다.

"우리는 절대 피하지 않아!"

진파는 벽화와 다른 사람들을 하나하나 돌아보고는 나직하게 말했다.

"나도 피하진 않아. 하지만 쓸데없는 피는 정말이지 보고 싶지 않다. 최대한 조심하자는 것뿐이야."

유현의 낯빛은 굳어 있었다.

'좋지 않아. 아무래도 예감이 좋지 않아.'

*   *   *

그 시간, 태인 도장 또한 서안의 한 객잔에 묵고 있었다.

이십사수 중 하나를 보내 무맹의 맹주인 태현 진인에게 보고를 하게 하고 자신은 진파의 뒤를 따라 서안으로 들어섰던 것이다.

태인 도장은 무거운 안색으로 홀로 침상에 앉아 있었다.

'이해할 수 없는 일들이 벌어지고 있다.'

갑자기 현성교의 총단 위치가 강호에 소문이 난 것은 아무리 생각해도 음모이기 십상이었다. 거기다 이제까지 수면 아래 잠수한 것처럼 아무 종적도 발견되지 않았던 진파 일행의 행로마저 갑자기 알려진 것이 태인 도장으로서는 석연치 않기만 했다.

'사형은 아직도 현성교의 위협보다는 무적다가에 집착하고 있어.'

태인 도장의 마음은 무거웠다.

명을 이행하기 위해 진파를 따르고 있기는 하지만 무적다가를 배척하는 무맹의 분위기를 그로선 이해할 수 없었다.

'광협께서 친림하셨는데도 믿지 못한단 말인가.'

태인 도장은 천장을 바라보며 한숨을 쉬었다.

광협이 직접 무맹에 나타나 사천교에 대비하라는 말을 남겼음에도 무맹의 분위기는 좀처럼 바뀌지 않았던 것이다.

'믿지 않는 것이던지, 아니면 믿을 마음이 없는 것이겠지.'

태인 도장은 검을 꺾고 은거라도 하고 싶은 혐오감을 참을 수 없었다. 그러나 그러기엔 사문인 화산파를 너무도 아끼는 사람이 태인 도장이었다. 그로선 사형인 태현 진인의 방법이 마음에 들지 않았지만 화산까지 외면할 수는 없었다.

'음?'

상념에 빠져 있던 태인 도장은 작은 인기척을 느끼고 번개같이 침상을 박차고 올랐다.

"누구냐!"

객잔의 창문을 활짝 열어젖힌 태인 도장은 후원으로 사라지는 검은 그림자를 보고 그대로 몸을 날렸다.

"뉘시기에 야심한 시각에 빈도를 청하셨소?"

전신을 가린 검은 피풍의를 늘어뜨린 불청객을 향해 태인 도장이 물었다.

아무도 없는 객잔의 후원에 홀연 바람이 불었다.

휘날리는 피풍의 사이로 드러난 하얀 손.

태인 도장은 그 손을 보는 순간 흠칫 몸을 떨었다.

"소수마후?"

태인 도장의 경호성에 놀란 것인지 검은 피풍인이 몸을 날려 담을 넘었다.

"서랏!"

태인 도장은 피풍인을 따라 몸을 날렸다.

유인을 하는 것이라는 생각이 퍼뜩 스쳤으나 섬서혈사의 원흉일지도 모른다는 생각이 태인 도장의 망설임을 날려 버렸다.

어두운 골목을 따라 피풍인을 추격하는 태인 도장의 얼굴에는 확신의 빛이 서렸다.

피풍인은 땅에 발을 딛지 않고 있었다. 소수마후만의 절기라 알려진 부풍무영이 틀림없었다.

'무적다가에서 나를 청하는 것인가? 그렇지 않다면 정말 저자가 혈사의 원흉이란 말인가?'

몇 굽이의 골목을 끼고 돌던 태인 도장은 마침내 신형을 멈추었다.

막다른 골목이었다.

불빛 한 점 비치지 않는 골목에 서서 검은 피풍인이 태인 도장을 바라보고 있었다.

"요망한 것! 정체를 밝혀라!"

태인 도장이 검을 뽑아 들고 몸을 날렸다.

부풍무영만으로도 소수마후라는 심증은 갔지만 확실한 증거가 필요했다. 공격을 해보면 즉시 알 수 있으리라. 소수를 직접 상대했던 태인 도장은 망설임없이 검날을 흩뿌렸다.

채챙—

"역시!"

검과 손이 부딪쳤음에도 금속음이 터져 나오자 태인 도장은 더욱 세차게 몰아붙였다.

언뜻언뜻 드러나는 하얀 팔뚝에 묻은 새빨간 피는 태인 도장의 심증을 더 확고히 굳혔다.

'혈사의 주인공이 틀림없다! 정말 무적다가 소수마후를 방치하고 있다는 말인가!'

거세게 소수마후를 공격하던 태인 도장은 갑자기 목덜미가 서늘해지는 느낌에 재빨리 몸을 회전시켜 왼쪽으로 도약했다.

콰릉—

폭죽이 터지는 듯한 파열음과 함께 태인 도장이 있던 자리가 움푹 파였다.

'하나가 아니었단 말인가?'

태인 도장은 아득해지는 위기감에 긴장감을 곤추세웠다.

두 명의 소수마후를 감당할 만한 실력은 태인 도장에게 없었다.

'몸을 빼야 한다!'

양쪽에서 휘몰아치는 네 개의 소수를 피해 검을 휘두르며 태인 도장은 틈을 노렸다.

그때 엄청난 소음이 귓전을 때렸다.

공중에 퍼지지 않고 직접 머리를 파고드는 듯한 거대한 충격에 태인 도장은 덜컥 온몸이 굳어버렸다.

'무, 무음각…… 현성교……!'

태인 도장의 생각은 더 이상 이어지지 않았다.

검을 든 팔이 잘리고 온몸에 네 개의 소수를 박은 태인 도장의 의식은 선 채로 끊어져 갔다.

제49장 귀환(歸還)

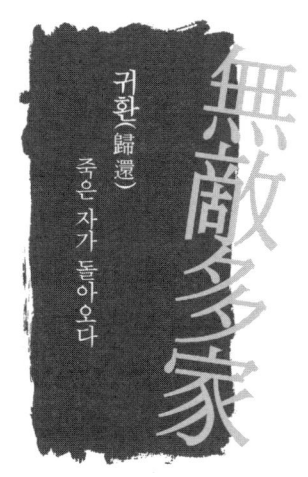
無敵家

귀환(歸還)

죽은 자가 돌아오다

무맹의

맹주 태현 진인은 침울한 얼굴로 관 속에 누워 있는 시신을 바라보고 있었다.

무언가에 깜짝 놀란 듯 두 눈을 찢어져라 치뜨고 있는 시신은 생기를 빼앗겨 꼬챙이처럼 마른 얼굴을 하고 있었지만, 그가 너무도 잘 아는 사람이었다.

'태인……'

태현 진인은 손을 들어 감기지 않는 태인의 눈꺼풀을 억지로 덮어 내렸다.

주먹을 쥔 태현 진인의 손이 부르르 떨렸다.

"맹주님, 이 청년이 태인 도장의 마지막을 본 사람입니다."

제갈청수의 목소리에 태현 진인은 고개를 돌렸다.

태현 진인에게 포권을 취하는 청년은 그도 익히 알고 있는 이십사수의 수좌, 일명이었다.

"말하라."

일명은 눈을 붉힌 채 떨리는 목소리로 태현 진인에게 아뢰었다.

"태인 사숙의 목소리를 듣고 방으로 갔을 때는 창문만 활짝 열린 채 아무도 없었습니다. 소질은 사제들과 방향을 나누어 태인 사숙을 찾아 헤맸는데…… 제가 사숙을 발견했을 때는 양쪽에서 협공을 당한 채 절명하신 상태였습니다……."

"태인 혼자 있었느냐……?"

"아닙니다. 그 자리에는 두 명의 소수마후가…… 태인 사숙님의 생기를…… 흡정하고 있었습니다……. 소질들을 보자 손을 거두고 어둠 속으로 사라졌습니다……. 소질들의 실력으로는 그 마녀들을 잡을 수…… 없었습니다……."

일명의 마지막 말은 울음이 섞여 간간이 끊어졌다.

태현 진인은 무거운 표정으로 눈을 감고 일명을 물렸다.

"돌아가 마음을 다스려라."

제갈청수가 태현 진인에게 말을 걸었다.

"맹주님, 소수마후가 틀림없습니다. 생기를 잃고 마른 장작처럼 되어버린 몸은 흡정대법에 당한 자국입니다. 태인 도장의 몸 앞뒤에 나 있는 네 개의 관통상은 소수마공에 의한 것이 틀림없습니다. 무적다가에서 소수마후를 제대로 다스리지 못하고 있는 것이 틀림없습니다. 아니, 어쩌면 소수마후를 이용해 무맹을 공격하는지도 모르지요."

태현 진인은 눈을 감은 채 말이 없었다.

죽은 제갈청인의 뒤를 이어 무맹의 군사 직을 맡고 있는 제갈청인의 동생 제갈청수는 날카로운 시선으로 태인 도장의 시신을 바라보았다.

"이 시신은 움직일 수 없는 증거입니다. 무적다가를 압박해 소수마후들을 넘겨받지요."

제갈청수의 곁에 서 있던 녹의를 입은 장년인이 앞으로 나섰다. 사천당가의 가주이자 당서헌의 아비인 당무독이었다. 싸늘한 안색은 태인 도장의 죽음에 별다른 공분을 느끼고 있지 않은 듯했지만 그의 눈은 영활하게 움직이고 있었다.

"나도 제갈가주의 말에 찬성이외다. 맹주, 무적다가를 압박할 수 있는 절호의 기회외다. 사제의 죽음에 가슴 아프신 것은 이해가 갑니다만 강호의 정의를 실현시킬 이 기회를 놓치지 마십시다. 어느 한 가문이 무림에 군림할 정도로 무맹이 허약할 수는 없지 않소이까?"

태현 진인은 제갈청수와 당무독을 바라보았다.

"일단 공론을 모아보지요. 모든 일엔 순서가 있는 법입니다."

고통스러운 기색이 역력한 태현 진인의 얼굴을 보며 제갈청수는 회심의 미소를 지었다.

'맹주도 마음을 굳힌 모양이군. 흑수림을 치는 주도권을 무맹이 움켜쥔다면 무적다가의 성세는 순식간에 추락할 것이다. 저주받을 마녀들을 포용한 것이 얼마나 패착이었는지 똑똑히 알려주마.'

형과 조카의 죽음을 잊지 않은 독심(毒心)의 사내, 제갈청수는 부채 뒤에 얼굴을 감춘 채 하얀 미소를 지었다.

*   *   *

방으로 뛰어드는 철정의 얼굴이 너무도 다급해 보였다.

"큰일 났다!"

유현과 함께 행장을 준비하던 진파는 의아한 얼굴로 철정을 바라보았다.

"왜, 아침밥이 안 된다니?"

진파는 아침 식사를 주문하러 간 철정이 다급히 뛰어드는 것을 보고 가볍게 농담을 던졌지만 이어진 말에 얼굴이 굳을 수밖에 없었다.

"간밤에 태인 백부께서 돌아가셨단다!"

"뭐야!"

유현과 진파가 동시에 소리쳤다.

"틀림없어. 객잔에 모인 무림인들은 그 소식 때문에 벌써부터 술렁대고 있어. 더구나 그 범인으로 우리가 지목되고 있는 모양이다."

"무슨 말이야?"

"소수마공에 돌아가셨대. 흡정대법에도 당하셨다는군."

"이런!"

유현이 다급한 얼굴로 철정에게 지시했다.

"정아! 벽화보고 빨리 준비를 마치고 오라고 해라. 얼른 떠나야겠다!"

"예, 아저씨!"

철정이 다시 문을 박차고 나갔으나 진파는 멍한 얼굴로 바닥을 노려보고만 있었다.

유현이 진파의 어깨를 쳤다.

"정신 차려! 우리에게 누명을 씌우려는 게 분명하다! 빨리 서안을 빠져나가야 해!"

그 말에 진파는 고개를 저었다.

"도망가자구요? 어디로요?"

"어디긴? 먼저 흑수림을 조사하기로 했잖니! 빨리 섬서를 지나쳐야 한다!"

"우리가 왜요?"

"진파야!"

진파는 유현을 향해 고개를 흔들었다.

"유 숙, 저는 도망가지 않습니다. 태인 도장께서는 저나 정이와 가진 친분도 돈독한 분이셨습니다. 분향도 하지 않고 도망간다면 우리에게 향할 의혹을 그대로 인정하는 것밖에는 되지 않잖아요."

"그건 이상론일 뿐이다. 그럼 이대로 무맹을 방문하기라도 하자는 것이냐?"

"그래야지요."

"안 돼!"

"유 숙!"

유현은 진파의 어깨를 붙잡고 눈을 바라보았다.

"진파야, 아직 네가 책략과 음모를 많이 겪지 않아서 그런 말을 하는 것이다. 지금쯤 무맹에서는 무적다가를 헐뜯을 온갖 방법을 궁리 중일 것이다. 호랑이 입속으로 들어가는 것도 정도가 있다. 네 생각은 현실을 너무 모르는 것이야!"

진파는 침착한 눈으로 유현을 마주 보았다.

"절 걱정하시는 유 숙의 마음은 너무 잘 알고 있습니다. 하지만 이대로 서안을 벗어나게 되면 태인 도장님에 대한 도리도 저버리는 결과가 됩니다. 우리가 저지른 일이 아닌 이상 떳떳하게 행동해야 합니다."

철정이 다시 방으로 들어섰다. 철정을 따라 벽화를 비롯한 소수마후들이 모두 총총히 안으로 들어왔다.

벽화가 진파를 향해 다가왔다.

"오빠, 어떻게 할 거야?"

"태인 도장님의 시신을 우리 눈으로 확인하자."

"소수마공에 당하셨다면서? 아무래도 소예 언니와 현정이가 살아 있는 게 틀림없어. 그들부터 찾아야 해! 현성교에서 또 그들을 이용하는 걸 거야."

"나도 그렇게 생각한다."

유현은 미간을 찌푸린 채 진파와 벽화의 대화를 듣고만 있었다.

'역시 젊은 혈기가 지나치다. 너무 쉽게들 생각하고 있어.'

유현은 진파와 벽화를 향해 말했다.

"태인에게 예를 표하고자 하는 마음은 옳다. 그러나 지금 우리 모두가 무맹 무리를 찾아가는 것은 섶을 지고 불길 속에 뛰어드는 것과 마찬가지다."

"하지만 아저씨, 우린 어제 모두 한방에서 잤어요. 아무도 움직이지 않았다구요. 태인 도장님을 습격할 이유도 전혀 없구요. 소예 언니와 현정이가 다시 현성교의 수중에 떨어진 것을 알리고 공동 대응을 생각하면 되잖아요."

벽화의 말에 유현은 고개를 저었다.

"너희는 역시 너무 간단하게 사태를 생각하는구나. 그 말을 무맹에서 믿을 것 같으냐?"

"안 믿어도 상관없습니다. 우린 떳떳합니다."

진파의 말에 유현이 버럭 고함을 질렀다.

"너는 이제 무적다가의 가주다! 네 기분대로 행동하려고 하면 안 된단 말이다!"

"유 숙……."

진파는 당황한 얼굴로 유현을 바라보았다. 나이 터울이 심하고 아버지의 친구기는 했지만 누구보다도 배짱이 맞았던 유현이 이렇게 큰 소리를 친 것은 처음이었다.

유현도 그 점을 알았던지 다시 부드러운 음성으로 입을 열었다. 진파의 어깨를 꽉 쥔 유현의 손에 힘이 실려 있었다.

"생각해 보거라. 우리가 아무리 떳떳하다고 해도 저들이 인정하지 않으면 소용이 없는 일이다. 더구나 이후와 십후가 현성교의 손에 들어가 저지른 일이 맞다고 할지라도 그 애들은 우리 식구가 아니더냐. 책임을 회피할 수는 없는 일이다. 그들이 벽화나 다른 아이들을 넘기라고 한다면 너는 그 말을 따르겠느냐?"

"그런 말에 따를 리 없지요."

"그들이 무력을 쓰면 어떻게 하겠느냐?"

"덤비는 놈을 용서할 생각은 없습니다. 그게 무림의 법칙 아닙니까?"

"맞다. 하지만 여론도 생각해야 할 위치에 있는 것이 지금의 너다. 너는 이제 한 개인이 아니라 무적다가를 대표하는 가주의 신분이야. 너로 인해 사천교와 대결을 하기도 전에 무맹과 무적다가가 다투게 된다면 득을 보는 것은 과연 누구겠느냐?"

"현성교…… 겠지요."

"그렇다. 지금 무맹을 찾아가는 것은 그들의 의도에 놀아나는 결과밖에는 되지 않는다. 먼저 현성교부터 정리하고 볼 일이야."

"하지만 지금 우리가 그냥 떠난다면 그 또한 무맹의 오해를 불러일으킬 뿐입니다."

유현은 진파의 말에 동의한다는 듯 만면에 웃음을 띠고 고개를 끄덕였다.

"그래, 네가 성장했다는 것은 방금 그 말로 분명히 알 수 있겠구나. 네 아비도 기뻐하겠지만 나도 정말 기쁘다. 하지만 그것은 신경 쓰지 않아도 된다. 그 문제는 내가 맡으마."

"아저씨가요?"

벽화가 묻자 유현은 크게 고개를 끄덕였다.

"그렇다. 무맹에 가서 우리의 입장을 전할 사람이 필요한 것은 분명한 사실이다. 하지만 모두가 몰려가는 것은 우리 입지를 위험하게 할 뿐이지. 나 혼자 가겠다."

"안 됩니다!"

진파가 단호하게 고개를 저었다. 철정이 나서서 가슴을 두드렸다.

"차라리 제가 가겠습니다."

"제가 가지요."

진파와 철정이 서로 자기가 가겠다고 말하자 유현은 고개를 저었다.

"이건 어른인 내가 맡을 일이다."

"유 숙!"

"다른 말 하지 말거라. 벽화나 다른 아이들은 내게 친딸과도 같다. 그 애들의 입장을 내가 대변하는 것은 너무도 당연한 일이야. 너흰 할 일이 있지 않느냐? 현성교에 복수하는 것 말이다. 누가 어느 일에 더 효율적인 사람인지 따져 적재적소에 사람을 배치하는 것도 가주의 일이다. 진파야, 무맹에 한 명이라도 가야 한다는 네 생각은 옳다. 그리고 그 일에 가장 적합한 사람은 우리 중 나다."

"하지만……."

"너무 걱정 말아라. 검치란 명호가 그리 가벼운 것은 아니다. 오해를 풀 수는 없을지라도 우리 입장을 전하는 사람으로 제일 적합한 사람은 나다. 너희가 가면 분명히 충돌이 빚어질 거야. 그건 피해야 한다. 되도록 적은 희생을 내고 싶다는 것이 네 뜻이 아니더냐?"

진파는 마침내 고개를 숙였다.

유현이 제일 타당한 방법을 제시하고 있다는 것은 그도 잘 알고 있었던 것이다.

"유 숙…… 부디 몸조심하십시오."

"그들도 나를 함부로 대할 수는 없을 것이다. 네 뒤에는 무적다가의 가주인 네가 있지 않느냐? 일이 잘되면 곧 뒤따르마. 그들과 행동을 같이 할지도 모르겠다. 어쨌든 너무 걱정하지 말거라. 너는 네 위치의 무게를 잊지 말거라."

"알겠습니다."

무거운 침묵이 흘렀다.

진파와 벽화의 어깨를 두드리는 유현의 얼굴에만 가벼운 웃음이 떠올라 있었다.

*　　　　*　　　　*

"맹주님, 검치 유현이 뵙기를 청합니다."

"그자가?"

태현 진인은 좌우를 둘러보다 고개를 끄덕였다.

"들게 하라."

무적다가를 어찌 대할 것인지에 대해 갑론을박을 하고 있던 무맹의 회의에 유현이 모습을 드러냈다.

호남아의 기상이 역력한 유현이 들어서자 여기저기서 큰 소리들이 터져 나왔다.

"후안무치한 자 같으니! 무슨 얼굴로 이 자리에 왔다는 것인가!"

"무적다가의 뒤나 닦아주고 있으니 검치라는 명성도 이제 한물간 것이 아니겠소!"

"퉤엣! 친구를 죽인 년들과 함께 있기가 부끄럽기라도 했단 것인가!"

유현은 뒤숭숭한 장내를 쓰윽 훑어보고는 자리를 지키고 있는 면면을 확인하고서 가슴이 무거워지는 것을 느꼈다.

'무맹의 지도부라 할 수 있는 자들이 다 있군. 이자들이 무얼 꾀하고 있는 것인가.'

"어쩐 일로 오셨소이까? 무맹에 가입이라도 하러 오셨소?"

제갈청수가 몸을 일으키며 날카로운 어조로 물었으나 유현은 그를 보지도 않았다.

상석에 자리한 태현 진인만을 바라보던 유현이 깊이 포권을 취했다.

"친우의 급사 소식에 황황히 달려왔습니다. 얼마나 애통하시겠습니까?"

"뭐요! 당신들이 죽여놓고 무슨 헛소리야! 지금 무맹을 모욕할 셈이오!"

유현은 자신에게 손가락을 곧추세운 제갈청수를 보며 물었다.

"나는 맹주께 말씀을 올렸건만 뉘신지?"

"무맹의 군사를 맡고 있는 신기제갈가의 가주, 제갈청수요!"

"군사라……. 전(前) 군사인 제갈청인과는 어찌 되는 관계시오?"

제갈청수는 빠드득 이를 갈며 유현을 노려보았다.

"비명에 가신 그분은 본인의 가형(家兄)이시오!"

"그렇소이까?"

유현은 제갈청수에게 포권을 취했다.

"처음 뵙겠소. 유현이라 하외다. 맹주께 조의를 표하고 친우의 죽음을 애도하러 왔소만 내가 조의를 표할 맹주는 군사시오?"

"뭐, 뭐요?"

"아, 맹주가 계신데 그대가 나서서 자꾸 말을 하기에 물어본 것이오. 그동안 무맹의 편제가 바뀌기라도 했나 보오이다."

쾅!

당무독이 탁자를 내려쳤다.

"이자가 지금 이간질을 하러 온 것인가!"

그때, 태현 진인이 허공에 소매를 펄럭였다.

"그만들 하시오. 조의를 표하러 오셨다지 않소."

태현 진인은 몸을 일으켜 정중한 포권을 취했다.

"사제의 죽음은 자파인 화산의 슬픔일 뿐 아니라 무맹 전체의 슬픔이기도 하오. 조의에 감사드리오."

여기저기서 맹주의 태도에 대한 나직한 찬사가 터졌다.

누구보다도 가까운 사제의 죽음에 관계있는 자가 문상을 핑계로 조롱을 하러 왔건만 명분을 잃지 않고 대하는 태현 진인의 태도는 과연 무맹의 맹주다운 것이었으니.

'간물(奸物) 같으니…….'

유현은 눈살을 찌푸릴 뻔했으나 가까스로 평정을 유지했다.

태인 도장이 무맹에서 현성교의 위험을 부각시키고자 애만 쓰다 실패했음을 유현은 누구보다도 잘 알고 있었다. 무적다가의 실각만을 꾀하다 정작 지켜야 할 강호의 평화는 도외시했던 태현 진인을 보자니 구역질이 나올 것만 같았다.

그러나 유현의 음성은 평온했다.

"태인의 시신을 볼 수 있겠습니까? 소수마후에게 당했다는 이상한 소문을 들었습니다."

"이제 보니 시치미를 떼러 오셨구려."

유현이 고개를 돌리니 화급한 성미로 유명한 청성의 장문, 진양자였다.

"그게 무슨 소리요?"

"흥! 몰라서 묻는 거요? 태인 도장께서 소수마후 둘에게 당하시는 걸 직접 목격한 제자들도 있소이다. 우리 모두 그분의 상흔이 소수마공에 의한 것임을 확인했소! 흡정대법으로 생기를 빼앗긴 시신까지 모욕할 셈이오!"

"모욕? 그는 나의 친구외다."

"친구라는 사람이 마녀들을 감싸는 거요! 그 마녀들은 어디 있소! 당장 멱을 따버리고 말겠소이다!"

유현은 진양자를 보며 돌연 미소를 흘렸다.

"당신이 말이오?"

진양자가 성격이 급하다고는 하지만 자신을 비웃는 말도 못 알아들을 만큼 둔한 위인은 결코 아니었다. 진양자가 의자를 박차고 일어섰다.

"못할 것 같은가!"

장내의 분위기가 삽시간에 얼어붙었다.

유현은 유유히 무맹의 인사들을 바라보다가 태현 진인을 보며 입을 열었다.

"맹주께선 사태를 바로 보시길 바라오. 지금 무적다가와 무맹이 다툼을 벌이게 된다면 이득을 얻는 것은 현성교와 다른 삼천교가 될 것이오. 그렇지 않소이까?"

태현 진인이 유현을 바라보는 시선은 무겁게 가라앉아 있어 속내를 짐작하기 힘들었다.

태현 진인이 아무 말도 없자 제갈청수가 유현을 향해 물었다.

"지금 무맹 전체를 협박하고 있다는 사실을 아시오? 아니, 무적다가를 등에 업고 전 무림을 협박하고 있는 것이외다!"

유현은 고개를 저었다.

"나는 사태를 바로 보라고 말씀드린 것이오. 사천에서 당가와 황보가의 자제들이 소수마후에게 당했던 것도 사실은 현성교의 음모임이 밝혀진 바 있소이다. 이번이라고 다를 것 같소이까?"

"이번엔 목격자가 있소!"

"그때도 목격자는 있었소. 그대의 조카인 제갈우현이 현성교의 흑혈고에 제압당해 거짓 증언을 했었지."

"그건 무적다가의 주장일 뿐이오!"

당무독과 함께 황보가의 가주인 황보장청까지 탁자를 치며 일어섰다.

유현은 그들 모두를 보며 당당하게 소리쳤다.

"그것을 주장한 사람이 바로 태인 도장이었음은 잊었소이까? 그것을 묵살하고 당금 무적다가의 가주인 적협의 소행이라 끝까지 우긴 건 바로 당신들이었소!"

유현은 한 걸음 내디뎌 장내의 인사들을 두루 살피면서 열변을 토했다.

"나 검치 유현, 이제까지 하늘을 우러러 한 점 부끄러움이 없었다 자신할 수 있소이다! 태인 도장이 살해당한 것은 현성교의 음모임이 너무도 명백하오! 이미 소수마후들은 무적다가의 식솔로 받아들여졌소. 그들은 의식없는 살인자들이 아니라 현성교에 복수의 의지를 불태우는 중원의 딸들일 뿐이외다! 다시금 현성교의 농간에 무맹 전체가 놀아나야 하시겠소이까!"

주위가 웅성웅성해질 때 제갈청수가 유현의 앞으로 뚜벅뚜벅 걸어갔다.

"지금 소수마후가 태인 도장을 살해한 것이 아니라 주장하시는 거요?"

"그렇소! 어제 그녀들은 모두 우리가 머무는 객잔을 떠난 적이 없소이다!"

"그들과 함께 밤을 새기라도 하셨소?"

"잠이 오지 않아 대화를 나누며 밤을 샜소이다. 내게는 모두 친딸 같은 아이들이오."

"호~ 공적인 마녀들과 부녀 간이라 주장하는 것이오이까?"

"이미 그녀들은 마녀가 아니오. 제정신을 차린 지 오래고 현성교의 금제에서도 완전히 벗어났소이다!"

제갈청수는 유현을 바라보다가 피식 실소를 머금었다.

"당신의 주장은 말이 되지 않소이다. 화산파의 일대제자 세 명이 소수마후 둘에게 정기를 빼앗기는 태인 도장을 똑똑히 목격했소이다. 태인 도장의 팔을 자른 수강은 분명히 소수마공이었소."

"어제 나와 함께 있었던 아이들은 절대 태인을 해치지 않았소!"

"쓸데없는 말이 되풀이되는구려. 그 말만으로 모든 걸 믿으란 거요?"

유현은 고개를 저었다.

"내 말만으로는 믿기 힘들 거라는 건 나도 인정하오. 하지만 무적다가와 무맹이 충돌하면 누가 이득을 얻는지는 삼척동자라도 예측할 수 있는 일이오."

"그러니까 중원을 위해 소수마후의 살인을 덮자는 말이 아니오?"

유현은 태현 진인과 여러 무맹 인사들을 보며 목소리를 높였다.

"대세를 생각하는 마음을 가져 주시길 원하외다. 현성교의 본단이 흑수림이라는 소문 때문에 그 진위 여부를 확인하고자 모두 흑수림으로 향하고 있지 않소이까. 적어도 현성교를 상대할 때까지만이라도 이 문제를 무적다가의 책임으로 돌리지 않을 것을 청합니다. 일단 현성교를 징치한 후 태인의 죽음에 대해 논합시다."

이제까지 별말이 없던 태현 진인이 유현을 향해 물었다.

"그것이 무적다가의 뜻이오?"

"그렇소. 또한 나의 의지이기도 하오. 내 의지를 증명하는 의미로 여러분과 행동을 같이 하겠소이다."

스스로 인질이 되겠다는 유현의 말에 태현 진인은 묵묵히 유현의 얼굴만을 바라보았다.

바늘 떨어지는 소리도 들릴 듯한 침묵이 흐른 후, 태현 진인이 입을 열었다.

"그대의 의지를 보여주는 의미로 우리와 함께하겠다? 우리의 계획을 모두 무적다가에게 알려줄 셈인가?"

유현은 허리춤에 매여 있던 묵정검을 들어 제갈청수에게 내밀었다. 제갈청수가 엉겁결에 유현의 검을 받자 유현은 스스로 자신의 마혈을 찍었다.

아 하는 탄성이 일었다.

적자나 다름없는 무맹에 들어와 스스로 금제를 가하는 유현의 당당함이 중인들의 뇌리에 깊이 각인되었다.

유현은 움직이지 않는 몸으로 태현 진인을 향해 입을 열었다.

"어떤 금제를 가하셔도 달게 받겠소. 검치 유현의 명예를 걸고 드리는 말씀이오. 흑수림의 정체가 밝혀질 때까지만이라도 이 문제를 뒤로 미루었으면 하오!"

태현 진인은 더 이상 유현의 말을 거절할 명분이 없음을 알고 내심 안타까운 탄식을 내뱉었다. 그러나 그의 얼굴에는 추호도 그런 빛이 드러나지 않았다.

"그대의 뜻을 따르겠소. 흑수림의 의혹을 밝혀낼 때까지는 무맹은 이 문제를 덮겠소이다. 하지만 요즘 야기된 섬서의 혈사가 현성교의 음모라는 그대의 주장은 아직 하나의 의견일 뿐이오!"

태현 진인의 말이 끝나자 유현은 지그시 눈을 감았다.

'진파야, 벽화야. 결코 너희에게 부담이 되지는 않겠다.'

유현이 뜻 모를 다짐을 하는 가운데 무맹의 회의가 다시금 시작되고 있었다.

                    *   *   *

서안을 빠져나가 북상하는 마차에는 진파와 철정이 마부석에 앉아 있었다.

그들의 얼굴은 침울하게 굳은 채였다.

"검치 아저씨…… 괜찮으실까?"

철정의 말에 진파는 어금니를 물었다. 울퉁불퉁 자국이 떠오르는 강인한 턱이 부드득 소리를 냈다.

"괜찮으실 거야. 보통 분이 아니시니까. 마정의 마기에도 자신을 잃지 않았던 분이셔."

"그래도 걱정이다."

한숨을 쉬는 철정의 등을 진파가 두드렸다.

"일단 유 숙께 맡겼으니 뒤는 생각하지 말자. 흑수림의 정체를 밝히는 데 주력하자."

철정은 뜻밖이라는 얼굴로 진파를 바라보았다.

'확실히 강해졌구나. 넌 정말 대단한 놈이다.'

유현이 무맹으로 가겠다는 말을 했을 때 철정은 진파가 그 의견에 동의할 줄은 정말 몰랐다. 끝까지 반대하려는 벽화를 달랜 것도 진파였고 결정을 내리자마자 질풍처럼 서안을 빠져나온 것도 진파였다. 그 강인한 행동력에 철정은 왠지 씁쓸함을 느꼈다.

'또 녀석과 나를 비교하는 것인가……?'

철정은 고개를 흔들었다.

평생 풍협과 자신을 비교하다 많은 것을 잃었다는 유현의 말이 다시금 떠올랐던 것이다. 유현은 철정의 마음을 짐작했는지 다시 만나고 나서 따로 불러내 넌지시 자신의 과거를 얘기해 주었다. 그 마음이 고마웠기도 했지만 철정은 그런 말을 들어야 하는 자신이 한심하기도 했다.

'이따위 생각은 하지 말자. 지금은 복수에 전념해야 해.'

복수. 선지애를 잃은 복수를 제 손으로 이루겠다는 철정의 마음은 아직도 시퍼렇게 날을 세우고 있었다.

단 한시도 잊은 적이 없었다, 소꿉친구처럼 애정을 쌓아 올린 선지애의 죽음을. 그러나 요즘은 막수옥에게 자꾸만 마음이 쓰여 철정의 내심은 꽤나 복잡한 편이었다.

그때 갑자기 진파가 툭 어깨를 쳤다.

"그나저나 요즘 수옥 누나랑 잘돼간다며? 축하한다."

철정은 자신의 마음을 들킨 듯하여 씁쓸한 미소를 물었다.

"지금 그런 말 할 때냐."

"이런 때일수록 가벼운 얘기를 할 필요가 있잖아. 마음이 가벼워야 손도 잘 나가는 거야."

"머리도 잘 돌아가지."

"맞아."

철정은 피식 웃었다. 어느새 긴장을 풀어주려고 농담마저 던지는 진파가 든든했다.

"수옥 누나는 좋은 여자야."

"나도 알아. 하지만 내 마음속에선 지애의 피가 식지도 않았다. 재촉한다고 될 일이 아니야."

"알고 있다. 일부러 네 마음을 부정할 필요는 없다는 거야. 수옥 누나한테 호감을 느끼는 건 사실이잖아."

"음……."

그때 갑자기 벽화의 음성이 들렸다.

마차 밖으로 몸을 내민 벽화는 진파에게 소리쳤다.

"오빠! 누가 따라와!"

철정에게 말고삐를 맡긴 채 마차 지붕으로 올라선 진파는 마차를 따라 관도를 달려오는 한 필의 말을 볼 수 있었다. 자욱한 흙먼지가 일어나는 가운데 달려오는 기수는 분명 마차를 따라오는 것이 분명해 보였다.

그리고 진파는 믿을 수 없는 목소리를 들었다.

"잠깐만요~"

너무나 청아해 귀를 즐겁게 하는 목소리.

다시는 들을 수 없을 것이라 생각했던 목소리였다.

진파의 얼굴이 귀신을 본 것처럼 딱딱하게 굳어버렸다.

제50장 망혼잔검(亡魂殘劍)

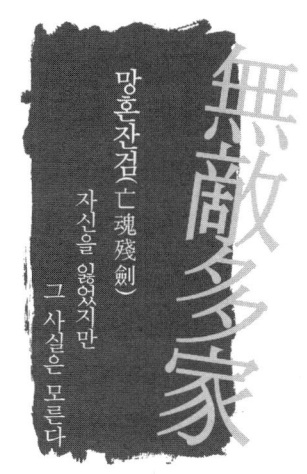

無敵多家

망혼잔검(亡魂殘劍)

자신을 잃었지만

그 사실은 모른다

"정아!

마차를 세워!"

"왜?"

"어서! 그리고 일루 와!"

다급한 진파의 말에 철정은 급히 마차를 세웠다.

히히힝~

투레질이 요란하게 들리며 말들이 멈춰 서자 철정은 고삐를 묶어놓고 지붕으로 몸을 날렸다.

철정의 손은 거검을 움켜쥐고 있었다.

"적이냐?"

진파는 아무 말도 하지 않고 마차 뒤를 달려오는 말 한 마리를 가리켰다.

진파의 손길을 따라 철정은 안력을 돋우었다.

이십 장 정도 떨어진 곳에서 맹렬히 달려오는 검은 말 등 위에는 흰 옷을 입은 여인이 앉아 긴 머리를 휘날리고 있었다.

'여자? 한 명이잖아.'

삽시간에 거리가 가까워져 오자 철정은 눈을 부릅떴다.

꿈에서도 잊어본 적 없는 얼굴이었다.

다시는 볼 수 없으리라 생각했던 얼굴, 그 얼굴을 생각하며 손바닥이 피에 절도록 거검을 휘둘러 댔던 철정이었다.

철정은 부르르 몸을 떨었다.

"지애!"

철정의 몸이 마차 지붕을 떠나 달려오는 말을 향해 쇄도했다.

쏜살같이 달려오던 말 등을 박차고 물 찬 제비처럼 몸을 날린 여인이 철정의 품에 안겼다.

"철 랑!"

철정은 도저히 믿을 수 없다는 듯 여인의 얼굴을 만지고 또 만졌다. 다시는 놓지 않을 것처럼 끌어안고 볼을 만지고 입을 맞추었다. 눈물이 두 사람의 뺨에 흘러내렸다.

죽은 줄만 알았던 선지애의 귀환이었다.

"도대체 어떻게 된 거야?"

벽화는 급히 물었다.

죽은 줄로만 알았던 선지애가 돌아온 사실을 처음엔 모두 실감할 수 없었다.

서로 얼굴을 꼬집고 울고 웃다가 재회의 기쁨을 만끽하기 위해 진파 일행은 관도에서 벗어나 모닥불을 피운 참이다.

벽화의 재촉에 선지애는 철정의 어깨에 기댄 채 그날 이후의 일들을 이야기하기 시작했다.

"그때 가슴에 비수를 맞고 정말 마지막이라 생각했어. 정신을 차렸을 때는 두 달이 지난 후였지."

"누가 구해준 거야? 아무리 찾아도 언니가 없기에 혹시나 모른다고 기대를 갖긴 했지만…… 솔직히 포기하고 있었어."

선지애는 웃으면서 고개를 끄덕였다.

"나라도 그랬을 거야. 이해해. 내가 떨어지던 절벽 밑을 그때 사부님이 지나가고 계셨어. 허공에서 내가 떨어지는 것을 받아내시곤 생사가 경각에 달렸다 생각하셨대. 거의 죽은 목숨이나 마찬가지였다니까. 앞뒤 생각할 사이도 없이 한 생명 구하시겠다고 동분서주하셨다고 하더라. 그분이 아니었다면 지금의 나도 없었을 거야. 정말 죽었겠지."

"사부님? 선 소저, 자세히 말씀해 보세요."

진파의 물음에 선지애는 웃으며 고개를 끄덕였다.

"예. 정신이 들고 몸을 회복한 후에 사부님으로 모셨어요. 진 소협도 아실 거예요. 사부님이 안면이 있다 말씀하시더군요. 금정 신니라는 분이죠."

"금정 신니! 그분께서?"

"오빠, 알아?"

벽화의 말에 진파는 고개를 끄덕였다.

"사천에서 너와 유 숙하고 현성교에 쫓길 때 잠시 만났던 분이야. 그때 신세를 졌지."

"신세는요, 진 소협을 많이 칭찬하시던데요."

진파는 겸연쩍은 듯 미소를 지으며 머리를 긁었다.

"그분이 절 칭찬하셨어요? 하하. 그나저나 진 소협이라 부르지 마세요. 가주가 되었는데 다씨를 안 쓰겠다 말할 순 없지요."

"어머! 그래요? 정말 축하드려요! 이젠 가주님이라 불러 드려야겠네요?"

"그냥 다 소협이라 하세요. 우리끼리 가주님은 무슨."

선지애는 진파를 향해 돌연 고개를 갸웃했다.

"그런데 다 소협은 이름 안 바꾸세요? 풍협께서도 성을 아신 후에는 이름을 바꾸셨다 들었는데요."

"그냥 쓰기로 했습니다. 이름 갖고 놀리는 놈이 있으면 혼줄을 내주죠. 익숙한 이름 바꿀 필요 있나요?"

"호호. 그래도 붙여 말하면 영 그런데……."

"붙이지 마십쇼."

"다진파……. 킥킥."

화기애애한 대화가 이어지는 동안 선지애를 기억하지 못하는 소수 마후들이 차례로 인사를 나누었다.

막수옥은 딱 달라붙어 서로의 얼굴을 보기 바쁜 철정과 선지애를 아프게 바라보다 고개를 돌렸다.

벽화는 선지애의 생환이 너무나 기뻤지만 막수옥의 마음을 너무나 잘 알기에 간간이 씁쓰레하게 웃었다.

"정말 뜻밖이지?"

노숙을 하기로 하고 모닥불을 더 키워놓은 마차 곁을 떠나 벽화와 진파는 나란히 서서 불가에 앉아 있는 철정과 선지애를 보고 있었다.

"그래, 거의 포기했었는데 말야. 정말 잘됐어. 정이가 좋아하니 나도 기분이 좋아."

진파의 얼굴에는 진심으로 친구를 위하는 따뜻한 웃음이 떠올라 있었다. 벽화는 진파의 팔짱을 끼며 갑자기 포옥 한숨을 쉬었다.

"왜?"

"막 언니 때문에."

"수옥 누나? 으음. 그건 또 그렇구나."

막수옥은 아까부터 말없이 앉아만 있었다. 그동안 막수옥과 투닥거렸던 나령이 막수옥의 곁에 묵묵히 앉아 있는 것이 보였다.

"걱정이야. 좋아해야 할 일인데 마냥 좋기만 하진 않네. 막 언니 얼굴 보는 게 좀 힘들어."

"애들하고 함께 신경 좀 써줘."

"그래야지. 그런데 막 언니 성격에 그냥 포기할까?"

"글쎄. 죽었다고 생각했을 때도 선 소저를 배신하지 않겠다고 길길이 날뛰었는데 살아 있는 선 소저를 두고 정이가 한눈을 팔까?"

"그래, 누구하곤 다르니까."

"누구? 누굴 말하는 거야?"

"누구 있어."

"누구 말하는 거야?"

"……."

"아! 울 아버지? 아님 유 숙?"

벽화는 진파의 말에 대답하지 않고 낮게 코웃음만 쳤다. 진파가 계속 묻자 곱게 흘겨보다가 속삭였다.

"양우가 오고 있어. 그만 해."

"음?"

진파가 고개를 돌리니 과연 오후 양우가 둘을 향해 천천히 걸어오고 있었다.

"웬일이야?"

"상의할 게 있어서."

양우는 벽화와 진파의 사이좋은 모습을 부러운 듯 바라보다가 벽화 앞에 섰다.

벽화는 양우가 잠시 보인 먹먹한 눈빛에 흠칫했다.

진파는 눈치채지 못했지만 진파를 힐끗 바라보던 표정에는 말할 수 없는 애틋함이 담겨 있었다.

'아아······.'

벽화는 속으로 한숨을 쉬었다.

선지애와 자신의 처지가 그리 다르지 않다는 사실을 새삼 자각했던 것이다.

한 남자를 가까운 친구들이 함께 좋아한다는 건 몹시도 피곤한 일이었다.

분명한 선을 그어야 한다고 손일연이 충고해 주었지만 벽화는 그럴 수 없었다.

소수마후로 현성교에 의해 제련된 친구들이 보통의 삶을 살아갈 수 없다는 건 벽화 자신이 너무나 잘 알고 있었다. 더구나 자신의 암시로 인해 진파에 대한 인상이 너무나 강하게 각인되어 있지 않은가. 막수옥이 예외로 철정에게 마음을 주었을 뿐, 진파를 사사건건 못마땅해하는 정가영도 실은 진파를 좋아한다는 것을 벽화는 누구보다 잘 알고 있었다.

'이런 상태가 언제까지 계속될까······?'

진파와의 어색함은 사라졌지만 벽화는 무언가 결단을 내려야 할 시점이 점점 다가오고 있다는 예감을 떨칠 수 없었다. 그래서 양우가 다가오는 것을 보며 벽화는 가슴이 두근거렸다.

벽화는 꿀꺽 침을 삼켰다.

"뭐……지?"

양우는 힐끗 뒤를 돌아보고 마차와의 거리가 한참이나 떨어져 있는 것을 새삼 확인하고는 그래도 모자라다고 느꼈던지 속삭일 정도로 목소리를 낮추었다.

"대장하고 진파한테 할 얘기가 있어."

"음? 뭐야?"

진파도 호기심이 생겼던지 고개를 숙이고 낮게 물었다.

진파는 벽화의 친위대라 할 수 있는 양우나 옥지 등이 자신을 좋아한다는 사실을 몰랐기에 자신에게까지 할 말이 있다는 양우의 말에 뜻밖이라는 표정을 지었다.

양우는 벽화와 진파를 바라보면서 정말 뜻밖의 이야기를 꺼냈다.

"진파야, 너 정말 금정 신니라는 분 알아?"

"음. 왜?"

"너무 공교롭다는 생각 안 드니?"

"뭐가?"

양우의 얼굴이 살짝 붉어졌다.

너무 가깝게 다가와 진파의 숨결이 이마를 간질였던 것이다.

"너나 벽화를 빼고는 우리는 선지애라는 저 소저를 처음 봐. 전에 봤다지만 기억을 못하지. 그래서 너희보단 내가 좀 더 객관적일 수 있다고 생각해."

"무슨 말을 하려는 거니?"

양우는 벽화의 얼굴을 바라보며 더욱 목소리를 낮추었다.

"아무래도 이상해. 선 소저는 우리 소식을 통 모르다가 이제야 알게 되어 찾아왔다고 하지만, 자기 본가나 철 소협의 집에도 알리지 않았 잖아."

"그거야 무공을 수련해서 힘이 되고 싶었다고 얘기했잖아."

양우는 고개를 흔들었다.

"물론…… 같은 편끼리 의심을 하는 건 나쁘다고 생각해. 하지만 너무 공교로워. 선 소저는 현성교도에 의해 죽임을 당한 줄 알았다고 그랬지?"

"음."

"소예 언니나 현정이 경우와 너무 비슷하지 않니?"

갑자기 진파가 이맛살을 확 찌푸렸다.

"너 지금…… 선 소저가 적의 간세일지도 모른다고 의심하는 거냐?"

"쉿! 목소리가 커."

양우는 주의를 주고 다시 슬쩍 뒤를 돌아보았다.

설화와 정가영의 질문에 웃으며 대답해 주고 있는 선지애를 확인하고는 양우는 다시 고개를 돌렸다.

"우린 현성교주가 갖고 있는 능력을 잘 알잖아. 그는 희대의 섭혼술을 익혔어. 만약 선 소저가 현성교에 잡혀갔었다면…… 어떨까?"

진파와 벽화의 얼굴이 흠칫 굳어졌다.

벽화는 떨리는 목소리로 양우의 말을 부정했다.

"아…… 아닐 거야. 아닐 거야. 언니가 그럴 리 없어."

"대장, 우리도 원해서 현성교주의 명령에 따랐던 건 아니야. 그의 심령금제는 정말 무섭다구. 대장이 더 잘 알잖아."

"하지만……."

그때 진파가 둘의 대화를 막았다.

"그만. 이 얘기는 그만 하자. 확신도 없이 선 소저를 의심하고 싶지는 않아."

양우는 진파의 얼굴을 물끄러미 바라보다가 입을 열었다.

"넌 무적가의 가주이기도 하지만 우리의 친구기도 해. 지금은 같은 적을 두고 있는 입장이고. 좀 더 객관적인 시각을 가져야 해."

진파는 얼굴을 일그러뜨렸다.

"무슨 말인지는 알겠다. 하지만 선 소저를 의심한다는 자체가 나는 불쾌하다."

"그렇게 느긋하게만 생각할 게 아냐. 물론 네 입장은 이해해. 하지만 이건 알아둬. 난 아직 선 소저란 저 여자를 완전히 믿지 않아. 내게는 오늘 처음 본 여자니까."

양우는 고개를 들어 벽화와 진파를 보았다.

"난 계속 지켜볼 거야. 그것까지 뭐라고 하진 말아줘."

진파와 벽화의 대답을 듣지도 않고 양우는 몸을 돌렸다.

"휴우……."

진파의 탄식이 벽화의 귀를 어지럽혔다.

밤이 깊어 대부분 잠이 들었을 때, 진파는 깨어 있었다. 활활 타오르는 모닥불을 바라보며 진파는 생각에 잠겨 있었다.

'양우의 말도 일리는 있다.'

선지애와 철정은 모닥불 곁에 누워 잠을 자고 있었다. 여기저기 흩어져 잠을 자고 있는 소수마후들을 보다가 진파는 다시 선지애를 바라보았다. 철정의 품에 안겨 곤히 잠들어 있는지 규칙적으로 숨결이 들려왔다.

'하지만 믿고 싶지 않아.'

진파의 눈은 깊이 침잠해 있었다.

잠자리에 들기 전 금정 신니에 대해 물었을 때, 자신도 모른다고 대답했던 선지애의 말은 확실히 석연치 않았다. 사천에서 보았던 금정 신니가 황산에 나타나 선지애를 구했다는 말도 어딘가 의심할 만한 구석이 있었다. 선지애에게 약간의 무공을 가르쳐 주고 다시 잠행에 들어섰다고 말했지만 진파로서는 선지애의 말을 확인해 볼 방법이 없었던 것이다.

'우연이라……. 우연치고는 확실히 공교로워.'

진파는 이마를 쓸어 올렸다.

진파의 입에 씁쓸한 미소가 걸렸다.

'가주란 자리는 친인까지도 의심해 봐야 하는 것인가……. 젠장할.'

그때 부스럭하는 소리가 들리더니 철정이 서서히 몸을 일으켰다. 선지애가 깨지 않도록 조심스럽게 몸을 일으킨 철정은 진파에게 짧은 전음을 던졌다.

"수련 좀 하고 올게."

"이 시간에? 그보단 얘기 좀 하자."

"내일 하지. 오늘 수련을 빼먹은 게 맘에 걸린다."

진파는 씨익 미소를 지었다.

선지애를 잃고 나서 철정이 얼마나 자신을 가혹하게 단련했는지 누구보다 잘 아는 진파였다.

"갔다 와라. 너무 멀리 가지는 마."

"그래."

철정은 고개를 끄덕여 주고는 모닥불 너머 어둠 속으로 차츰 사라져 갔다. 철정의 등을 바라보던 진파는 다시 불길 속으로 시선을 던져 활활 타오르는 불꽃을 바라보기 시작했다.

수련을 하겠다던 철정은 모닥불에서 멀어지자 경공을 전개하기 시작했다.

거검을 등에 메고도 고양이처럼 날렵하게 경공을 펼치던 철정은 곧 야산으로 접어들었다.

따로 목적지가 있는지 거침없이 몸을 날린 철정이 도착한 곳은 야산의 숲 속에 있는 허름한 초막이었다.

초막의 문을 열고 안으로 들어간 철정은 갑자기 흠칫 몸을 떨었다. 그의 앞에 검은 피풍의를 두른 낯선 인물이 서 있었던 것이다. 현성교주 임수였다.

"옴 바르디야 사맛디."

짧은 주문이 철정의 귀를 파고들자 철정은 갑자기 부르르 몸을 떨며 털썩 무릎을 꿇었다.

철정의 입에서 고저가 없는 음성이 새어 나왔다.

"주인…… 님……."

"그래, 오늘 보고할 것은 무엇이냐?"

머리 속을 파고드는 듯한 음울한 질문이 떨어지자 철정은 흐릿한 음성으로 선지애의 귀환에 대해 상세히 보고하기 시작했다.

철정의 말이 다 끝나자 초막 안에는 음침한 웃음소리가 떠돌았다.

"크크크······. 곤란하겠구나. 새 여자에게 막 마음이 열리려는데 죽은 줄 알았던 정혼자가 살아 돌아왔다니 말이다."

임수는 철정을 보며 크크거리더니 명령을 내렸다.

"고개를 들어라."

철정이 정면을 보던 고개를 들어 임수를 바라보았다. 초점이 사라진 듯 멍한 눈빛에는 마치 한 겹의 안개가 드리운 듯했다.

임수는 철정의 볼을 톡톡 쳤다.

"좋겠구나. 진파를 그리 부러워하더니 네게도 이제 여자가 둘이 되었네? 영웅은 호색이라 했으니 그 아니 좋겠느냐?"

철정은 여전히 대답이 없었다.

임수는 갑자기 쯧쯧 혀를 챘다.

"역시 섭혼술에 빠진 상태에서는 감정을 표현하지 못하니 재미가 떨어지는군. 이 녀석 기분이 지금쯤 아주 재미있을 텐데 말이야."

"어떻게 하실 작정입니까?"

어느새 탐랑이 나타나 임수의 옆에 서 있었다. 임수는 탐랑을 힐끗 보더니 크크 괴소를 흘렸다.

"뭘 어떻게 해? 이 상황을 이용해서 최대한 저들을 혼란시켜 놔야지."

"소수마후들을 다시 제압하실 생각이십니까?"

탐랑의 질문에 임수는 고개를 흔들었다.

"그래야 하지만 지금은 아냐. 소수마공을 빼앗지 않는 이상 이제 제압하기 힘들 거야."

"하나하나 유인해 제압하시면 되지 않겠습니까?"

"물론 그래도 되지. 하지만 나는 진파에게 지옥의 고통을 안겨주고 싶군."

너무 여유를 부리는 것 아니냐는 말이 목구멍까지 솟아올라 왔으나 탐랑은 꿀꺽 말을 삼켰다.

지금은 임수를 자극할 때가 아니었다. 한참 잘하고 있는데 찬물을 끼얹는다면 임수의 성격상 오히려 비뚤게 나갈 수도 있다는 것을 탐랑은 잘 알고 있었다.

"어떻게 하실 생각이신지요?"

조심스러운 탐랑의 태도에 만족했는지 임수의 얼굴에 웃음이 떠올랐다.

"무적다가와 무맹의 틈을 다시 벌리는 데 성공했잖아. 검치란 놈이 간신히 불길을 잠재워 놓았지만 언제든지 폭발할 수 있어. 그럼 불씨를 마련해 줘야지? 그 역할을 이놈이 하게 될 거야. 아예 자중지란까지 일어나도록 해야겠지. 흐흐."

임수는 손가락으로 철정의 미간을 누르고 주문과 같은 으스스한 말을 내뱉기 시작했다.

철정의 눈빛이 더욱 흐려지며 입가에 침이 흘러내렸다.

한참 동안 철정에게 암시를 주고 지시를 내리던 임수는 마침내 손을 떼었다.

임수의 얼굴엔 만족스러운 웃음이 떠올라 있었다.

"이제 내가 시키는 대로만 하면 되느니라. 알겠느냐?"

"예……."

"좋아. 다시 너를 부를 때까지는 앞으로는 일체의 보고가 없다. 돌아가라!"

철정이 머리를 숙이고 돌아가자 탐랑은 문밖까지 나가 철정의 뒤를 확인하고는 다시 안으로 들어왔다.

"정말 교주님의 섭혼술은 놀랍기만 합니다."

"아직은 더 개량해야 해."

"그런데 저 녀석은 우리를 전혀 기억하지 못하는 것입니까?"

"흐흐. 왜, 궁금한가?"

"그렇습니다."

"기억하지 못하지. 아니, 할 수 없다고 해야 할 걸세. 이곳에 오는 동안에도 녀석은 수련을 위해 온 것으로 생각했을 거야. 이곳을 떠날 때는 운공을 마치고 돌아가는 거라 알고 있지. 내가 지시한 대로 행동하겠지만 그것이 자신의 선택이라고 여기게 될 거야. 크크크. 내가 죽지 않는 이상 녀석의 마음은 내 것이지."

"무섭…… 군요."

"그렇지. 이제 녀석의 활약을 기대하기로 하고 우린 흑수림으로 가지."

"알겠습니다."

"크게 피를 보는 것이야. 우하하하. 중원 정복의 시작이 흑수림에서부터 시작될 걸세!"

탐랑은 무섭게 웃어 젖히는 임수를 바라보며 정중히 고개를 숙였다.

*　　　　*　　　　*

진파는 눈살을 찌푸린 채 마차를 막아선 일단의 인물들을 바라보고 있었다.

마부석에는 여전히 철정이 진파의 옆을 지킨 채 고삐를 움켜쥐고 있었다.

"무엇 하느냐! 빨리 내려와 내 칼을 받아랏!"

감천을 지날 때까지 아무런 일도 없어 안심했던 것인데 진파는 지금 관도를 따라 계속 북상했던 것을 후회하고 있었다.

그들의 마차를 가로막은 인물들은 태양혈이 불끈 치솟아 있는 것으로 보아 상당한 기량을 쌓은 자들이 분명했다. 정광을 뿌리는 눈매나 안정된 자세를 보아 명가에서 수련한 자들로 보였다.

"당신들은 도대체 누구시오?"

진파의 질문에 마차를 가로막았던 십여 명의 인물 속에서 우렁찬 호통이 터져 나왔다.

"닥쳐랏! 우리를 모른단 말이냐!"

진파는 소리를 지른 인물을 향해 눈을 돌렸다.

고리눈을 부릅뜬 중년의 사내였다. 꽉 짜인 근육질의 몸을 황색 옷으로 감싼 사내는 커다란 감산도를 움켜쥐고 진파를 노려보고 있었다.

"당신들 혹시 사람을 잘못 본 거 아니오?"

"너희가 무적다가의 놈들이 분명하고 그 마차에는 소수마후들이 타고 있는 게 분명하렷다?"

진파는 눈살을 찌푸렸다.

'날 알면서도 시비를 거는 것이군. 그런데 누군가?'

진파는 철정을 향해 눈을 돌렸다.

그런데 철정이 어딘가 이상했다.

주먹을 꼭 쥔 철정의 모습에는 진득한 살기가 흐르고 있었다.

진파는 철정의 팔을 툭 쳤다.

"야, 누군지 아냐?"

갑자기 철정이 흠칫 놀라더니 살기를 풀고 진파를 바라보았다.

"저 사람들?"

"그래."

"황의를 입고 감산도를 든 것을 보니 감천에 자리잡고 있는 운호문(雲虎門)의 인물인가 보다. 저자는 운호도(雲虎刀) 고력(高力)이야."

"고력?"

"응. 섬서에서는 꽤나 날리는 사람이지. 그런데 왜 저러나 모르겠다."

'모르겠다고?'

진파는 이상하다는 표정으로 철정을 바라보았다. 뚜렷한 원한이 없는데도 살기를 품을 철정이 아니지 않은가. 그러나 진파의 생각은 고력의 호통에 의해 끊어졌다.

"왜 대답이 없느냐! 무적다가 놈들이 분명하렷다!"

"놈들?"

진파의 미간이 순간적으로 내천 자를 그렸다.

진파는 휙 몸을 날려 고력의 앞에 내려섰다.

기척도 없이 내려선 진파의 몸놀림에 놀랐던지 고력의 눈살이 움찔거렸다.

'이 자식들 뭐야? 별로 강한 것 같지도 않은데?'

예전의 진파 같았다면 확 짜증이 솟구쳤을 것이지만 광협의 안배로 인해 마음의 평정을 얻은 진파는 그저 의아하기만 했다.

진파는 정중히 포권을 취했다.

"내가 바로 당금 무적다가의 가주인 다진파요. 나는 형장들을 처음 보는데 도대체 무슨 일이오?"

고력은 목청을 돋우어 높이 소리쳤다.

"마차 안에 소수마후들이 타고 있느냐?"

"내 친구들이 타고 있소."

"그 친구들이 소수마후냐!"

"예전엔 그랬소."

"맞구나!"

돌연 고력이 감산도의 도갑에서 칼을 뽑으며 소리쳤다.

'이거 뭐야……?'

진파는 감산도의 공격 범위에 들어서 있었으나 여유있게 뒷짐을 진 채 고력을 보고 있었다.

"도대체 이러는 이유가 뭐요?"

"내 아우가 죽었다!"

"그래요? 조의를 표합니다."

"내 아우를 소수마후란 년들이 흡정대법으로 죽였단 말이다!"

'이런!'

진파는 눈을 찡그렸다.

기어이 우려하던 사태가 터졌던 것이다.

진파는 낮은 목소리로 고력을 향해 말을 건넸다.

"유감이구려. 하지만 우리 일행과는 상관없는 일이오. 그것은 현성 교의 음모 때문에……."

"닥쳐랏! 내 이 두 눈으로 똑똑히 봤단 말이다! 두 년이 내 동생을 빨아먹었다! 소수마후가 분명해! 도대체 왜 무적다가가 그런 마녀들을 감싸는 거냐! 당장 그년들을 내놔!"

진파는 고개를 저었다.

"그녀들은 이번 살행과는 아무 상관이 없소이다. 현성교의 음모가 분명하외다. 지금 우리는 그 음모를 밝히러 흑수림으로······."

"내 아우를 죽인 건 누가 뭐래도 소수마후다! 음모건 뭐건 그따위 건 몰라!"

고력이 한 걸음 내딛자 고력의 주위에 있던 십여 명의 사내도 무기를 뽑아 들었다.

'난감하군.'

그때 마차 문이 열리더니 벽화가 모습을 드러냈다.

벽화를 따라 아홉 명의 소수마후가 마차에서 내리고 마지막으로 선지애가 그 모습을 드러냈다.

열한 명의 꽃 같은 여인들을 보면 누구나 눈이 즐거워지겠지만 고력의 눈에서는 불길이 치솟아올랐다.

"네 이년!"

고력이 감산도를 휘두르며 달려들려 했지만 진파의 손이 더 빨랐다.

챙캉!

고력은 멍청한 눈으로 자신의 부러진 감산도를 바라보았다.

그저 진파가 가볍게 손가락으로 튕기기만 했는데 마치 흙벽돌이 무너지듯 감산도의 절반이 조각조각 부서져 내렸던 것이다. 그 압도적인 무위의 차에 고력은 그만 말을 잃었다.

진파는 엄중한 얼굴로 고력의 눈을 응시했다.

"이건 경고요. 당신의 아우를 죽인 것은 현성교지 내 친구들이 아니외다. 그녀들을 모욕하고 공격하는 것은 나를 공격하는 것과 같소. 끝까지 내 말을 믿지 않고 맞선다면 피하지 않을 것이오. 그러나 목숨을 걸어야 할 것이오!"

"이이……."

고력의 얼굴이 창백하게 질렸다.

자신의 힘만으로는 어찌할 수 없다는 것을 너무나 절감했던 것이다.

그러나 고력은 잊을 수 없었다.

하나밖에 없는 피붙이인 그의 친동생이 소수마후들에 의해 죽어가던 모습을.

고력은 이를 갈며 반만 남은 감산도를 가슴 위로 끌어당겼다.

진파가 탄식을 내뱉으며 고개를 젓는 것이 보였으나 고력은 이를 악물었다.

'원수를 눈앞에 두고 물러설 수는 없어!'

진파를 향해 돌진하려는 순간, 고력은 섬뜩한 느낌이 자신의 어깨를 스치는 것을 깨달았다. 날카로운 불칼로 어깨를 지지는 듯 뜨겁고 화끈한 이상한 느낌.

"정아! 뭐 하는 거야!"

깜짝 놀란 듯 진파가 부르짖었다.

고력은 갑자기 진파의 얼굴이 바닥으로 가라앉는 것을 느끼며 의아해했다.

'왜…… 지?'

고력의 머리가 바닥에 뒹굴 때쯤 고력은 그 생각을 끝으로 의식을 잃었다.

"야! 철정!"

진파가 철정의 팔을 잡았으나 철정은 거검에서 휙 피를 떨쳐 내며 앞을 막아서고 있는 십여 명의 사내를 응시하고 있었다.

"또 덤빌래?"

"으으……."

섬서에서 난다 긴다 하던 운호검 고력이 단 두 번의 칼질에 절반으로 갈라지고 목이 잘리는 것을 본 후, 고력을 따라온 자들은 벌벌 떨며 하나둘 뒷걸음을 쳤다.

그들이 완전히 도망가 버리자 목 잘린 고력의 시체와 피비린내만이 관도에 떠돌았다.

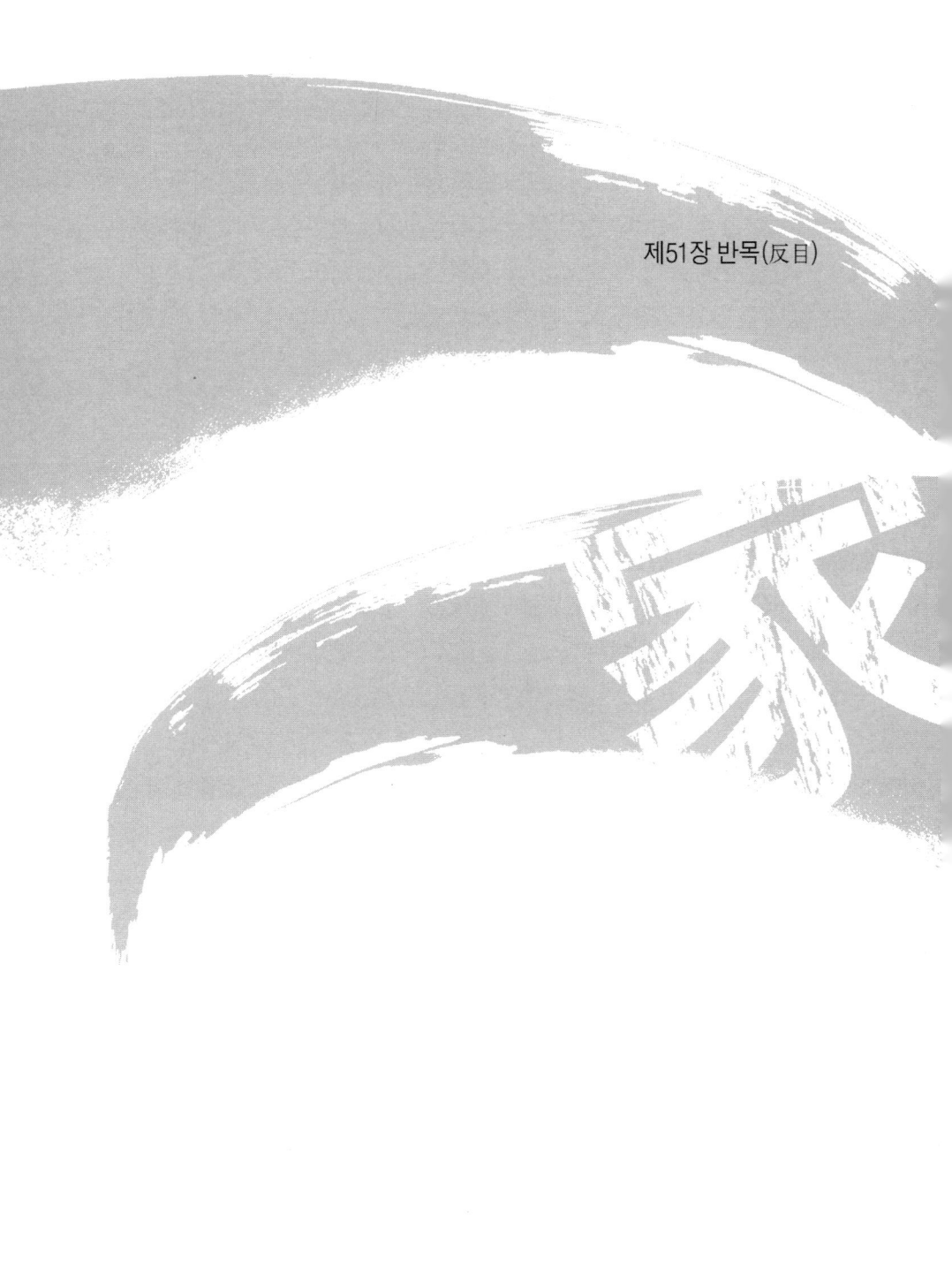

제51장 반목(反目)

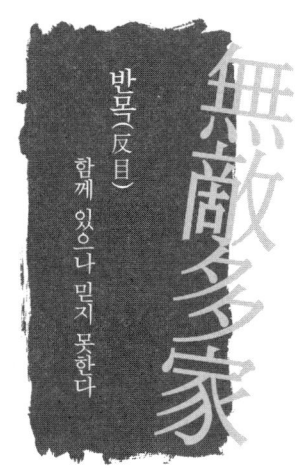

반목(反目)
함께 있으나 믿지 못한다

無敵多家

　　　"이제
왜 그랬는지 얘기해 봐."
　진파의 얼굴은 딱딱하게 굳어 있었다.
　철정이 고력을 죽인 후, 진파는 마차를 버렸다.
　더 이상 관도를 따라 달린다는 것은 무맹의 시비를 자초하는
결과밖에는 되지 않는다 생각하고 경공을 이용해 산지를 달리기
로 결정했던 것이다.
　황토가 뒤덮인 민둥산지를 달리던 진파 일행이 멈춘 곳은 낮은
관목이 숲을 이루고 있는 작은 언덕이었다.
　철정은 굳은 얼굴로 진파를 보고 있었다.
　"왜 죽였어? 왜! 죽이지 않아도 됐잖아!"
　"네 입으로 얘기했잖아. 목숨을 걸고 덤비라고 말야."
　철정의 대답에 진파는 입을 쩍 하고 벌렸다. 철정의 짧은 생각

에 정말 어처구니가 없었다.

"그거야 위협을 하려고 했던 거잖아! 유 숙께서 간신히 무맹과의 사이를 무마해 놓으셨는데 네가 망친 거나 다름없어! 그걸 모르겠냐!"

"아저씨가 성공하셨다고 어떻게 장담하는데?"

"너 진짜 왜 그래? 무맹에서 따로 추격이 없었잖아! 정파무림인들도 수없이 만났지만 우리에게 시비를 걸진 않았어! 그게 아저씨가 성공한 증거잖아! 지금 무맹에 억류돼 있다는 말 너도 같이 들었잖아!"

"그걸 어떻게 믿냐? 무맹 놈들을 믿을 수 있어? 난 지금이라도 무맹으로 달려가서 뒤집어 버리고 싶다. 아저씨가 다치셨을까 봐 불안해서 미치겠다구!"

철정이 버럭 고함을 지르자 진파는 제 가슴을 꽝꽝 쳤다.

"임마! 유 숙이 걱정되면 더 가만있었어야지. 그 사람을 왜 죽여! 너 때문에 유 숙이 더 곤란해지실 수 있다는 건 몰라?"

"지금 날 탓하는 거냐?"

"그럼 임마! 니가 잘했다는 거야?"

진파의 목소리도 서서히 높아지자 벽화가 두 사람의 사이를 파고들었다.

"오빠! 철 소협! 그만 하세요! 우리끼리 자중지란을 일으킬 셈이에요?"

"벽화야, 이건!"

"그만 해엣!"

벽화가 소리를 빽 하고 질렀다. 내공이 약한 선지애가 귀를 막고 비틀거릴 정도로 큰 소리였다.

진파와 철정이 그제야 입을 다물었다.

벽화는 진파와 철정의 가슴을 양쪽으로 밀었다.

"둘 다 지금은 떨어져 있어요. 조금 후에 차분하게 다시 얘기해요. 절대 싸우지 않겠다고 약속해요. 절대!"

철정은 묵묵히 진파를 바라보다가 휙 몸을 돌려 뚜벅뚜벅 걸음을 옮겼다.

그 뒤를 선지애 홀로 따라갔다. 막수옥은 철정의 등을 안타까운 눈으로 바라보고 서 있었다.

"저 녀석……."

진파가 뭐라고 입을 열려고 하자, 벽화는 재빨리 진파의 팔짱을 끌었다.

"오빠도 나 좀 봐. 나령 언니, 잠깐 여기서 쉴 준비를 해주세요. 요기라도 하고 가죠."

벽화에게 끌려가면서도 진파는 철정의 등을 보고 있었다.

철정과 멀리 떨어지자 벽화는 진파의 어깨를 두 손으로 내리눌렀다.

"여기 좀 앉아, 오빠."

진파가 여전히 철정이 있는 쪽을 바라보자 벽화는 진파의 볼을 두 손으로 감싸 자신에게 눈을 맞추게 했다.

오랜만에 보는 흥분한 진파의 얼굴. 벽화는 진파의 그 얼굴을 자신에게로 다짜고짜 끌어당겼다.

"읍!"

'정신 좀 차려! 오빠!'

벽화의 마음이 통했을까? 아니면 입술의 힘이 통했을까. 진파의 호흡이 차츰 차분해지는 것을 느끼고는 벽화는 입술을 뗐다.

벽화는 진파의 눈을 바라보고는 그 속에서 격정이 사라졌음을 확인했다. 그제야 벽화는 물었다.

"오빠, 왜 그렇게 화를 내? 이제 화 같은 건 안 난다고 했잖아."

진파가 휴 하고 한숨을 내쉬었다.

"나도 화 안 내려고 그랬어. 그런데 녀석이 납득할 수 없는 소리만 해대잖아. 너도 들었지? 이해할 수 있냐? 우리 행보에 엄청난 손해를 끼친 거라구. 죽이지 않아도 됐잖아?"

진파가 차분히 말하자 벽화는 안심했는지 굳어 있던 얼굴을 풀었다.

"나도 이상하긴 해. 평소 철 소협 성품으로 봐서 그렇게 독하게 손을 쓸 사람이 아닌데……."

"이상한 건 처음부터 이상했어."

"무슨 말이야?"

"아까 그 고력이란 사람을 봤을 때 말야. 난 처음에 정이가 그 사람 아는 줄 알았어. 무슨 원한이라도 있는 줄 알았다니까. 잔뜩 살기를 흘리는 거야."

"살기?"

"음. 그래서 아는 사이냐고 물었더니 이름만 알고 아무 관계도 없다고 하더군. 이상하지 않냐?"

벽화가 고개를 갸웃거렸다.

"원래 알던 사이인가?"

"나한테 거짓말할 이유가 없잖아? 알던 사이고 무슨 원한이 있었으면 얘기했겠지. 아무튼 이상해. 갑자기 살기를 뿜다가 정말 갑자기 죽여 버렸어. 이해할 수 없어."

"음……. 이상하긴 하네."

"그렇지?"

"응. 지애 언니가 오고부터 철 소협이 좀 이상해진 건 사실이야."

"그거야 수옥 누나 때문에 신경이 쓰여서 그런 거겠지."

"아냐, 아냐. 수옥 언니한테는 굉장히 무심해. 실제 그런지는 모르겠는데 거의 말도 안 붙여. 수옥 언니는 일부러 피하고 있고. 철 소협이 이상한 건 그런 게 아냐. 요새 가끔 멍해져."

"멍해진다고?"

"응. 양우가 지애 언니 관찰한다고 철 소협도 함께 관찰 중이거든. 양우 말로는 가끔씩 눈빛이 흐려진대."

"양우 불러봐."

벽화가 몸을 돌려 양우에게 전음을 보내자 관목에 기대앉아 있던 양우가 아무 일도 아니라는 듯 진파에게 다가왔다.

"이제 흥분 좀 가라앉았어?"

"정이가 이상하다는 얘기 좀 자세히 해봐."

진파가 곧바로 궁금한 것을 묻자 양우는 주저하다 전음으로 대답했다.

"너랑 있을 때는 안 그런데, 가끔 지애 언니랑 있을 때는 눈빛이 흐려져."

"선 소저랑 있을 때?"

"응. 둘이 안고 있을 때도 유심히 숨어서 관찰하고는 했는데, 말할 때는 괜찮다가도 가끔씩 멍한 눈이 돼. 근데 진짜 눈동자가 흐려져. 이상하지?"

진파는 양우의 얼굴을 보며 심각한 안색으로 물었다.

"그게 선 소저 때문이라고 생각하는 거냐?"

"아직 단언할 수는 없지. 하지만 철 소협 태도가 변한 건 그 언니가 오고부터야."

"좋아. 정이 잘 살펴줘. 조심해서."

"알았어. 나한테 부탁도 하는구나."

양우가 몸을 돌리기 전, 진파에게 한쪽 눈을 찡긋하자 진파는 조금 어리둥절한 심정이었다.

'쟤는 나 싫어하는데, 왜 저래? 놀리는 건가?'

진파는 벽화에게 물었다.

"쟤, 나 놀리는 거지?"

벽화는 한숨을 쉬었다.

*   *   *

"됐어!"

제갈청수는 수하의 보고를 듣고는 손가락을 튕겼다.

"나가보도록!"

"예!"

제갈청수는 급히 맹주인 태현 진인을 찾았다.

무맹의 주요 전력이 모두 북상하는 거창한 행렬이었지만 병마를 동원한 빠른 이동이었기에 그들이 있는 곳은 감천의 턱밑인 북창현 부근이었다.

통째로 빌린 객잔의 별원으로 들어서 태현 진인이 머무는 내실에 간 제갈청수는 태현 진인과 독대를 하게 되었다.

"맹주님, 좋은 소식입니다."

"뭡니까?"

"혹시 감천에 있는 운호문이라는 방파를 아십니까?"

"운호문이요? 글쎄요."

"하하. 기억 못하시는 것도 무리는 아닙니다. 섬서에선 꽤 유명한 무인이 얼마 전 세운 문파지요. 아직 체계도 잡히지 않은 신생 방파입니다."

"운호? 아…… 운호도 고력이 세운 방파인가 보군요. 그 사람이라면 알고 있습니다. 꽤 쓸 만한 도법을 구사하는 자입니다."

"맹주님도 아시는 분이었군요."

"예, 그렇습니다만."

"이번에 고력이란 분에게 무맹이 큰 신세를 졌습니다."

"그래요? 고마운 일이군요. 그렇다면 답례를 해야지요."

"본인에게 인사를 하기는 힘들 것 같습니다. 남은 식솔들에게 위로금이나 맹주님 이름으로 보내지요."

태현 진인은 수수께끼같이 알쏭달쏭한 제갈청수의 말에 무슨 말이냐는 듯 의아한 얼굴로 물었다.

"도대체 무슨 말씀을 하시는 게요?"

"얼마 전, 고력의 친동생이 감천에서 살해를 당했다는군요."

"그런데요?"

"그게 소수마후에게 당한 모양입니다. 그런데 그 고력이 감천을 넘어선 무적다가의 마차를 습격한 모양입니다."

"겨우 그자의 실력으로?"

태현 진인이 눈살을 찌푸리자 제갈청수는 만면에 웃음을 드리웠다.

"그렇지요. 그래서 무적다가에서는 고력을 두 동강이 내고 목을 잘라 죽였답니다."

태현 진인은 눈을 부릅떴다.

"그게 정말이오?"

"어느 안전이라고 거짓을 아뢰겠소이까?"

"적협이 직접 손을 썼답니까?"

"그건 아닙니다만 적협의 오른팔이라 할 수 있는 철정이란 청년이 죽였답니다. 직접 죽인 것이나 마찬가지지요."

태현 진인과 제갈청수는 한참 동안 의미있는 눈길을 주고받았다.

*　　　*　　　*

진파가 산지를 타고 이동하기로 결정한 후 일행은 주로 경공을 시전해 북쪽으로 나아가고 있었다.

무림인의 기척이 느껴지면 우회했기 때문에 고력을 죽인 이후에 별다른 충돌은 없었다.

그러나 진파와 철정의 사이는 아직 서먹서먹했다. 친구가 된 이후 처음 의견 충돌을 벌인 탓도 있었지만 철정에 대한 의혹이 진파를 머뭇거리게 했던 것이다. 선두에 서서 달리는 진파는 하루 종일 침묵을 지켰다.

오후 양우는 동갑내기 친구이기도 한 육후 옥지와 칠후 경원, 팔후 화윤과 함께 철정과 선지애의 뒤, 일행의 맨 뒤를 맡고 있었다. 진파를 오빠라 부르며 따라다닌다고 한동안 따돌림을 시켰던 팔후 화윤과는 얼마 전 화해했던 것이다. 자신들도 진파를 좋아한다고 선언한 이상, 더 이상 따돌릴 필요가 없었으니.

양우는 철정의 뒷모습을 보며 생각에 잠겼다.

'아무래도 이상하단 말야.'

자세히 관찰하면 선지애는 특별히 수상하다고 볼 만한 점이 오히려 없었다.

갑자기 합류하게 된 시점이 애매했고 왠지 설득력없는 사연이 의심 스럽기는 했지만 철정을 대하는 모습을 보면 선지애는 천상 여자였다.

진파와 다툰 철정을 다독이는 것을 보면 생사 고비를 넘긴 자 특유의 여유까지 배어 나오고 있었다.

이상한 사람은 역시 철정이었다.

선지애가 돌아온 이후 철정은 갑자기 사람이 바뀌기라도 한 것처럼 행동했다.

고력을 죽여서가 아니었다. 철정의 행동은 무언가 모를 위화감을 풍 겼다. 예민한 관찰력을 갖고 있는 양우의 눈으로 보면 이상한 점이 한 둘이 아니었다.

'철 소협은 한눈을 파는 성격이 아니야. 다소 우유부단한 면이 있긴 해도 목표로 삼은 것에는 일로매진하는 사람이지. 연공이 지나쳐 주화 입마에라도 들은 것일까? 아냐. 그렇다고 보기엔 너무 안정된 신법이 잖아.'

양우는 선지애의 경공을 도와주며 달리고 있는 벽화에게 전음을 보 냈다. 금정 신니에게 무공을 사사받았다고는 하지만 소수마후들의 경 공은 가히 천하제일. 철정에게 맞추어 속도를 유지하는 일행을 위해 벽화가 선지애를 도와 옆에서 달리고 있었다.

"대장! 철 소협 눈빛 어때? 안 들키게 한번 봐봐."

잠시 후 수심에 잠긴 벽화의 목소리가 들렸다.

"정말이야……. 언뜻언뜻 눈동자가 흐려져. 저 정도면 시야가 흔들릴 텐데…….”

“선 언니는 어때? 수상한 점 없어?”

“없어. 내력이 상승하긴 했지만 탄탄한 정종내공이야. 금정 신니가 아미파 분이라는 말이 맞는 것 같아.”

'그럼 지애 언니는 관계없는 건가……?'

하지만 그렇게 치부하기엔 철정이 변화를 보인 시기가 너무 애매했다. 선지애가 돌아온 바로 다음날부터 철정의 태도가 이상해졌다는 것을 양우는 똑똑히 기억하고 있었다.

'아냐, 아냐. 철 소협이 변했다면 그건 지애 언니 때문일 거야. 지애 언니가 현성교의 간세일 경우는 아직 배제할 수 없어. 같은 편이 되었다지만 아직은 모르지. 어쨌든 계속 관찰하자. 이걸 다른 애들한테도 알려야 할까……?'

양우는 나령과 함께 진파의 뒤를 달리고 있는 막수옥을 힐끗 바라보았다. 선지애가 돌아온 이후 막수옥은 단 한 번도 철정에게 말을 걸지 않았다.

'포기한 거야? 정말 언니답지 않군.'

막수옥을 보면 괜히 철정에게 짜증이 났다. 철정은 아무 잘못도 없다는 걸 잘 알고 있지만 짜증이 나는 건 나는 거다.

'언니 때문에 철 소협을 의심하는 걸까?'

양우는 찬찬히 따져 보고 나서 고개를 저었다.

철정의 뒷모습을 바라보는 양우의 눈이 반짝거렸다.

'도대체 뭐가 철 소협을 그렇게 변하게 했는지 반드시 밝혀내겠어! 분명히 정상이 아냐.'

철정은 침묵을 지킨 채 계속 경공을 전개하고 있었다.

격한 여정이 힘들었던지 선지애가 제일 먼저 잠에 빠져들었다.

한 명씩 깨어 있을 순서를 정한 후 잠자리에 드는데 철정은 검을 챙겨 들고 일행을 떠났다.

진파는 철정을 힐끗 보고는 곧장 누워버렸다.

'자식, 그러고도 수련은 꼬박꼬박 하냐?'

맨 먼저 깨어 있기로 한 벽화를 제외하고는 모두 누워 있는 상태였다.

양우는 철정이 걸어가는 것을 보고는 벽화에게 전음을 날렸다.

"대장, 내가 살짝 보고 올게."

"잠깐."

"왜?"

"막 언니가 사라졌어."

"어? 진짜네. 언제 따라간 거야?"

"네가 살짝 따라가 봐. 막 언니는 너보다 공력이 높으니까 조심하고. 걱정 마. 우리가 맘먹으면 아무도 못 찾아."

양우의 몸은 그녀의 장담처럼 아무 기척도 없이 그 자리에서 사라졌다.

벽화는 어둠을 향해 눈을 빛내며 생각에 잠겼다.

'철 소협, 막 언니도 불쌍한 사람이에요. 제발 더 이상 상처를 주지 마세요.'

벽화는 선지애를 바라보며 한숨을 내쉬었다.

자신의 처지는 선지애보다 열 배는 더 복잡하다는 자각이 새삼스레 가슴을 쳤던 것이다.

슈슉—

바람을 가르는 소리가 허공을 갈랐다.

철정은 자기 키만한 육중한 검을 두 손으로 움켜쥐고 숙부인 철극수가 창안한 광풍검을 수련하고 있었다.

진파와 비무할 때 보였던 그 광풍검이 이미 아니었다.

거듭된 격투와 유현과 공철의 지도를 받고 막수옥과 비무를 하며 자신만의 검으로 가다듬은 광풍검이었다.

"하!"

철정은 거검을 어깨로 튕겨내며 휘돌려 치는 광풍검 특유의 미칠 듯한 초식을 전개하면서 묵직한 기합성을 내뱉었다. 그가 노린 바위가 연한 두부처럼 단번에 갈라졌다.

"후우……."

철정은 검을 멈추고 바위가 잘린 단면을 응시했다.

진파처럼 검강을 마구 뿜어내는 그런 경지는 아니었지만 어느새 은은한 검사(劍絲)를 맺힐 정도는 되었다.

잘린 단면이 수면처럼 매끈한 것을 보며 철정은 오랜만에 웃음을 머금었다.

"적어도 방해를 하진 않겠군."

검갑에 검을 넣으며 철정은 숨을 골랐다.

오늘 수련은 이것으로 마칠 생각이었다.

생각을 정리할 시간이 필요했다.

"내가 대체 왜 그랬을까……?"

삼 일 전 고력을 죽인 이유에 대해 철정은 내내 생각하고 있었다.

진파에겐 되는대로 내뱉었지만 실상 철정도 정확한 이유는 알지 못하고 있었다. 그 점 때문에 철정은 삼 일 내내 말도 안 하고 계속 그 이유에 대해 고민했다.

처음 고력을 보았을 때부터 불같은 살심이 치밀어 올랐다.

아무 관계도 없는 사람이었고, 세간의 평판도 나쁘지 않은 이였다.

단지 일행의 앞길을 막고 오만불손하게 호통을 쳤을 뿐인데, 철정은 그 순간 해일 같은 살심이 치밀어 올랐다.

그 순간엔 그것이 너무도 당연한 감정이었다.

고력을 벨 때도 그건 철정에게 너무도 당연한 선택이었다.

그러나 진파와 크게 다투고 난 후, 차근차근 자신의 행동을 되짚어 본 철정은 정말 이해할 수 없었다.

그 순간에는 너무도 당연했던 그 살기와 살수가 정말이지 바보스럽게만 느껴졌다.

"아무리 생각해도 알 수 없어. 그건 분명히 나였는데, 왜 내가 아닌 것처럼 느껴지지?"

하늘을 바라보며 장탄식을 하는데 문득 인기척이 들려왔다.

뒤를 바라보니 어느새 막수옥이 삼 장까지 접근해 서 있었다.

'아직도 멀었군.'

철정은 씁쓸한 미소를 베어 물며 막수옥에게 물었다.

"어인 일이십니까?"

막수옥은 대답없이 천천히 철정을 향해 다가왔다.

물기가 일렁이는 호수 같은 눈은 원망하는 것처럼도 보이고 애원하는 것처럼도 보였다. 막수옥의 눈빛이 무엇을 말하는지 철정은 너무도 잘 알고 있었다.

하지만 어쩔 것인가.

죽은 줄 알았던 지애가 살아 돌아왔는데.

철정은 두 여자를 마음에 담을 생각이 전혀 없었다.

철정의 바로 앞까지 다가온 막수옥은 하염없이 철정을 바라보고만 있었다. 아무런 말도 하지 않았다.

철정은 냉정하더라도 단호하게 정리를 해야겠다고 결심했다. 더 이상 모호한 상태를 지속시키고 싶지는 않았다.

"막 소저."

"…예."

막수옥이 작게 소곤거리듯 대답한 순간, 철정은 아랫배에서부터 밀려 올라오는 불같은 열기를 느꼈다. 그 열기가 어떤 것인지 아는 철정은 자신의 감정에 당황했다. 막수옥에게 욕정을 느끼다니.

그러나 잠시의 당혹스러움은 곧 이상한 열망으로 바뀌었다.

아랫배를 뚫고 올라온 열기가 가슴을 지나쳐 머리 속까지 순식간에 치달아 올라온 것처럼 철정의 얼굴은 붉게 물들었다.

철정은 더 이상 아무런 생각도 하지 않았다.

너무도 자연스럽게 터져 올라오는 욕망의 부름에 철정은 포효하듯 거침없이 따랐다.

"읍!"

막수옥은 눈을 부릅떴다.

어느새 철정의 강철 같은 팔에 갇힌 막수옥은 세차게 입술을 빼는 철정을 밀어내지 못했다.

힘으로 한다면 사후인 막수옥이 철정을 감당치 못할까만은 막수옥은 철정을 밀어내는 대신 그의 등을 감싸 안았다. 눈을 감았다. 한 줄기 눈물이 떨어져 내릴 때 철정은 무너지듯 막수옥을 안고 바닥에 뒹굴었다.

두 사람에게서 사 장 정도 떨어진 바위 뒤에 은신하고 있던 양우는 눈을 부릅떴다.

상상도 못했던 장면이 눈앞에 펼쳐지자 명민함을 자랑하는 양우로서도 당황을 금치 못했다.

얼굴이 확확 달아올랐다.

짐승처럼 신음 소리를 내며 막수옥을 다루는 철정은 너무나 재빠르고 익숙한 솜씨로 막수옥의 옷깃을 헤집었다.

하얀 달빛에 눈부시게 드러나는 막수옥의 속살을 바라보다 양우는 마침내 더 보지 못하고 고개를 돌렸다.

가슴이 콩당콩당 심하게 뛰었다.

'어, 어떻게 하지? 말려야 하나? 인기척을 낼까? 하지만 이건 누구보다도 수옥 언니가 원하는 것 아닐까? 하지만 철 소협은 정상이 아니잖아. 철 소협이 지금 제정신이 아니라면? 아아! 어떻게 해!'

갑자기 막수옥의 억눌린 비명 소리가 들려 양우는 번쩍 고개를 들었다.

꿈틀대며 움직이는 철정의 허리를 보다 양우는 고개를 떨구었다.

'느, 늦었어…….'

양우는 하얗게 질린 얼굴로 그 자리에서 사라졌다.

더 이상 생전 처음 듣는 이상한 신음 소리를 들으며 가만히 앉아 있을 수가 없었던 것이다.

다음날 아침, 간단한 식사를 하는 중에도 양우와 벽화는 힐끗힐끗 철정과 막수옥의 기색을 살피고 있었다.

철정이 막수옥과 몸을 섞은 것을 양우는 벽화에게만 알렸다.

둘은 누구에게도 말하지 못할 비밀을 안고 조마조마한 마음으로 두 사람을 관찰하고 있었다.

선지애가 철정의 옆에 앉아 행복한 표정으로 육포를 뜯는 것을 보며 벽화는 부글부글 속이 끓어올랐다.

막수옥은 철정에게서 멀리 떨어져 따로 앉아 있었다. 그것이 또 벽화를 화나게 했다.

'도대체 뭐야!'

철정의 멱살이라도 잡아 목을 비틀고만 싶었다.

보고 있자니 점점 속이 끓어오른다.

양우도 비슷한 심정인 듯 좋은 얼굴이 아니었다.

그때, 진파가 옆에서 말을 걸었다.

"벽화야, 거기 육포 하나 더 집어줘."

벽화는 진파에게 홱 고개를 돌렸다.

진파가 천연덕스러운 표정으로 옆구리를 쿡 찔렀다. 그렇게 미울 수가 없었다. 벽화는 버럭 고함을 질렀다.

"뭐야? 오빤 손이 없어, 발이 없어! 오빠가 직접 갖다 먹어!"

순간 모두 육포를 씹다 말고 굳어버렸다.

느닷없이 터진 짜증 어린 벽화의 큰 소리는 진파뿐 아니라 모든 이의 동작을 멈추게 했다.

진파는 자다가 칼이라도 맞은 사람처럼 멍한 표정으로 벽화를 보고 있었다.

벽화가 홀쩍 일어섰다.

진파도 따라서 일어섰다.

"징그러워! 왜 따라서 일어나!"

진파는 엉거주춤 일어서다 그 상태 그대로 굳어버렸다.

벽화가 휙 몸을 돌려 성큼성큼 걸어갔다. 진파는 벽화의 뒷모습을 바라보며 입을 헤벌리고 있었다.

"내, 내가 뭐 잘못한 거야?"

진파는 더듬거리며 옆에 앉은 나령에게 물었다. 나령은 알 수 없다는 듯 어깨를 으쓱했다.

그리고 진파를 향해 배시시 웃음을 건네며 육포 한 쪼가리를 찢어주었다.

"모르지, 뭐. 오빠, 이거 먹어. 아~ 해."

나령이 주는 육포를 받아먹으면서도 진파는 급습이라도 받은 것처럼 멍청한 얼굴을 하고 있었다.

양우만이 고개를 숙이고 웃음을 참고 있었다. 그러나 철정을 바라보는 양우의 눈은 날카롭게 빛나고 있었다.

그때 철정이 갑자기 막수옥을 불렀다.

"막 소저, 이리 오시오."

막수옥이 당황한 듯 얼굴을 붉혔지만 철정은 주위의 이목도 상관하지 않고 그녀를 다시 한 번 불렀다.

"오시오."

막수옥이 주춤거리며 일어나 철정과 선지애의 곁으로 다가섰다.

"앉으시오."

철정의 말은 거침이 없었다.

막수옥이 선지애의 눈치를 보다 철정의 곁에 쭈그려 앉았다.

양우가 눈을 동그랗게 뜨고 철정을 보고 있었으나 철정은 주위의 눈을 전혀 상관하지 않고 있었다.

"지애, 인사해."

"예? 인사했잖아요? 막 소저와는 예전에 인사를 나눴어요."

철정은 굳은 얼굴로 막수옥의 허리를 안았다.

철정은 정말 거침없이 말을 토했다.

"지애가 없는 동안 막 소저와 이런 사이가 되었어. 앞으로는 동생으로 대해."

선지애는 도대체 무슨 말을 하냐는 듯 철정을 바라보다 차츰 창백하게 얼굴이 질려갔다.

"지, 지금 뭐라고 하는 거예요?"

"미안해. 일이 그렇게 되었어. 지애가 받아들여."

"뭐야!"

선지애가 눈에 쌍심지를 켰으나 철정은 까딱도 하지 않았다.

"받아들여. 내가 할 말은 그것밖에 없어."

선지애의 창백한 얼굴이 시시각각 변해갔다. 분노와 애증, 배신감이 뒤섞인 복잡한 표정으로 철정을 보던 선지애는 벌떡 몸을 일으켰다.

"받아들여."

나직한 철정의 음성이 다시 한 번 울렸다.

선지애는 홱 하니 몸을 돌렸다. 벽화가 걸어간 쪽으로 당당하게 걸어가는 선지애의 몸은 애처롭게도 가늘게 떨리고 있었다.

진파는 어이가 없었던지 입을 벌리고 철정을 바라보고만 있었다.

"너, 너……. 미쳤냐?"

철정은 진파에게 고개를 돌리고 어두운 얼굴로 고개를 끄덕였다.

"그럴지도."

양우의 눈이 다시 반짝거렸다.

벽화는 엉엉 울고 있는 선지애를 당황스러운 표정으로 달래고 있었다.

사정을 이미 알고 있던 벽화는 도대체 무어라 위로를 해야 할지 애매하기만 했다.

막수옥을 생각하면 잘됐다고 해야겠지만 선지애를 생각하면 안된 일이었다.

게다가 자신과 다른 소수마후들의 처지도 그리 다르지 않았기에 벽화는 한숨마저 나왔다.

진파에게 노골적으로 접근하는 양우를 보면서도 아무 말도 할 수 없는 자신이 한심스러웠고 또 한편으로는 친구들도 이해해야 한다는 생각이 끊임없이 들었다.

"어떻게, 어떻게 철 랑이 내게 이럴 수 있니! 어떻게!"

선지애의 울음 섞인 분노는 어쩌면 벽화 자신의 것이 될지도 알 수 없었다.

"받아들여, 언니. 할 수 없어. 언니가 정말 죽은 줄 알고 철 소협은 이를 갈며 무공 수련만 했어. 그걸 도와준 게 막 언니야. 어쩌다 보니 둘 사이가 그렇게 되었지만 언니를 배신하려고 그런 건 아니었어. 철 소협을 이해해 줘."

"넌 알고 있었니? 왜 말해 주지 않았어, 왜!"

"말을 할 수가 없었어. 세 사람 문제에 끼어들기는 너무 힘들잖아. 거기다 막 언니는 내게 친언니와도 같은 사람이야. 더 말하기 힘들었어."

선지애는 흑흑거리며 눈물을 참지 못했다.

"내가 이런 꼴 보려고 다시 살아 돌아온 줄 알아? 내가 어떤 마음으로 무공을 익혔는데! 어떤 마음으로 살려고 발버둥 쳤는데! 철 랑이 내게 이럴 순 없어! 이럴 순 없어!"

"철 소협도 처음엔 막 언니를 받아들이지 않았어. 둘이 가까운 사이가 된 건 얼마 안 된 일이야, 언니. 언니 잘못도 아니고 철 소협이나 막 언니 잘못도 아니야. 운명의 장난이라고밖에. 그렇다고 언니가 철 소협을 떠날 것도 아니잖아."

선지애는 벽화의 어깨에 기대 애통한 울음을 터뜨렸다.

그 울음소리가 마치 자신의 것인 것만 같아 벽화도 함께 눈물을 쏟고 말았다.

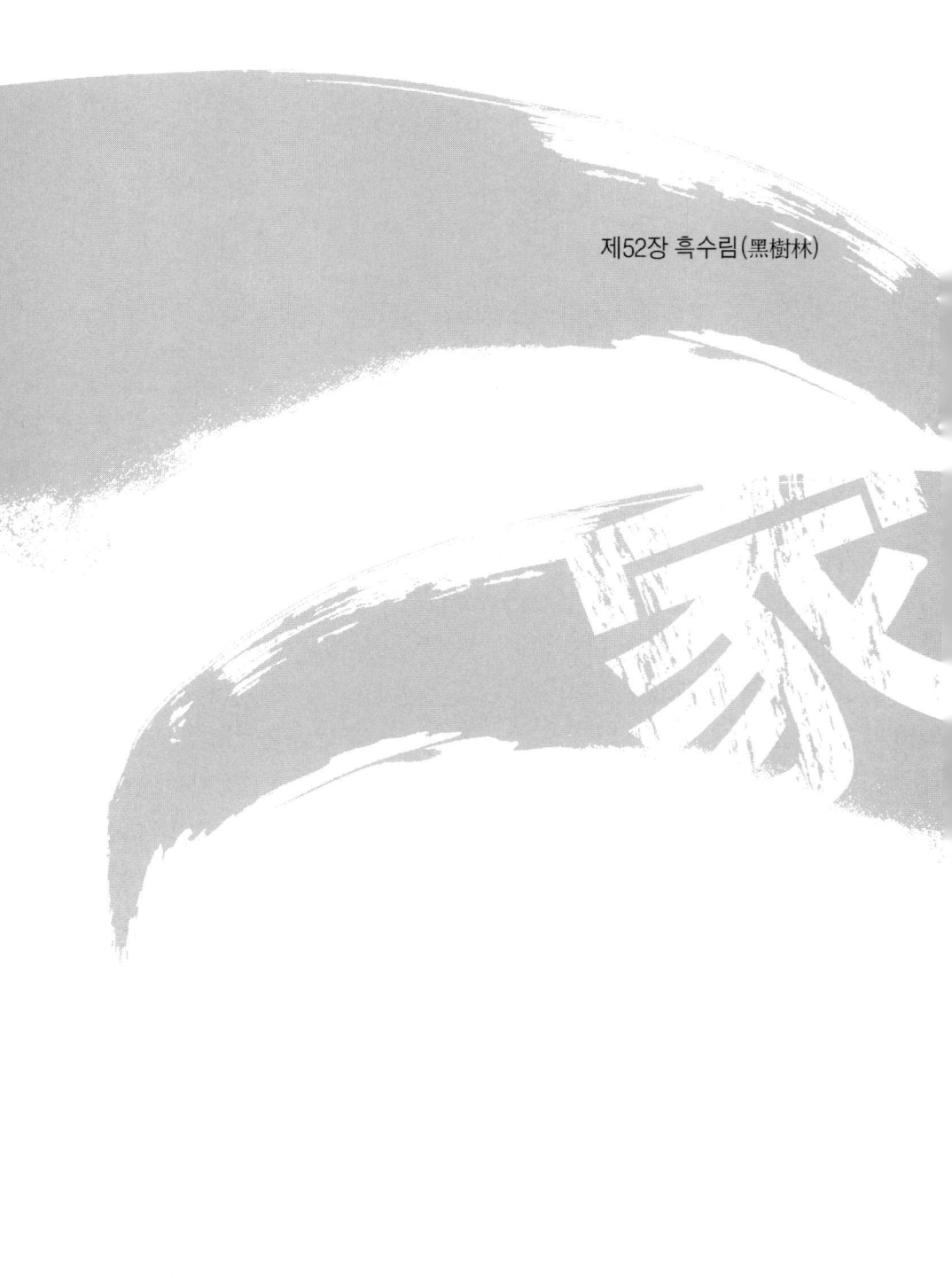

제52장 흑수림(黑樹林)

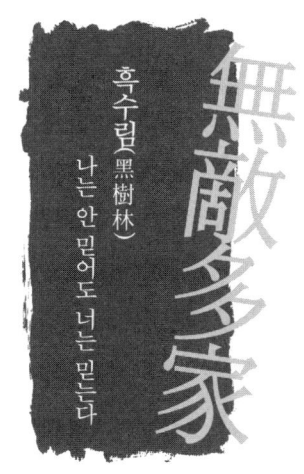

흑수림(黑樹林)

나는 안 믿어도 너는 믿는다

無敵多家

풍협은

공철과 함께 옷깃을 휘날리며 구강(九江)을 내려다보고 있었다.

"신수궁(神水宮)이 백천교(白天敎)인 것이 틀림없소이까?"

공철이 묻자 풍협은 고개를 끄덕였다.

"사천교는 본래 동서남북의 네 군데에 뿌리를 두고 있습니다. 현성교는 그중 북쪽의 마기가 뭉친 곳이라더군요. 아버님은 그리 말씀하셨습니다. 신수궁은 중원의 동쪽을 담당하는 곳이랍니다."

공철이 설레설레 고개를 저었다.

"그렇더라도 사실 믿기가 힘드오. 신수궁이라면 전통있는 명문정파라 할 수 있는데 그들이 사천교 중 하나라니."

"나도 믿기 힘들었습니다. 하지만 벽호단과 혁호단이 조사한 결과 틀림없는 것으로 밝혀졌지 않습니까? 아버님 말씀대로 신수궁의 궁주 여해량(呂海亮)은 마제가 되기 위한 마공을 연마 중이었습니다."

"인심난측이라지만 정말 어이가 없소이다."

"그렇지요."

풍협은 씁쓸한 표정을 감추지 않고 멀리 보이는 구강을 보고 있었다.

"소주는 최소한의 희생을 내고 싶어했소이다. 주인은 어쩌실 생각이오?"

"진파의 생각이 옳다고 봅니다. 최소의 희생만으로도 피의 무게는 무겁지요."

"그럼 본가의 식구들은 동원하지 않을 작정인 게요?"

"그렇습니다. 아직 신수궁 전체가 마성에 빠진 것도 아니니 궁주만 해치우는 것이 좋겠지요. 청천교(靑天敎)와 적천교(赤天敎)도 비슷하게 처리될 것입니다."

"계획대로만 된다면 희생은 적을 테지만 뿌리가 어디까지 뻗어 있을지는 알 수 없는 일 아니겠소?"

"그렇다고 아직 마성에 물들지도 않았는데 그 가능성 때문에 뿌리까지 뽑아버린다면 너무 잔인한 일이겠지요."

"허허. 주인은 아직도 너무 무르시오. 방파 하나를 몰살시켜 현성교와 같은 마세로 자라날 가능성을 제거한다면 그 또한 공덕이라 할 수 있는 거외다."

풍협은 빙긋 웃으며 고개를 저었다.

"그건 옳은 방법이 아닙니다. 이건 성격상의 선택이 아니지요. 어디까지나 정도를 따르는 것입니다."

"쩝. 나야 주인의 명에 따르겠지만 마음에 들지 않는 건 어쩔 수 없구려."

"하하. 그래서 진파에게는 확실한 생각을 심어주신 것입니까?"

"확실하긴 뭘. 소주도 실패작이오. 주인을 닮아 여린 구석이 많아요."

"하지만 맺고 끊는 건 확실해 보이더군요. 공 노인이 정말 애쓰셨습니다."

풍협의 칭찬을 받은 공철은 흐뭇한 미소를 머금었다.

"어디 소주가 내 공로를 알아줘야 말이지요."

호탕한 웃음을 터뜨린 풍협은 천천히 발걸음을 옮겼다.

"오늘 밤에 일을 끝낼까 합니다. 구강으로 들어가지요."

"신수궁에 오늘 벼락이 내리는 날이겠구려."

"그 벼락은 신수궁주 혼자 맞을 겁니다."

사이좋은 부자처럼 보이는 주인과 노복은 구강을 향해 천천히 발걸음을 옮겼다.

그날 밤 신수궁에서는 때 아닌 곡성이 울렸다.

궁주 여해량이 목 없는 시신으로 발견되었기 때문이다.

*   *   *

섬서에서 장성을 넘어 하란산(賀蘭山)에 당도한 진파 일행은 하란산에서 뻗어 나온 작은 구릉에 둥글게 모여 앉아 있었다.

흑수림이 위치한 하란산 기슭은 중원에서 몰려온 무림인들로 떠들

썩한 장터를 연상케 했다.

"저쯤을 백 명으로 잡고, 두 무더기, 세 무더기, 넷……. 줄잡아 오백 명은 몰려온 모양이네."

양우가 손가락으로 숫자를 세고는 진파에게 고개를 돌렸다.

"어쩔 거야?"

"어쩌긴?"

"흑수림은 저 산속에 있다면서? 들어가야 할 거 아냐."

철정이 눈을 빛내며 말했다.

"당장 가자."

"당장 가? 어떻게? 저기 모인 무림인들 중 대다수는 무맹 사람들이야. 흑수림을 조사하기도 전에 그들과 먼저 부딪쳐야 할걸?"

"그럼 저들과 부딪치지 않고 하란산에 들어갈 방법이라도 있는 거냐? 포위하듯 둘러싸고 있잖아."

진파와 철정은 눈을 마주쳤다. 철정이 재촉이라도 하듯 말했다.

"언젠가는 부딪쳐야 해."

"나도 안다. 하지만 지금은 시기가 좋지 않아."

"내 탓이라 이거군."

"그럼 아니냐?"

"그만!"

벽화가 말리지 않았다면 끝없는 설전이라도 벌어질 듯 보였다.

벽화는 한심하다는 듯한 얼굴로 진파와 철정을 번갈아가며 보았다.

"여기까지 와서 싸울 거야? 그만들 좀 해!"

벽화는 진파와 철정의 입을 다물게 한 후 양우를 바라보았다.

"네가 안을 내봐. 어떻게 하면 좋을까?"

양우는 잠시 동안 하란산 기슭을 바라보다 진파에게 고개를 돌렸다.

"저 산이 대충 어떤 모양인지 알겠어?"

진파는 하란산을 굽어보더니 바닥에 몇 줄기 선을 그었다.

"이 선이 산의 능선이라 생각하면 될 거야. 다는 파악할 수 없겠지만 여기서 보기엔 이래. 산의 뒤편을 알 수 없지만 말야."

양우는 진파가 그어놓은 선을 보다가 동그라미 하나를 그려 넣었다.

"이쯤이 저들이 있는 곳이겠지?"

"그래."

진파는 양우가 그려 넣은 동그라미 위를 지나 두 선의 가운데를 손가락으로 가리켰다.

"이곳이 흑수림이야. 하란산의 주계곡을 넘어서 검은 숲이 있다고 했으니까 들어가 봐야 알겠지만 대충 여기야."

양우는 진파가 그려 넣은 선들의 외곽을 따라 다시 선을 하나 그었다.

"그럼 이렇게 가면 저들을 만나지 않고 흑수림으로 갈 수 있지 않을까?"

양우가 제시한 방법은 무림인들이 모여 있는 계곡의 초입에서 한참 떨어진 작은 능선을 가로질러 흑수림으로 접근하자는 것이었다.

진파는 눈을 들어 하란산을 가늠하더니 고개를 끄덕였다.

"방향만 숙지하면 가능할 것 같다."

"좋아! 그럼 그렇게 하자. 흑수림 안에서 마주치게 되면 저들도 쉽게 도발하진 못하겠지."

벽화가 결정되었다는 듯 손뼉을 치자 양우는 손사래를 쳤다.

"아직, 아직이야."

"뭐가?"

"흑수림 안이 어떤지 우린 아직 모르잖아. 산을 타고 빙 둘러 오느라고 저들보다 늦게 도착했어. 이미 흑수림 안으로 들어갔다 나왔는지도 모르잖아. 탐색을 해야 해."

"어떻게?"

"내가 남장을 하고 들어갔다 올게. 워낙 여러 사람이 모인 곳이니 어중이떠중이들도 있을 거야. 그런 사람들이 소문에는 더 빠르겠지. 운이 좋으면 자세히 알아볼 수도 있을 테고."

"안 돼!"

진파가 고개를 흔들었다.

"왜?"

"위험해."

"지금 나 걱정하는 거야?"

양우가 방긋 웃자 진파는 괜히 가슴이 찔려 눈을 깜박였다.

'얘가 또 왜 이런다니……?'

"변장을 하면 되니까 너무 걱정 마. 여벌로 옷 가져왔지? 니 옷 입고 남장하면 못 알아볼 거야."

"같이 가자. 나도 가는 게 좋겠어."

"넌 얼굴이 알려졌잖아?"

"무맹 사람들 몇몇을 빼곤 내 얼굴도 몰라. 흙칠을 하고 머리를 헝클어뜨리면 쉽게 알아보진 못할 거다. 철우를 풀어놓고 가면 돼."

"좋아."

양우의 얼굴에 왠지 득의한 웃음이 떠올랐지만 그것을 알아본 사람은 벽화밖에 없었다.

‘휴우…….’

벽화의 한숨 소리는 누구의 귀에도 들리지 않았다.

머리를 헝클어뜨리고 흙칠을 한 진파는 신발까지 벗고 발에도 덕지덕지 흙칠을 한 상태였다. 흔히 볼 수 있는 저자 왈짜의 모습으로 살짝 변장한 진파는 남장을 한 양우와 나란히 불가에 끼어들었다.

진파와 양우의 예상대로 하란산의 외곽에는 소문을 듣고 호기심에 찾아온 소속없는 무림인들이 다수 있었다. 추워진 날씨를 견디느라 불을 피워놓은 그들 속으로 진파와 양우는 별 의심을 받지 않고 끼어들 수 있었다.

타오르는 모닥불을 가까이하고 있으면 웬만큼 관심이 가지 않는 이상 주위의 사람들에게는 쉽게 눈이 가지 않는다. 불꽃이 가진 마력은 둘러앉은 사람들의 눈을 붙잡아두는 법이다.

“으…… 되게 춥네.”

“자넨 남방 출신이라 추위를 더 타겠구만.”

“글쎄 말이야. 저놈들이 막아서 안으로 들어가 보지도 못하고 불만 쬐고 있으려니 지겨워 죽겠어.”

“그럼 어쩌겠나? 무맹이 오랜만에 나섰는데. 우리 같은 졸자들이야 뒤에서 구경만 하고 소문이라도 듣는 것이지, 뭐.”

두런두런 이야기를 나누는 장한들 곁에 서서 진파는 귀를 쫑긋 세우고 있었다.

여러 군데에서 불길이 피어오르고 있었다.

아직 어둑어둑해지려면 꽤 시간이 남아 있었지만 무맹처럼 천막을 준비해 오지도 않은 삼류무림인들은 군데군데 흩어져 자신들이 아는 소식을 자랑스레 떠들고 있었다.

흡사 무용담 경연대회처럼 들리는 잡다한 소리들 가운데 쓸 만한 소식을 걸러내느라 진파는 온 신경을 집중하고 있었다.

그때 양우가 슬쩍 진파의 손가락을 잡아당겼다.

"왜?"

진파가 전음을 보내자 양우는 오른쪽을 향해 고개를 살짝 까닥였다.

남장을 해 예쁘장한 소년처럼 보이는 옆모습이 불길에 비추니 왠지 예뻐 보였다.

양우가 살짝 잡은 손가락을 통해 뭔가 찌르르 하는 전율이 느껴지자 진파는 깜짝 놀랐다.

양우의 손이 떨어지자 왠지 허전한 마음이 드는 것은 또 무엇 때문인가.

'이런, 이런! 내가 지금 뭐 하는 거야?'

진파는 서둘러 정신을 수습하고 양우가 가리킨 오른쪽의 모닥불가로 주의를 기울였다.

늙수그레한 흰머리 장한이 자랑스럽게 자신이 들은 것을 떠벌이고 있었다.

"틀림없다니까! 내 친구 오구가 무맹의 무사잖아! 오형한테 들은 것이니 이건 확실한 거야!"

"아아, 알았으니까 친구 얘기나 전해보쇼. 그래, 저 계곡을 넘으면 진짜 흑수림이 있답니까?"

"있다니까 그러네! 말 그대로 둥치가 새까만 나무들이 하늘을 찌를 듯 우거졌다네. 그 숲을 말하는 게 틀림없어!"

"꿀꺽! 그럼 그 안에 정말 현성교의 총단이 있다는 거요? 아직까지 누구도 현성교의 총단을 발견하지 못했지 않소?"

"무맹에서 척후조를 벌써 여러 번 파견한 모양이야. 그런데 돌아온 척후조는 한 조밖에 없다네. 내 친구 오구가 바로 그 척후조에 속해 있었지. 그 친구 말이 흑수림 안은 지옥이라는 거야. 어디서 창칼이 튀어나올지 알 수 없다나? 기관 매복이 천지에 깔렸다는군!"

"그럼, 거기서 현성교도도 만났답디까?"

"아니, 그건 아니라 그러대. 흑수림 끝에 가면 뭔지 알 수 없는 석조 건물이 있다더구만. 거대한 바위벼랑에 연해 있다고 들었네."

"그럼, 거기가?"

"지금으로선 그럴 가능성이 제일 높지. 적어도 뭔가 있는 것은 틀림없다니까 말일세."

"그럼 무맹에서는 어쩐답니까?"

"정예만 뽑아 그 안으로 들어갈 예정이라는군. 우리 같은 졸자는 못 들어가겠지. 들어가기 전에 이미 흑수림에서 죽어버릴걸?"

"영감은 안 들어갈 생각이우?"

"아직 죽고 싶은 생각은 없네. 어찌 돌아가는지 구경이나 할 셈이네."

"허참, 보고 싶은데 말이지."

"목숨이 여벌로 있으면 들어가 보게나."

진파는 즉시 떠나지 않고 한동안 불가를 옮겨 다니며 여러 사람의 얘기를 들었다.

대충 비슷한 얘기들이 오가는 것을 확인한 진파는 양우를 손짓해 슬그머니 모습을 감추었다. 무맹이 감시하는 철통같은 경비망에서 멀리 떨어진 곳이라 누구도 진파와 양우의 행동에 주의를 기울이지 않았다.

　　　　　＊　　　　　＊　　　　　＊

　하란산의 능선 초입을 넘으며 진파는 뒤를 돌아보았다.

　어두운 산길에서 위치를 가늠한 진파는 오른팔을 휘둘렀다.

　진파를 따라 열두 명의 그림자가 하란산을 치달아 오르기 시작했다.

　선지애를 가운데에 두고 벽화와 나령 등이 맨 뒤에, 양우 등이 진파의 바로 뒤에서 일렬로 따르고 있었다. 철정은 진파의 바로 곁을 달리고 있었다.

　'이 녀석에게 도대체 무슨 일이 생겼던 걸까?

　진파는 철정을 힐끗 보며 생각했다.

　아무리 생각해도 납득할 수가 없었다. 어느 날 갑자기 막수옥을 취하고 그것을 모두의 앞에서 공표해 버린 철정의 행동은 진파로서는 이해가 가지 않았다.

　철정과 선지애의 관계를 생각하면 그것은 있을 수 없는 일이었다. 추한 얼굴로 변한 선지애도 사랑해 마지않던 철정이 아니던가. 선지애가 죽은 줄 알고 이를 악물고 무공을 닦았던 철정이 아니던가.

　그런데 선지애가 살아 돌아오고 나니 그녀를 배신하다니.

　선지애는 모르고 있었지만 철정과 막수옥이 그런 관계가 된 것이 며칠 전이었음을 알게 된 진파는 도대체 철정의 속내를 알 수가 없었다.

　철정은 그에 대해서는 진파에게 한마디도 하지 않았던 것이다. 물어도 대답해 주지 않았다. 아예 그에 대한 언급조차 피할 정도였으니.

　'나름대론 면목이 없다는 것일까?

그럭저럭 선지애가 철정을 받아들인 건 사실이었지만 둘의 사이는 전 같지 않았다. 패인 골을 메우자면 시간이 더 필요할 터였다. 문제는 지금 그런 시간이 없다는 것이었지만.

'확실히 녀석에게 뭔가 문제가 생겼어. 선 소저가 오고 난 후 정이가 변했다는 건 사실이지만 선 소저하고는 관계없는 게 확실해. 그렇다면 도대체 뭐야? 그냥 녀석의 인생관이 갑자기 바뀐 것일까?'

아무리 생각해도 답이 안 나오자 진파는 한숨을 쉬고 말았다.

'계속 지켜봐야지. 후······.'

하늘에 떠 있는 북극성을 간간이 쳐다보며 방향을 잡던 진파는 두 개의 능선을 가로지르고 세 개의 계곡을 지나 마치 거북의 등갑처럼 생긴 봉우리 밑에서 걸음을 멈추었다.

진파가 손짓하자 모두 말없이 상체를 낮추고 진파의 주위로 모여들었다.

진파가 모두에게 낮은 목소리로 입을 열었다.

"저 아래가 흑수림이다."

진파의 손을 따라 보던 벽화는 고개를 끄덕였다.

양우에게 들은 대로 과연 나무둥걸의 색깔이 검은색이었다.

빽빽하게 하늘을 향해 뻗은 숲은 흑수림이라는 이름처럼 검은 숲이었다. 하도 무성하게 우거져 그 안에 들어가면 달빛도 비추지 않을 것만 같았다.

"건물은 보이지 않는데?"

양우의 말에 진파는 고개를 저었다.

"여기서 보면 잘 모르겠지만 저 나무들은 상당히 큰 나무들이야. 최소한 오륙 장은 돼 보인다. 건물 같은 게 보일 리가 없지."

"어떻게 할 거야?"

"지금 들어간다."

"무맹은?"

"희생을 적게 내려면 기관 따위는 완전히 뭉개놓고 들어가는 게 나아. 우리가 돌파하면 그게 가능하다."

양우는 고개를 끄덕였다. 적으로 자신들을 대하는 무맹 사람들까지 생각할 필요가 뭐 있나 싶었지만 양우는 그 말을 입 밖으로 내지는 않았다. 진파의 미움을 받고 싶지는 않았다.

그때 철정이 진파의 말에 반대하고 나섰다.

"날이 밝으면 들어가자. 무맹이 먼저 들어가고 우리는 뒤따라 들어가는 게 낫지 않을까?"

"무슨 소리야! 무맹만 들어갔다간 희생이 커질지도 몰라! 최소한 삼사백 명은 들어갈 건데 저 안에 더 큰 위험이 있다면 어떻게 할래?"

"어차피 모두를 살릴 수는 없어. 네 말대로 저 안에 현성교의 총단이 있는지 없는지도 몰라. 현성교의 총단이 없다면 저곳은 죽음의 함정일 뿐이겠지. 현성교의 총단인지 아닌지 알아내려면 우리가 늦게 들어가는 게 나아. 현성교의 총단이면 그때 제대로 공격하자."

진파는 철정의 얼굴을 똑바로 바라보았다.

"너 제정신으로 그런 말 하는 거냐? 저 사람들을 미끼로 쓰자고? 다 죽을지도 몰라!"

"죽을 놈은 죽고 살 놈은 살게 되어 있어. 우리 중 누가 죽을지도 모르지 않냐? 저놈들 배려하다가 우리가 죽을 수도 있어!"

진파와 철정이 또 말다툼을 벌이자 벽화가 서둘러 둘의 사이에 끼어들었다.

벽화는 진파와 철정을 번갈아 보며 고개를 흔들었다.

"둘 다 정신 차려! 여기까지 와서 왜 이래!"

잠시 어색한 침묵이 흘렀다.

진파는 철정을 바라보며 무겁게 입을 떼었다.

"넌 변했어."

철정은 아무 말도 하지 않았다. 복잡한 눈빛으로 진파를 바라볼 뿐이었다.

진파는 답답한 마음에 한숨을 몰아쉬었다.

그때 양우가 나섰다.

"우리끼리 의견이 분열되면 아무것도 할 수 없어요. 진파의 결정대로 하기로 하죠. 우리 목숨을 진파에게 맡겨도 하등 아까울 것 없잖아요?"

모두 묵묵히 고개를 끄덕였다.

철정도 고개를 끄덕여 동의하자 진파는 모두의 얼굴을 일일이 바라보았다.

"내 방법이 반드시 옳다고 생각할 수는 없어. 하지만 현성교 놈들처럼 사람을 도구로 쓰고 싶지는 않아. 차라리 우리가 조금 힘든 게 낫다고 생각한다. 과연 흑수림이 현성교의 총단인지는 확인할 수 없어. 기관 매복이 있는 걸 보면 안에 뭔가가 있는 건 분명하지만 말야. 일단 흑수림부터 돌파하자. 길을 여는 거야."

철정이 다시 반문을 했다.

"현성교의 총단이 맞다면?"

"그땐 수뇌부를 무너뜨려야지. 말했지만 최소의 희생만 내고 싶다."

"너무 지나친 모험이다. 우리는 열세 명밖에 되지 않아."

진파는 답답한 듯 고개를 흔들었다.

"그렇지 않아. 무맹의 사람들은 왜 계산에서 빼냐? 현성교와 싸울 사람들은 우리만이 아니야."

"그들이 과연 우리와 함께 싸울까?"

"정아, 무맹은 우리의 적이 아니야. 정말 왜 그러냐?"

"나는 그들을 믿을 수 없다."

"그들을 믿으란 얘기가 아니다. 나를 믿어."

철정이 묵묵히 바라만 보자 진파는 다시 입을 열었다. 자신도 모르게 목소리가 잠겼다.

"나도…… 못 믿는 거냐?"

철정과 진파는 한동안 서로의 얼굴을 바라보기만 했다. 마침내 철정의 얼굴에 씨익 웃음이 피어올랐다.

"나는 믿지 않아도 너는 믿을 수 있지."

철정의 말에 진파의 마음이 움직였다. 진파는 철정의 어깨를 굳게 움켜쥐었다.

"고맙다."

잠시 후 진파를 필두로 열세 명의 그림자가 검은 숲을 향해 치달리기 시작했다.

*   *   *

제갈청수와 태현 진인, 당무독과 황보장청이 마주 앉아 있는 천막 안에는 묘한 침묵이 흐르고 있었다.

"맹주, 언제까지 기다릴 셈이오?"

당무독의 물음에 태현 진인은 침묵을 지켰다.

제갈청수는 당무독을 바라보며 쯧쯧 하고 가볍게 혀를 찼다.

"도대체 왜 서두르시는 것입니까? 무적다가가 올 때까지 기다리기로 이미 정해진 것 아닙니까?"

당무독은 제갈청수를 보며 고개를 저었다.

"그건 군사께서 너무 안일하게 생각하시는 게요. 맹의 하급 무사들 사이에는 우리가 무서워서 전진하지 않는다는 소문이 돌고 있소이다."

"소문쯤은 신경 쓸 필요 없소이다."

"그렇지 않지요."

황보장청이 제갈청수의 말을 반대하고 나섰다.

"여론이라는 건 참으로 무서운 것이외다. 명분과 체면을 잃으면 무맹은 존속할 수 없소."

황보장청의 말에 당무독이 동감을 표하자 제갈청수는 부채를 흔들며 미소를 지어 보였다.

"왜들 이러십니까? 조금이라도 우리의 희생을 줄이자는 말에 모두 찬성하시지 않으셨습니까? 척후조로 보냈던 일급 무사들의 죽음만으로도 큰 타격이외다."

"그렇다고 마냥 기다리자는 말씀이오? 그리고 기다려서 무적다가의 인물들이 왔다고 칩시다. 그들이 흑수림을 돌파하고 이곳의 전모를 다 밝혀낸다면 무맹은 또 그들의 들러리밖에 되지 않소. 왜 하나만 생각하고 둘은 생각지 않으시는 게요?"

제갈청수는 미묘한 웃음을 흘리며 부채를 톡톡 손바닥에 두드렸다.

"황보가주야말로 하나만 생각하시는 겁니다. 지금 우리의 전력으로 저 무지막지한 기관 매복을 뚫고 들어간다면 정말 막대한 희생을 치러야 합니다. 진짜 중요한 건 기관이 아니라 흑수림 끝에 있는 석조 건물이오. 무맹은 바로 그곳에서부터 힘을 발휘하자는 것이외다. 무적다가에서 희생을 내게 하는 것이야말로 일석이조 아니겠소? 다들 동의하시고 나서 왜 흔들리시는 겁니까?"

"적어도 이틀 이내에 진격하지 않으면 우리 기다림은 헛된 것이 될 거외다. 강호엔 무맹이 겁쟁이들의 소굴이라고 소문이 날 것이오. 맹주의 결단을 촉구하는 바요."

당무독의 재촉에 마침내 태현 진인이 말문을 열었다.

"세 분의 말씀이 모두 타당합니다. 이틀 후까지 무적다가가 당도하지 않으면 군사께서 나서서 저 매복을 뚫어주셔야겠소."

제갈청수는 미간을 찌푸렸으나 더 이상은 자기 주장을 고집하지 못하고 동의를 표했다.

"알겠습니다."

태현 진인은 뒷짐을 지고 자리에서 일어섰다.

"무맹이 무적다가의 뒤에 서서는 안 된다는 사실을 군사께서는 명심해 주시길 바라오."

*　　　*　　　*

무맹의 수뇌부에서 잔머리를 쓰고 있을 무렵, 진파는 흑수림 안에 들어가 숨을 몰아쉬고 있었다.

'과연 내가 잘하는 것일까?'

진파는 고개를 흔들었다.

'이미 결정한 일이야!'

진파는 철정을 향해 고개를 돌렸다.

"정아! 내가 선두를 맡는다. 너도 옆에서 도와! 숲을 완전히 휩쓸어 버린다 생각해."

철정이 고개를 끄덕이자 진파는 벽화들을 돌아보았다.

"벽화와 나령 누나, 수옥 누나가 우리 뒤를 맡아. 나머지는 선 소저를 중심으로 벽을 쌓고. 정이하고 내가 놓치는 기관을 전부 처리해야 해. 평지로 만들어 버리는 거야. 알았지?"

"좋아!"

"간다!"

진파는 철우를 빼 들었다. 철정도 거검을 곧추세웠다.

열셋이 뭉쳐진 쐐기 모양의 대형이 흑수림을 뚫고 달리기 시작했다.

진파의 검에서 푸르스름한 검강이 세 자 가까이 치솟아올랐다.

"하아아아—!"

진파의 함성이 흑수림을 뒤흔들었다.

꽈릉! 우르르르릉—!

뇌성벽력이 울리는 듯한 엄청난 소리에 태현 진인이 천막 밖으로 모습을 드러냈다.

제갈청수가 옆에 서서 부채를 부치기 시작했다.

"왔군요."

"저들이 우리의 경계를 뚫고 흑수림으로 이미 들어갔다는 말이오?"

"무적다가에서 몇이나 이곳으로 왔는지는 알 수 없지만 당대 가주인 적협은 소수마후들과 몇 사람만 데리고 흑수림으로 출발했었지요. 아마 그들만이 통과했을 겁니다. 더 많은 인원이 통과했을지도 모르지만요."

당무독이 서둘러 앞으로 나섰다.

"우리도 들어갑시다!"

탁!

제갈청수는 부채를 접어 당무독의 앞을 막았다.

"가주, 잠시만 참으십시오."

"무슨 소리요!"

"아직 해가 뜨려면 반 시진쯤 남았습니다. 우리라면 몰라도 수하들은 흑수림 안으로 지금 들어갈 수 없지요. 좀 더 기다립시다."

"아니, 또 기다리자는 말이오?"

"아무리 빨리 뚫어도 반 시진은 족히 걸릴 겁니다. 그동안 우리는 전열을 정비해 들어가지요. 우리에게도 그 정도 시간은 필요합니다. 우왕좌왕하다가는 쓸데없는 피를 흘릴 수 있습니다."

황보장청은 밤하늘에 퍼지는 뿌연 흙먼지를 보다가 몸을 날렸다.

"정말 너무하는구려! 나는 본가의 수하들을 데리고 지금 들어가겠소!"

제갈청수는 황보장청의 뒷모습을 보며 끌탕을 쳤다.

"쯧쯧. 왜 희생을 감수하려 할까요?"

태현 진인은 조용히 흑수림을 보고 있었다.

"아예 숲에 길을 내려는 모양이군."

"미련한 짓이지요. 기관 매복을 통과하는 가장 무식한 방법입니다. 머리를 쓰는 인물이 없나 보군요."

"그렇겠지요."

태현 진인이 잠시 후 출발 준비를 명하자 무맹의 진영이 부산스럽게 움직이기 시작했다.

그동안에도 나무들이 쓰러지며 내는 우레 소리가 천지를 진동시키고 있었다.

"이럴 수가!"

황보장청은 눈을 부릅떴다.

눈앞에 펼쳐진 광경은 그의 상상을 초월했던 것이다.

하늘도 보이지 않던 흑수림의 숲에는 뻥 뚫린 일직선의 길이 나 있었다.

좌우로 쓰러진 나무들은 아직도 간간이 흙먼지를 피워 올렸다.

"이게 인간의 힘으로 가능하다는 말인가?"

황보장청은 반듯하게 잘라진 나무 둥치들을 보며 고개를 저었다.

나무가 잘린 단면이 반질반질하기까지 했다. 십여 장에 달할 정도로 폭 넓게 뚫린 길에는 여기저기 쓰러진 나무 둥치들이 뒹굴고 있었다. 그야말로 밀림에 길을 낸 것이나 다름없었다.

황보장청은 뒤를 따르는 수하들에게 짧게 명령했다.

"잘려진 곳만 디뎌라! 바닥에 있는 기관이 아직 남아 있을지도 모른다!"

여기저기 뒹구는 나무 둥치들에 꽂힌 시퍼런 창날과 화살들을 바라보며 황보장청은 징검다리를 건너듯 잘린 단면을 박차고 앞으로 나갔다.

그의 눈은 무겁게 가라앉아 있었다.

"과연 무엇을 위해서……?"

십여 명이 통과하기 위해서라면 턱없이 넓기만 한 길이었다.

황보장청은 뭔가 뜨거운 것이 가슴을 치밀고 올라오는 것을 느꼈다.

"우리를 위해서인가……."

낯이 확확 달아올랐다.

"빌어먹을……!"

황보장청은 목청을 돋우어 수하들을 독려했다.

"전속력으로!"

황보세가는 그렇게 무맹의 일진으로 제일 먼저 흑수림을 통과했다.

제53장 흑야동(黑夜洞)

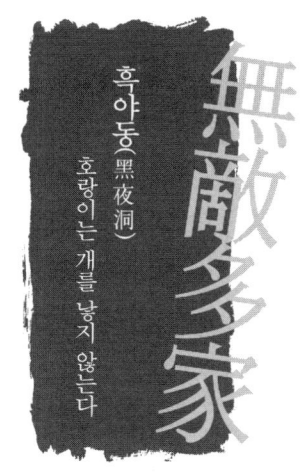

흑야동(黑夜洞)
호랑이는 개를 낳지 않는다

無敵多家

"후읍!

후읍!"

진파는 제자리에 선 채 크게 심호흡을 하고 있었다.

철정은 바닥에 앉아 가부좌를 틀고 조식을 취했고 한데 모여 앉아 있는 소수마후들과 선지애도 숨을 고르는 중이었다.

모두의 몸에 먼지가 뽀얗게 앉아 있었다.

진파는 심호흡을 하는 와중에도 가볍게 웃음을 머금었다.

'무식한 방법이었지만 역시 제일 좋은 방법이었어.'

일직선으로 길이 뚫린 흑수림에는 찬란한 아침 해가 떠오르고 있었다.

공력의 소모가 있기는 했지만 가벼운 운기를 마치자 곧 진파의 몸은 정상으로 회복되었다.

오랜만에 전력으로 철우를 휘둘렀던지라 호쾌한 기분이 가슴

끝에 남아 있었다.

더구나 아무도 다친 사람이 없다는 사실이 진파의 마음을 가볍게 했다.

'흑수림 안에는 사람의 흔적이 전혀 없었어. 이 안도 그럴까?'

진파는 괴물처럼 버티고 선 바위 벽의 부조 건물을 바라보고 있었다.

한눈에 보아도 현성교의 자취가 틀림없었다.

황산의 운중곡에서 보았던 조각상들과 같은 양식의 조각들이 벽면을 장식하고 있었기 때문이다.

"함정이든 뭐든 간에 현성교와 관련이 있는 건 틀림없구나."

진파는 천천히 앞으로 걸어가 좀 더 가까이에서 건물 외벽을 관찰하기 시작했다.

커다란 돌문으로 가로막혀 있는 문은 어떻게 만들었는지 한 올의 틈도 보이지 않았다. 문 모양으로 겉만 장식한 것처럼 보일 지경이었다.

"만들어진 지 꽤 된 건물이야. 일조일석에 만든 건 아니군."

진파는 혼잣말을 하며 산책을 하듯 외벽을 따라 걸었다.

창문 하나 없고 통풍관 하나 보이지 않아 어디로도 들어갈 틈이 보이지 않았다.

"역시 이게 문일까?"

문 모양의 커다란 바위 앞에 서서 진파는 고개를 갸웃거렸다.

그때 뒤에서 철정의 목소리가 들렸다.

"문이겠지. 문 모양을 하고 있으니 그게 문이 아닐까?"

"몸은 어때?"

"네가 하도 설치는 바람에 나야 뭐 한 게 있나. 괜찮다."

철정의 광풍검도 톡톡히 제 몫을 했다는 것을 잘 아는 진파는 슬쩍 웃음을 머금었다. 물론 뒤를 받쳤던 소수의 연환 방어가 없었다면 기관에서 발사되는 각종 암기나 창칼에 위험을 겪었겠지만 벽화를 필두로 모든 이들이 손발을 잘 맞추어 별무리가 없었던 돌파였다.

모두 조식을 마치고 몸을 일으키기 시작하자 진파는 문 앞에 섰다.

그때 양우가 물었다.

"무맹 사람들 안 기다려?"

"안에서 만나게 될 텐데 굳이 기다릴 필요는 없지 않을까?"

"그런가?"

진파는 벽화의 말에 동의하듯 고개를 끄덕이고는 철우를 꺼내 들었다.

"모두 물러서."

"힘으로 열려고?"

"이 문은 강제로 폐쇄된 거야. 힘으로 열어야 해."

"헤~ 꼭 기관의 도사처럼 말하네."

양우가 놀리듯 말했지만 진파는 빙긋 웃을 따름이었다.

"걱정 마. 할아버지께 잡학도 배웠으니까."

진파는 내심 신기해하고 있었다.

어떻게 지식을 전해주었는지는 알 수 없었으나 그의 머리 속에는 광협이 전해준 기관에 대한 지식이 필요할 때마다 튀어나오고 있었다.

그가 보기에 이 건물은 최근엔 사용하지 않은 것이 분명해 보였다.

'역시 함정일 가능성이 높아.'

진파는 철우에 공력을 주입했다. 그림처럼 철우의 검신에서 푸른 검강이 쑤욱 솟아났다.

"와~"

정가영과 설화가 감탄성을 내뱉었다. 그녀들로서는 신기하기만 했던 것이다.

"물러서!"

진파의 말을 따라 모두 일 장 밖으로 물러섰다.

"합!"

짧은 기합성이 울리며 철우가 좌에서 우로 위에서 아래로 십자를 그었다.

쩡―

날카로운 소리가 울리며 먼지가 피어오르자 진파는 철우를 집어넣고 양손에 공력을 주입해 격공섭물을 전개했다.

밭에서 무우가 뽑히듯 네 조각으로 잘린 돌덩어리가 주변에 뒹굴었다.

"헤~ 네 팔뚝 정도는 되겠다. 저 두께 좀 봐."

정가영이 설화를 보며 호들갑을 떨었다.

진파는 잠시 뻥 뚫린 어두운 공간을 바라보았다. 아무런 기미도 없자 진파는 뒤를 돌아보며 소리쳤다.

"자! 들어가자!"

모두 진파를 따라 걸어갈 때, 돌연 멀리 뒤에서 큰 소리가 울렸다.

"잠깐 기다리시오―!"

고개를 돌리니 흑수림에 난 길을 가로질러 커다란 덩치의 갈의 중년인이 몸을 날려오고 있었다.

그 뒤를 따르는 무사들의 수도 상당해 보였다.

철정이 거검을 빼 들었다.

"무맹이군."

"잠깐! 검을 거둬라, 정아."

진파의 말에 철정은 점점 다가오는 갈의인을 바라보다 등 뒤로 손을 돌려 거검을 집어넣었다.

진파의 앞까지 단숨에 달려온 갈의인은 일행의 면면을 둘러보다 진파에게 눈을 고정시켰다.

갈의인이 진파에게 정중하게 포권을 취했다.

"황보세가의 가주 황보장청이 적협께 인사드리오."

진파도 마주 포권을 취했다.

"다진파라 합니다."

황보장청은 진파의 주위에 늘어서 있는 열두 명의 얼굴을 쓸어보았다. 철정 한 명을 빼고는 모두 여자였지만 황보장청의 눈은 한 명 한 명의 얼굴을 똑똑히 관찰했다.

"이 소저들이 소수마후입니까?"

황보장청의 질문에 진파는 고개를 끄덕였다.

"과거에는 그랬지요. 지금은 제 동료들입니다."

황보장청은 묵묵히 진파의 얼굴을 바라보다 입을 열었다.

"가주께 묻고 싶은 것이 있소."

"말씀하시지요."

"흑수림에 길을 뚫은 것은 무맹을 위해서였소?"

"딱히 무맹이라기보다는 이곳에 올 강호동도들을 위함이었습니다. 쓸데없는 피를 흘릴 필요는 없으니까요."

황보장청이 장탄식을 토해냈다.

"같은 말이건만 어찌 이리 뜻이 다를 수가 있는가."

하늘을 우러러보았던 황보장청은 진파를 향해 고개를 숙였다.

"이건 사과의 인사요. 정말 가주 앞에서 부끄럽기 짝이 없소이다. 보신에만 급급한 선배들이 얼마나 원망스러우셨소?"

"원망이라뇨. 다소 오해가 있었을 뿐입니다."

"아니오, 아니외다. 정말 부끄럽기 짝이 없소이다. 내 가주의 진정을 알았으니 맹주를 설득하도록 노력하겠소."

"뒤에 오십니까?"

"우리보다 반 시진은 늦게 출발했을 테니 한참 후에나 올 것이오."

"그럼 말이나 전해주십시오. 이 건물의 외형에서는 확실히 현성교의 자취가 느껴집니다. 하지만 총단은 아닐 확률이 높습니다. 근래에 사용한 흔적은 보이지 않습니다."

"들어가 보실 생각이오?"

"예. 함정이라고 해도 이곳이 총단일 가능성 또한 배제할 수는 없으니까요. 다른 출구가 있을지도 모르는 일 아닙니까?"

"그렇다면 모두 모여서 함께 들어갑시다."

"아닙니다. 이 안에 어떤 위험이 깔려 있을지도 모르니 먼저 들어가 그것부터 제거할까 합니다."

"허……. 정말 부끄러워서 얼굴을 들지 못하겠구려."

황보장청은 말뿐이 아닌 듯 정말 얼굴을 붉히고 있었다.

진정 부끄러웠다.

공명을 탐하는 인사들만 보다 정기 넘치는 젊은이들을 보자니 그동안 복지부동했던 자신의 방식이 더욱더 부끄러웠다.

"흑수림에 깔린 기관 매복으로 보아 아마도 이 안은 상당한 기관이 깔려 있을 것입니다. 정예들만 들어오도록 말씀드려 주십시오. 현성교의 공격이 있을지 모르니 입구를 지키는 것도 필요할 겁니다."

"알겠소. 한데 정말 이 인원만으로 들어가실 생각이오? 내 수하들도 함께 가는 것이 어떻겠소?"

진파는 웃으며 고개를 저었다.

"괜찮습니다. 그보단 제가 여쭤볼 것이 있습니다만."

"말씀하시오."

"제 의숙 되시는 검치 유현 대협이 무맹을 방문하셨지요. 그분의 신상에 대해 알고 싶습니다만."

"유 대협은…… 지금 무맹에 스스로 억류되어 있소이다."

"이곳에도 오셨습니까?"

"아니오. 섬서의 분단에 계시오이다."

황보장청의 얼굴이 더욱 붉어졌다.

진파를 보니 그 헌앙하고도 맑은 기세가 느껴져 그동안 자신이 큰 오해를 했음이 너무나 분명했다. 거기다 소수마후라는 소녀들도 하나같이 영롱한 눈빛을 빛내고 있어 유현의 말대로 모두 현성교의 금제에서 벗어난 것이 역력했다.

"오해를 풀고 유 숙을 모셔갈 수 있게 협조해 주셨으면 더 바랄 나위가 없겠군요."

황보장청이 큰 소리로 다짐을 했다.

"걱정 마시오. 내 명예를 걸고 가주를 돕겠소이다."

진파는 빙긋 웃으며 황보장청에게 손을 내밀었다.

양손을 맞잡은 진파와 황보장청 사이에는 나이를 떠난 교감이 흐르고 있었다.

"그럼 부탁드리겠습니다."

"부디 몸조심하시오. 나도 조금 후에 들어가겠소."

황보장청은 품속에서 커다란 야명주를 꺼내 진파에게 건네었다.

"도움이 될 게요. 꽤 밝은 놈입니다."

"감사합니다. 큰 도움이 되겠군요."

화섭자와 나무들을 모아놓았지만 그것만으로는 부족하지 않을까 걱정했던 진파는 황보장청의 성의를 기꺼이 받았다.

"그럼."

황보장청은 진파 일행과 눈인사를 나누고 그들이 문 안으로 사라지자 몸을 돌렸다.

수하들을 바라보는 그의 눈에는 자신감이 떠올라 있었다.

"자! 모두 대열을 정비해라! 이곳에서 맹주를 맞는다."

"예!"

황보장청은 밝아져 오는 하늘을 우러러보며 혼잣말을 중얼거렸다.

"과연 무적다가……. 역시 호랑이는 개를 낳지 않는구나."

풍협을 떠올렸던 황보장청은 이제는 죽은 망나니 둘째 아들 황보근을 생각하고는 안타까운 듯 혀를 찼다.

야명주를 치켜든 진파는 한 길 정도 넓이의 통로를 걸어가며 주의 깊게 사방을 살피고 있었다.

벽화가 옆에서 말을 걸었다.

"결국 오빠 생각이 맞았네?"

"웅? 뭐 말이야?"

"배려를 해주자는 것 말야. 좀 무리를 해서 그들을 위해 완전한 길을 열어준 거잖아. 적어도 무맹에 우리 편이 한 명쯤은 생긴 것 같던데? 오빠 생각이 맞았나 봐."

"아직은 알 수 없지. 중요한 건 태현 진인이니까."

"그 사람은 절대 황보가주처럼 행동하진 않을 것이다."

뒤따라오던 철정이 말을 던지자 진파는 여전히 주변을 살피며 고개를 끄덕였다.

"나도 그렇게 쉽게 생각은 안 해. 하지만 그 사람이야 명분을 따지는 사람이니까 오히려 상대하기 쉬울 수도 있어."

"정말?"

벽화가 묻자 진파는 고개를 끄덕였다.

"그렇지. 명분만 우리가 쥐고 있으면 무맹은 싫어도 우리를 뭐라 하지 못해. 문제는……."

말을 꺼내다 말고 진파는 꿀꺽 말을 삼켰다.

무적다가가 가진 명분이야 아무런 하자가 없었다. 무맹에서 그를 공격하는 명분은 바로 소수마후들을 감싸고 돈다는 것 하나밖에 없었다. 그러나 그 말을 벽화에게 하고 싶지는 않았다. 벽화나 다른 소수마후들이 그에게 짐이 된다고 생각하는 것은 진파로서는 참을 수 없었기에.

"왜 말을 하다 말아?"

벽화가 물었을 때 진파는 마침 주의를 돌릴 수 있는 것을 발견했다.

"쉿!"

"왜?"

"점점 아래로 내려가는 것 같지 않니?"

"글쎄, 난 잘 모르겠는데?"

진파는 바닥에 야명주를 내려놓아 보았다.

과연 스르르 야명주가 앞으로 구르기 시작했다.

진파는 빛나는 야명주를 다시 수습하고서 뒤를 돌아보았다.

"이 통로 아무래도 밑으로 뚫려 있는 것 같다. 벽을 짚지 않도록 하고 돌출된 것엔 절대 손을 대지 마. 혹시 내가 지나친 이상한 것이 있으면 즉시 알려주고. 이제부터는 정말 긴장하고 내려가야 해. 모두 조심해."

진파는 왠지 머리카락이 쭈뼛쭈뼛 서는 것만 같은 이상한 감정을 느끼고 있었다.

'뭔가 위험해. 위험한 곳이야.'

사람이 다듬어놓은 것이 분명한 평평한 벽면을 주시하면서 진파는 한 걸음씩 발걸음을 옮기기 시작했다.

그의 뒤를 따르는 벽화와 철정 등의 얼굴에도 긴장감이 떠올라 있었다.

*   *   *

"황보가주, 지금 그러니까 무적다가의 그 애송이 말대로 인원을 더 줄여 가자는 말이오?"

당무독이 불쾌한 듯 황보장청을 노려보며 말했다.

황보장청은 크게 고개를 끄덕였다.

"그렇소. 만일 적협이 아니었다면 우리는 이곳까지 당도하는 데 많은 희생을 치렀을 것이오. 그의 말에 따르면 이곳은 현성교와 관련있는 것이 틀림없다 하오. 수하들 중에서 추리고 추린 절정고수들만 함께 들어가십시다."

갑자기 옆에서 홍 하는 콧소리가 들리자 황보장청은 고개를 돌렸다. 싸늘한 안색을 하고서 그를 노려보는 제갈청수가 눈에 띄었다.

"그사이에 무적다가와 많은 교감이 있었나 보구려?"

빈정대는 것이 분명한 제갈청수의 말에 황보장청은 정말 진지하게 고개를 끄덕여 긍정했다.

"그렇소. 직접 만나보니 적협은 과연 협이란 명호가 붙을 만한 인물이었소. 제갈형도 오면서 보시지 않았소이까. 자신들을 적대시하는 우리를 위해 저렇게 넓은 길을 뚫어주었소이다. 그 덕분에 아무 희생도 없이 여기까지 온 것 아니겠소?"

제갈청수는 냉소를 지었다.

"참으로 이상하구려. 무적다가의 들러리가 될 수는 없으니 우리가 먼저 흑수림의 정체를 밝혀야 한다고 주장한 사람은 바로 황보형이었소. 도대체 어떻게 된 거요? 그 애송이한테 굴복이라도 한 것이오?"

"사내로서 그에게 감탄한 것뿐이오. 그런 의기는 말로는 쉬울지 몰라도 아무나 행할 수 있는 게 아니오. 우리가 뒤통수를 칠 의도를 갖고 있는데도 그는 대인대덕하게도 우리를 위해 길을 열어주고 우리를 걱정해 먼저 들어갔소. 이런 인물을 믿지 않으면 누구를 믿겠소이까?"

"하!"

제갈청수는 말이 통하지 않는다는 듯 아예 고개를 돌려 버렸다.

태현 진인이 그런 제갈청수를 불러 세웠다.

"군사."

"말씀하시지요."

제갈청수는 황보장청에 대해 불편한 감정을 숨기지 않았지만 그렇다고 무맹의 맹주인 태현 진인의 말까지 무시할 수는 없었다.

태현 진인은 제갈청수에게 질문을 던졌다. 질문이라기엔 차라리 명령에 가까운 말이었지만.

"이 건물 내부에도 기관 매복이 있을 것 같소이까? 한번 살펴봐 주시겠소?"

제갈청수는 제갈가의 인물들 몇을 대동한 채 어두운 문 안으로 한두 걸음 들어섰다.

꼼꼼하게 주위 벽을 살피던 제갈청수는 다시 태현 진인의 곁으로 와 말했다.

"인공적으로 만든 것은 분명합니다만, 원래는 자연적인 동굴이었던 것 같습니다. 아무래도 땅 밑으로 뚫려 있는 동굴이 아닐까 생각됩니다."

"밑이요?"

"예. 아주 미약하지만 내리막길이 이어지는 것 같더군요."

"군사의 생각에는 어떻소? 우리가 인원을 줄여서 들어가야 한다고 보시오?"

"저는 그렇게 생각하지 않습니다."

제갈청수는 고개를 저었다.

"건물 외부의 석벽을 보면 알 수 있지만 이 건물 뒤에 있는 돌덩이는 용암이 굳어 만들어진 것입니다. 이 암석은 매우 단단하지요. 이 암석을 가르고 잘라 기관을 장치한다는 건 굉장히 큰 작업입니다. 자연적인 동굴에 손을 댄 것으로 보니 기관이 있어도 동굴의 형태를 바꾸거나 무너뜨리는 기관은 없을 것 같습니다. 움직일 수 있는 인원은 모두 들어가도록 하지요."

황보장청이 반대하고 나섰으나 태현 진인은 제갈청수의 의견을 채택했다. 그러자 황보장청은 강력하게 반발하고 나섰다. 그때 당무독이 해결책을 제시했다.

"그럼 입구를 지키는 걸 황보가에 맡기기로 합시다. 문지기 역할이라지만 자원하신 셈이니 남기려 했던 인원들을 입구에 배치해 주십시오. 우리는 함께 들어갑시다."

제갈청수가 껄껄 웃으며 은근히 황보장청을 비웃었지만 그는 아무런 표정 없이 자신의 세가원들을 선별했다.

황보장청이 남긴 인원만 입구에 남고 무맹에서 온 모든 이들이 문 안으로 들어갔다.

삼백에 가까운 수가 어둠 속으로 사라져 갔다.

제54장 붕괴(崩壊)

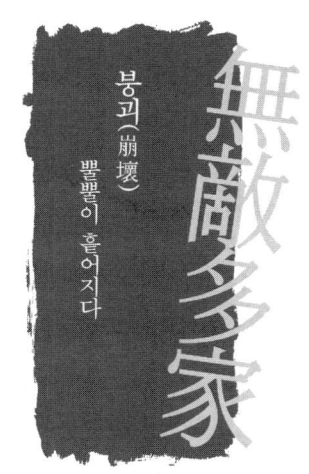

無敵家

붕괴(崩壞)

뿔뿔이 흩어지다

　　　"크크크

몇이나 들어왔는가?"

"삼백 정도입니다."

"지옥으로 들어온 놈들이니 성대한 환영식을 해줘야겠군."

"정말 흑야동의 기관을 건드리실 생각입니까?"

"왜? 아까운가?"

"그렇습니다. 이곳은 현성교의 칠성군들을 키워온 유서 깊은 수련장이기도 하고 본 교의 마지막 도피처이기도 합니다. 아무래도……."

"걱정 마시게. 다시는 도피처 따윈 필요하지 않을 테니까. 더 좋은 수련처야 만들면 되지 않겠나?"

탐랑은 임수의 말에 묵묵히 고개를 조아릴 뿐이었지만 끝까지 반대하고 싶은 마음이 없지 않았다. 그만 해도 바로 이곳에서 칠성 중의 하나로 무공을 수련했던바, 흑야동에 대한 애착이 남달랐던 것이다.

그러나 임수는 한 번 결정한 것을 되돌리고 싶지 않은 듯 냉담하게 필요한 것만 물었다.

"준비는 어떻게 되었나?"

"기관을 움직일 인원을 면밀히 배치해 두었습니다. 매복지를 택해 암습을 가할 인원도 충분합니다. 칠성군 중에 삼 개 군이 동원된 대작전입니다."

"좋아, 좋아. 자네 말고 누가 이곳에 왔지?"

"거문과 녹존이 함께 왔습니다."

"그럼 대계를 시작하도록 하지."

"입구에 있는 놈들은 어찌하면 좋겠습니까?"

"흑야동에 들어온 놈들을 몰살시키고 차차 정리하도록 하세. 중요한 건 무맹 놈들이 아니라 무적다가라는 걸 잊지 말게. 그들은 반드시 올 거야. 그들을 유인하기 위해서라도 입구에 세워놓은 놈들은 건드리지 말게나."

"존명!"

"그럼 나도 가볼까?"

임수는 조용히 서 있는 추소예와 현정에게 손짓했다.

"너희가 결정적인 미끼가 될 거야. 크크."

임수는 추소예와 현정의 허리를 양팔로 끼고 크게 웃음을 터뜨렸다.

음산한 웃음소리가 동굴 안을 떠돌았다.

*   *   *

"이상하군."

진파는 통로의 끝에 서서 고개를 갸웃거리고 있었다.

비스듬하게 밑으로 내려오던 통로가 어느 순간 점점 넓어지기 시작하더니 평평하고 넓은 광장이 모습을 드러냈다.

곳곳에 사람이 만들어놓은 것이 분명한 나무 기둥이 세워져 있는 이상한 광장이었다.

그런데 더 이상 통로가 나 있지 않았다.

사방이 꽉 막힌 광장이었다.

벽화가 나무 기둥 중 하나를 손으로 만지려 하자 진파가 목소리를 높였다.

"만지지 마!"

진파의 말에 깜짝 놀란 듯 손을 멈춘 벽화는 진파를 바라보았다.

"하지만 이건 나 말고도 많은 사람이 만진 것 같은데? 주먹 자국이 곳곳에 나 있어."

"조심해서 나쁠 건 없어. 보기만 해도 파악할 수 있는 거잖아."

"그래도……."

벽화가 입을 삐죽 내밀 때였다.

갑자기 광장 전체가 흔들리기 시작했다.

우르르 흔들리는 광장에서 중심을 잡기 위해 너도나도 나무 기둥을 붙들 수밖에 없었다.

"뭘 만진 거야!"

진파가 고함을 쳤지만 벽화는 고개를 흔들며 억울하다는 듯 소리쳤다.

"아무것도 안 만졌단 말야!"

"젠장!"

진파는 흔들리는 광장 안에서 필사적으로 안력을 돋우었다.

사면 벽을 번개같이 훑어보았지만 어디에도 이상은 없어 보였다.

"뒤로 돌아가자!"

양우가 크게 소리치며 달려갔으나 우르르 하는 소리와 함께 광장과 이어진 유일한 통로가 천장에서 떨어진 돌문에 닫혔다.

그와 동시에 바닥에 쩍쩍 금이 가기 시작했다.

"이런 젠장!"

진파가 갑자기 몸을 날려 돌문으로 쇄도했다. 진파의 허리춤에서 번쩍 하는 섬광이 불을 뿜었다.

그러나 돌로 된 문으로 보였던 것은 무엇으로 만들어졌는지 캉 소리를 내며 불꽃만 튀기지 부서지지 않았다.

우르르—

바닥이 무너져 내리기 시작하자 진파는 고함을 질렀다.

"천장으로 붙어!"

모두 몸을 날려 광장의 천장을 붙잡으려는데 기관 움직이는 소리가 귀를 때렸다.

그와 함께 천장에 촘촘히 구멍이 뚫리기 시작했다. 진파가 얼굴을 일그러뜨리고 고함을 질렀다.

"피해에—"

피핑— 쐐에에에엑—

날카로운 강전이 우박 쏟아지듯 천장에서 빗발쳐 내렸다. 그와 동시에 광장의 사방 벽에서도 귀를 찢는 기관음과 함께 강전이 폭사되었다.

모두가 정신없이 강전을 후려치느라 아무도 무너져 내리는 바닥에서 벗어나지 못했다.

"아아아아악—"

날카로운 비명과 함께 진파를 비롯한 열세 명은 무너지는 바닥에 휩쓸려 수직 동굴 속으로 끝없이 떨어져 내렸다. 사방팔방에서 폭풍이 몰아치듯 강전이 쏟아지고 있었다.

*　　　　*　　　　*

제갈청수는 피투성이로 물든 부채를 가슴에 끌어 올린 채 헉헉 숨을 토해내고 있었다.

별다른 기관이 하나도 없어 큰소리 땅땅 치며 선두를 걷고 있을 때 갑자기 통로 전체가 웅웅대며 흔들리기 시작했다.

그와 동시에 통로 바닥이 폭삭 꺼지며 사방에서 강전이 쏟아져 내렸다.

통로에 들어선 대부분이 난다 긴다 하는 고수들이었던지라 강전에 맞은 사람은 별로 없었지만 모두가 아래로 추락하는 것은 면하지 못했다.

제갈청수도 십여 장을 떨어져 그의 곁에서 걷던 제갈가의 인물들과 함께 수직 동굴에서 그대로 죽을 뻔했다.

바닥에는 거꾸로 세운 창날이 무수히 꽂혀 있었던 것이다.

주의없이 그대로 바닥에 내려선 인물들은 모두 창날에 발린 독에 당해 그 자리에서 즉사하고 말았다.

창날을 피해 내려섰던 사람들은 제갈청수를 비롯해 겨우 열 명 남짓이었다.

그러나 그들도 이젠 제갈청수의 곁에 없었다.

유일한 통로가 보여 할 수 없이 들어선 동굴에서 제갈청수 일행은 끝없는 암습을 받았던 것이다.

방금 전까지 곁에서 걷던 사촌 아우를 방패로 제갈청수는 간신히 암습에서 벗어난 참이다.

제갈청수는 두 눈을 희번덕거리며 부채를 든 손을 떨고 있었다.

신기제갈가의 당대 가주이며 무맹의 군사이기도 한 제갈청수가 두려움에 손을 떨고 있는 것이다.

"이익!"

제갈청수는 그런 자신의 손을 용납할 수 없다는 듯 왼손으로 부채를 든 오른 손목을 붙잡았다. 그러나 여전히 손이 떨렸다. 떠는 것은 손이 아니라 제갈청수 자신이었기에.

빛 하나 들어오지 않는 어둠이라 의지할 것은 청각과 촉각, 후각밖에 없었다.

후우, 후우 하는 자신의 숨소리만이 적막을 깨고 있었다.

덜컹!

제갈청수는 왼쪽에서 들리는 소리에 번개같이 부채를 휘둘렀다.

통로 벽이 열릴 때마다 창검이 튀어나오고 그에 당한 사람들은 모두 그의 곁을 떠났기에 제갈청수의 출수는 신속하기만 했다.

"끄으으……."

제갈청수의 노력은 소용이 없었다.

가슴팍에 튀어나온 날카로운 쇠붙이는 검이나 칼이 틀림없으리라.

"큭큭."

낮은 웃음소리가 들렸다.

그러나 웃음소리의 주인을 찾기도 전에 제갈청수의 혼은 육신을 떠났다.

*   *   *

"어딨어?"

"…여기야!"

진파는 끄응 소리를 내며 어깨로 바윗덩어리를 밀었다. 집채만한 바위가 조금씩 들리고 있었다.

"끄으으아—"

고함 소리와 함께 번쩍 바윗덩이가 들리자 그 틈을 타고 흙먼지에 뒤덮인 사람이 꼬물꼬물 기어나왔다.

벽화는 얼굴을 털 사이도 없이 뒤로 몸을 돌렸다.

진파의 옆에 바싹 붙어선 벽화는 진파의 힘에 보태 바윗덩이를 밀어 올렸다.

좀 더 넓어진 틈을 따라 세 명의 흙투성이가 기어나왔다.

양우와 옥지, 경원이었다.

"더…… 없어?"

"없어."

양우의 대답에 진파는 힘을 뺐다.

쿵 소리와 함께 바윗덩이가 바닥에 떨어졌다.

진파는 눈앞에 주저앉아 있는 네 명을 보다 주위를 훑어보았다.

분명히 광장이 무너져 내린 공간이었는데 천장이 보이지 않았다.

뿐만 아니라 광장의 크기에 비해 형편없이 좁은 공간이었다.

아무래도 광장의 밑은 여러 갈래로 나뉜 천연 동굴이었던 모양이다.

"다른 애들은……?"

옥지의 질문에 진파는 이를 깨물었다.

진파가 침묵을 지키자 벽화도 침울한 표정으로 사방을 둘러보기 시작했다.

경원이 겁을 먹은 목소리로 양우에게 매달렸다.

"어, 어떻게 해? 다른 애들은 모두 죽은 거야?"

"재수없는 소리 하지 마!"

양우는 경원의 어깨를 치며 자리에서 일어섰다.

진파에게 다가간 양우는 진파의 손을 잡았다.

"네 책임이 아냐. 이건 어쩔 수 없는 상황이니까."

진파는 고개를 세차게 젓더니 짝짝 소리 나게 자신의 볼을 때렸다.

"그래, 정신 차리자. 반드시 다시 만날 수 있을 거야."

진파는 스스로 다짐을 하듯 중얼거리고는 벽화를 따라 사방을 훑어보기 시작했다.

양우는 그 자리에 서서 가만히 눈을 감았다.

"뭐 하는 거야?"

옥지가 묻자 양우는 손가락을 들어 입을 가렸다.

"쉿!"

양팔을 활짝 편 양우는 천천히 빙글빙글 돌기 시작했다. 고개를 갸웃거리던 양우는 바닥에 주저앉았다.

진파는 양우의 모습이 이상했던지 벽화에게 전음으로 물었다.

"쟤, 뭐 하는 거냐?"

"글쎄……. 아! 바람을 찾나 봐."

"바람?"

"숨을 쉬는 걸 보면 어디선가 공기가 통한다는 얘기잖아! 돌덩이들에 깔려 안 보이는 거겠지만 어딘가 통로가 있을 거야!"

진파와 벽화도 눈을 감고 그 자리에 주저앉아 양팔을 쭈욱 펼쳤다.

옥지와 경원은 고개를 갸웃거리며 서로의 얼굴을 바라보고 있었다.

*　　　*　　　*

철정은 거검을 휘두르고 있었다.

까앙—!

바위인데도 쇳소리가 울렸다.

철정은 바위를 노려보다가 다시 한 번 검을 치켜들었다.

이번엔 보다 신중히 검격을 떨치려는 듯 철정은 입술을 깨물고 가문의 심공인 육합귀진신공을 운용했다.

사지백해를 흐르는 육합귀진신공의 경로를 따라 철정의 거검에 아지랑이 같은 것이 맺히기 시작했다.

"하아아앗!"

철정의 기합 소리와 함께 거검이 눈부신 궤적을 그렸다.

스칵!

천이 찢어지는 것 같은 날카로운 소리와 함께 통로를 가로막고 있던 바윗덩어리가 두 쪽으로 갈라졌다.

"와아!"

철정의 뒤에 서 있던 정가영과 설화가 함성을 질렀다.

막수옥이 앞으로 나서 철정이 가른 바윗덩어리를 옆으로 밀쳐 내었
다.

뻥 뚫린 통로에서 바람이 들어오자 철정의 뒤에서 선지애는 쓸쓸히
머리카락을 쓸어 올렸다.

"가자."

철정의 목소리가 낮게 울렸다.

*   *   *

"이야야야야앗!"

펑펑펑 소리가 울리며 돌가루가 튀고 있었다.

삼후 나령은 뱃속이 뒤집힐 정도로 기합을 지르고 있었다.

그녀의 소수는 눈부시게 바위를 두드리는 중이었다.

팔후 화윤과 구후 우옥령도 나령을 따라 힘차게 소수를 휘두르고 있
었다.

무엇으로 이루어졌는지 너무도 단단하기만 한 바위가 세 사람의 합
공에 서서히 균열을 일으키고 있었다.

마침내 쩡 소리와 함께 중심부가 쪼개지는 소리가 들리자 나령은 손
을 멈추고 동생들을 향해 외쳤다.

"물러서!"

나령의 말에 따라 화윤과 우옥령이 뒤로 물러서자 나령은 송충이처
럼 굵은 눈썹을 찌푸리며 힘찬 기합을 내질렀다.

"챠아아아앗!"

꽈릉!

나령의 손짓에 드디어 앞을 가로막고 있던 바윗덩어리가 산산조각으로 부서져 내렸다.

"휴우……."

나령은 이마에 맺힌 땀방울을 닦아내고 화윤과 우옥령을 향해 미소를 보냈다. 먼지투성이 얼굴을 하고서 화윤과 우옥령도 나령을 향해 활짝 웃었다.

"우선 얼굴부터 닦자. 먼지도 털고."

나령은 자신이 먼저 몸에 묻은 먼지를 팡팡 옴팡지게 털어냈다. 화윤과 우옥령도 옷깃을 털고 서로의 얼굴을 닦아주었다.

대충 먼지를 턴 나령은 두 동생의 어깨를 다독였다.

"다들 무사할 거야. 이 길을 따라가면 다 만나게 될 거다."

평소에도 큰언니로서 무게감이 있었던 나령의 말이다. 마음 약한 화윤과 우옥령은 말만으로도 힘이 된다는 듯 어깨를 으쓱했다.

"가볼까? 물이라도 있으면 세수부터 하고 싶은데 말야."

나령은 두 동생을 데리고 통로로 발을 내디뎠다. 평온한 말투와는 달리 나령의 오감은 어두운 통로의 곳곳을 날카롭게 훑어보고 있었다.

자신과 함께 있는 화윤과 우옥령은 소수마후들 중에서는 제일 마음이 약한 아이들이었다. 평소 진파를 오빠라 부르며 함께 따라다녔던 동생들이었기에 더욱 신경이 쓰였다.

'다른 사람들은 정말 무사할까?'

나령은 고개를 저으며 잡념을 떨구려 노력했다.

이제 셋만 함께 하는데 맏언니인 자신이 긴장을 풀면 아니 될 것이다.

그렇게 날카롭게 이목을 번뜩이던 나령의 시야에 통로 저편에 나타난 검은 그림자가 보였다.

"조심해!"

나령은 화윤과 우옥령에게 전음으로 경고를 보내고 앞으로 몸을 날렸다.

이런 어둡고 좁은 통로에서는 기습만이 최고의 전법이 될 수 있다는 것을 나령은 잘 알고 있었다.

상대는 분명 실수를 한 것이다. 유리한 조건에서 스스로 나온 셈이었으니까.

슈우우우욱—!

소수마공 특유의 공기를 가르는 세찬 소리가 통로를 뒤흔들었다.

나령은 부풍무영을 전개하며 소수마공을 펼쳤으나 상대의 반격에 그야말로 기절초풍할 정도로 놀라고 말았다.

슈우우우웅—

상대가 쓰는 것도 바로 소수마공이었던 것이다.

"누구야? 나 나령이야!"

나령은 헤어진 일행 중 한 명인 줄 알고 급히 대부분의 공력을 거두었다. 동생이기라도 하다면 자신의 소수마공을 견딜 수 없을 터이기 때문이다.

그러나 나령은 곧 이어진 거센 충격에 뒤로 튕겨나듯 물러섰다.

상대는 나령처럼 공력을 거두지도 않았고 나령보다 형편없이 약하지도 않았다. 아니, 상대가 가볍게 손을 쓴 것이 아니라면 치명상을 입었을 것이라는 사실을 나령은 묵직하게 기혈이 끓어오르는 가슴을 느끼면서 깨달았다.

안력을 돋우어 상대의 얼굴을 응시하던 나령의 얼굴이 새하얗게 질렸다.

"언니!"

나령을 공격한 상대는 바로 이후 추소예였던 것이다.

나령이 소리치자 추소예는 갑자기 몸을 돌려 달아나기 시작했다.

나령은 내상을 입어 가슴이 먹먹함에도 불구하고 추소예의 뒤를 쫓기 시작했다.

나령의 외침에 깜짝 놀랐던 화윤과 우옥령도 다급히 나령의 뒤를 따랐다.

화윤과 우옥령도 잘 알고 있었다. 삼후인 나령이 언니라고 부르는 사람은 세상에서 단 한 명, 이후 추소예뿐이라는 것을.

한참이나 추소예를 추적해 비스듬한 경로의 내리막길을 세차게 질주하던 나령은 사 장 정도 앞을 달리던 추소예의 신형이 갑자기 자취도 없이 사라지자 더욱 힘을 내 경공을 전개했다.

"욱!"

내상을 입은 것이 악화되었던가 보다.

나령은 울컥 치미는 토혈을 삼키고 추소예가 사라진 자리에 섰다.

양옆으로 갈라진 길이었다.

추소예가 어느 한 길로 접어들며 갑자기 사라진 듯한데 도대체 어느 길로 갔을지 감을 잡을 수 없었다.

그때 화윤이 크게 소리쳤다.

"언니! 왼쪽이에요!"

나령이 보니 과연 왼쪽 길의 오 장쯤 너머에 추소예가 따라오라는 듯 멈추어 서 있는 것이 보였다.

순간 나령은 이상한 예감에 계속 달려가려는 화윤과 우옥령을 잡아챘다.

"멈춰!"

왜 자신들을 잡냐는 듯 이상한 얼굴로 화윤과 우옥령이 바라보았지만 나령은 그녀들을 보지 않고 뚫어져라 추소예만 보고 있었다.

과연 추소예는 여전히 움직이지 않고 그 자리에 서 있었다.

'함정이야! 우릴 유인하는 거야!'

나령은 추소예와 현정이 지금 누구의 손에 조종당하고 있는 것을 상기하고는 번쩍 정신을 차렸다.

'언니가 살아 있다면 현성교에 제압당했을 거라 그랬지. 과연!'

나령은 추소예의 뒤를 따르는 대신 우옥령과 화윤을 그녀의 뒤에 세우고 추소예에게 소리쳤다.

"소예 언니! 우릴 몰라보겠어? 나 나령이야!"

추소예의 얼굴에는 아무 표정도 떠오르지 않았다. 나령을 알아보았다는 조금의 흔적도 보이지 않았다.

"진파도 여기 들어와 있어. 언니! 정말 우릴 몰라보겠어?"

추소예는 갑자기 빙글 돌아섰다.

나령에게 뒷모습을 보인 채 추소예가 어둠 속으로 사라져 들자 나령은 조급해졌다.

아무리 함정이라 할지라도 추소예를 버릴 수는 없었다.

"언니!"

나령의 외침이 동굴을 뒤흔들었으나 추소예는 결코 뒤를 돌아보지 않았다.

나령은 미간을 잔뜩 찌푸리고 추소예의 뒷모습을 바라보다가 마침내 참지 못하고 몸을 날렸다.

"제발 정신 차려! 언니!"

추소예는 아직도 걷고 있었다.

조금만 더 손을 뻗치면 추소예를 붙잡을 수 있었다.

바로 뒤에서 화윤과 우옥령이 뒤따라오는 것이 느껴졌다.

그때 추소예가 섬전처럼 빙글 돌았다.

폭풍우처럼 쏟아지는 추소예의 소수를 정신없이 받아치다 나령은 덜컥 바닥이 꺼지는 것을 느꼈다.

아무리 허공을 나는 부풍무영이라고 해도 우박처럼 쏟아지는 소수의 그물을 언제까지 피할 수는 없었다.

나령은 새로운 수직 동굴 속으로 떨어지며 비명을 질렀다.

다시 자신의 의지를 빼앗긴 추소예를 향한 슬픈 비명이었다.

"언니이—!"

화윤과 우옥령을 꼭 끌어안은 채 나령은 시꺼먼 어둠 속으로 잠겨들었다.

*　　　*　　　*

진파는 계속 자신을 자책하고 있었다.

아무리 통로를 걸어도 한 번 헤어진 일행은 도대체 나타나지가 않았다.

벽화와 양우, 옥지와 경원이 진파의 뒤를 따르며 소리쳐 불렀지만 그들의 부름에 대답하는 건 날카로운 칼과 검뿐이었다.

어느덧 진파와 벽화들의 몸엔 먼지 대신 핏방울이 뒤덮이기 시작했다.

천장에서도, 바닥에서도, 벽에서도 현성교도가 분명한 적들은 어느 곳에서건 튀어나와 무기를 휘둘렀다.

쉴 새 없이 손발을 휘두르다 보니 차츰 신경이 칼끝에 올라선 것마냥 날카롭게 곤두서기 시작했다. 한 번 날카로워지기 시작한 신경은 멈출 줄 모르고 계속되는 암습에 점점 더 예민해지고 지쳐 가고 있었다.

끝이 나지 않을 것만 같은 동굴 통로를 피바다를 이뤄가며 걸어가는 다섯 명의 발걸음은 조금씩 지쳐 흔들리고 있었다.

진파는 마침내 걸음을 멈추었다.

"이대로는 안 돼!"

진파가 갑자기 맹렬히 검을 휘둘렀다.

두 자 반으로 짧아진 진파의 검강이 동굴 벽을 후려쳤다.

꽈릉!

폭음이 울리며 동굴 벽에 검은 구멍이 뚫렸다.

새로운 통로가 뚫렸다.

기관에 의해 작동되는 듯 거미줄처럼 통로가 연결되어 있다는 것을 진파는 몇 번 더 검을 휘두르고 나서 알 수 있었지만 전진을 멈추지는 않았다.

진파의 뜻을 알았는지 벽화도 진파의 곁에서 소수를 휘둘렀다.

마침내 더 이상 새로운 동굴로 연결되지 않고 움푹 구멍만 파이자 진파는 벽화들을 바라보았다.

"여기서 몸을 추스르자."

진파와 벽화가 교대로 사방을 지키며 차례로 조식에 들어갔다.

모두의 마음은 무겁기 짝이 없었다.

생각했던 것보다 훨씬 암울한 상황에 맞서기 위해선 체력을 회복하는 것이 무엇보다 급선무였다.

벽화가 짧은 조식을 끝내고 눈을 떴을 때 진파는 바닥에 이상한 선들을 종횡으로 긋고 있었다.

"뭐 하는 거야?"

"어떤 규칙에 의해 동굴이 뚫렸나 하고. 우리가 지나온 길을 그려보고 있어."

벽화로서는 하나도 이해할 수 없는 선들이 진파에겐 무언가 의미가 있는지 진파는 눈을 부릅뜨고 선들을 노려보고 있었다.

그러다 진파는 기인 한숨을 내쉬었다.

"왜?"

"어떤 규칙도 없어. 이곳은 자연이 만든 미로야. 누가 이곳에 손을 댔는지 정말 놀랍구나. 우릴 습격하는 놈들은 분명히 길을 아니까 번쩍번쩍 나타날 텐데, 도대체 어떻게 길을 찾고 우릴 따라오는 걸까? 뭔가 방법을 찾을 수도 있을 텐데……."

그러나 진파는 더 이상 방법을 궁리할 수 없었다.

다시 그들을 향한 죽음의 공격이 시작되었기 때문이다.

제55장 탈혼(脫魂)

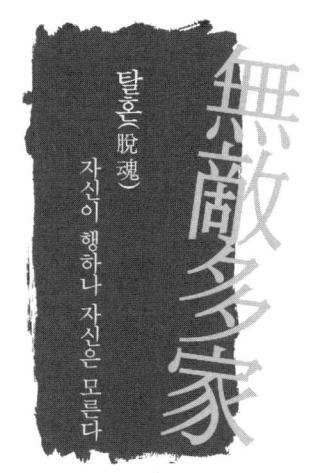

탈혼(脫魂)

자신이 행하나 자신은 모른다

無敵多家

철정은

계속 지끈거리는 두통을 참으며 앞으로 걷고 있었다.

참을 수 없는 고통이 두개골 속을 헤집었다.

마치 연한 뇌 속을 불에 달군 쇠꼬챙이로 찔러 사정없이 휘젓고 있는 것만 같은 이상한 고통이었다.

어떻게 걷고 있는지 자신도 알 수 없었다.

그러나 철정의 걸음은 확신에 찬 채 이어지고 있었다.

'저쪽으로 가면 안전할 거야. 확실해.'

철정의 휘청거리는 걸음을 불안스럽게 지켜보던 막수옥이 철정의 옆에 섰다.

"철 소협, 잠깐 쉬었다 가요."

"아니, 어서 가야 하오."

"지금 상태가 너무 안 좋아 보여요. 잠깐 조식이라도 취해요.

우리가 지킬게요."

정가영과 설화까지 나서서 철정을 말리자 철정은 어쩔 수 없다는 듯 걸음을 멈췄다. 한 번 멈추고 나니 찌를 듯한 두통은 점점 더 심해졌다. 이마에서 진땀이 돋아나는 것을 느끼고는 철정은 바닥에 가부좌를 틀고 앉았다.

"부탁하오……."

철정이 조식에 들어가자 정가영과 설화가 앞뒤를 막아섰다.

막수옥도 한쪽을 지키고 섰는데 눈앞에 선지애가 서 있었다.

막수옥은 찌르는 죄책감에 얼른 고개를 숙였다.

자신도 모르게 말이 튀어나왔다.

"미안해요……."

"그쪽에서 미안할 필요는 없어요."

감정이 묻어나지 않는 듯한 딱딱 끊어지는 말투에 막수옥은 죄라도 지은 것만 같아 더욱 고개를 숙였다.

선지애가 돌연 한숨을 쉬었다.

"후……."

정가영과 설화가 선지애를 힐끗 보았으나 두 사람은 자신들이 상관할 바가 아니라는 듯 얼른 고개를 돌렸다.

선지애는 막수옥에게 말하는 것처럼, 아니, 자신에게 말하는 것처럼 천천히 입을 열었다.

"지금 이런 말 할 때가 아니란 건 알고 있지만…… 지금이 아니면 다시는 이런 말 못할 거 같아서 얘기해요."

"말씀…… 하세요."

"철랑과 전 어릴 때부터 정혼을 약속한 사이예요. 이미 떨어질 수 없을 정도로 깊은 정도 들었어요. 막 소저를 탓할 생각은 없어요. 저에 대한 정리가 제 생각만큼 깊지는 않았나 봐요."

"그, 그건 절대 아니에요."

막수옥은 선지애의 말을 끊고 번쩍 고개를 들었다.

선지애가 절벽에서 떨어진 후 철정이 얼마나 상심했는지, 원수를 갚겠다고 얼마나 절치부심 무공을 연마했는지, 그것을 도와주다 마음이 끌린 자신을 어떻게 거부했는지 막수옥은 길게 이야기했다.

막수옥의 이야기를 듣다가 선지애는 천천히 얼굴 표정이 풀어지기 시작했다. 막수옥의 이야기가 끝나자 선지애는 다정한 손길로 막수옥의 손을 붙잡았다.

"철 랑을 정말 사랑하는군요."

"그…… 예."

"앞으로도 그 마음을 계속 지켜줘요."

담담히 얘기하는 선지애의 눈빛은 씁쓸했다. 그것을 본 막수옥은 안타까움이 가슴을 쳤지만 자신이 나서서 무어라 말을 할 수는 없었다.

그때 갑자기 철정이 눈을 번쩍 떴다.

"어? 벌써 끝낸 거예요?"

철정이 말도 없이 벌떡 일어서 성큼성큼 걸음을 옮기기 시작하자 막수옥과 선지애, 정가영과 설화는 이상하다는 생각을 하면서도 그를 따라 걸었다.

철정의 걸음이 점점 빨라졌다.

마치 통로에 대해 훤히 아는 사람처럼 망설이지 않고 갈림길을 탁탁 선택해 걸어가던 철정은 마침내 세 갈래로 나뉜 통로에 멈춰 섰다.

"철 랑? 왜 그러시는 거예요?"

선지애가 물었지만 철정은 손을 들어 한 지점을 가리킬 뿐이었다.

"여기 서."

"예?"

"한 걸음 더 앞으로. 그래, 거기."

철정은 막수옥과 정가영, 설화에게도 같은 주문을 했다.

막수옥이 잡아끌어 어쩔 수 없이 철정이 지정한 곳에 서면서도 정가영은 고개를 갸웃거렸다.

'뭘 하려는 거야?'

철정의 눈은 자신들을 보고 있지 않았다. 어딘가 흐릿한 눈빛은 자꾸 이상한 예감을 갖게 했다.

그때 갑자기 철정이 스윽 미소를 짓는 것을 정가영은 똑똑하게 알아보았다.

"뭐 하는……."

정가영의 말은 이어지지 않았다.

사방 삼 장 넓이의 바닥이 갑자기 푹 꺼졌던 것이다.

"철 랑!"

"아아악!"

덜컹!

네 사람을 삼킨 바닥은 다시 아무 일도 없었다는 것처럼 제 모습을 회복했다.

철정은 묵묵히 신형을 돌려 다시 걷기 시작했다.

그의 눈빛이 뿌옇게 흐려져 있었다.

*　　　　*　　　　*

"헉헉!"

진파는 오랜만에 숨을 몰아쉬고 있었다.

한계까지 체력을 쓴 탓에 진파의 신형은 비틀거리고 있었다. 군데군데 긁힌 상처 정도밖에 외상은 없었지만 끝없이 이어지는 암습과 기관 매복은 마침내 진파를 한계 상황까지 몰아가고 있었다.

"오빠, 쉬어야 해!"

벽화가 나서 선두를 맡았으나 진파는 벽화의 앞을 가로막았다.

"안 돼. 내가 앞에 설게."

"오빤 지쳤어!"

"그래도 기관에 대해서는 나밖에 모르잖아."

양우가 그때 나섰다.

"우리가 지켜줄 테니 서서라도 조식을 취해."

양우는 말만으로 그치지 않고 진파를 경원, 옥지와 함께 둘러싼 채 자리를 잡았다.

"오빠, 그렇게 해, 제발."

벽화의 간절한 말에 진파는 결국 걸음을 멈추고 선 채로 조식에 빠져들었다.

제자리에 서서였는지 갑자기 씻은 듯 암습이 사라지자, 양우는 사방을 돌아보며 이상하다는 듯 고개를 갸웃거렸다.

"다른 데도 여기 같을까?"

"무슨 말이야?"

벽화의 질문에 양우는 자신의 의문을 설명하기 시작했다.

"우리 말고도 상당수가 이곳에 들어왔을 거야. 우리가 제일 깊이 들어왔다가 헤어졌으니 이곳은 제일 깊은 곳이겠지. 그런데 이상하지 않아? 꼭 누군가 우릴 보고 있는 것 같으니 말야. 우리가 가는 길마다 매복을 보내고 기관을 발동시키지 않는다면 이곳 전체가 이런 지옥이라는 거잖아. 현성교에 그렇게 많은 자원이 있는 것일까?"

"그럼 누군가 우릴 몰고 있다는 거니?"

"아무래도 그런 것 같아."

"그럼 지금은?"

"쉬라고 배려하는 걸까?"

"고양이가 쥐 생각하는군."

벽화는 싸늘한 얼굴로 사방을 둘러보았지만 어디에도 양우가 말하는 것처럼 자신들을 볼 수 있는 구멍 같은 것은 보이지 않았다.

"어쨌든 시간이 생겼으니 어떻게 할 건지 정하자."

벽화의 말에 양우가 대답했다.

"생각하고 말고 할 것도 없잖아. 우선은 친구들을 찾아야지. 그리고 이 기관을 움직이는 놈을 찾아 죽여야지."

양우의 얼굴에 살기가 돋아 올랐다.

"현성교 놈들에게 우리가 도구가 아니란 걸 보여줘야겠지."

경원과 옥지도 양우의 말에 동의한다는 듯 당차게 고개를 끄덕였다.

"적은 어떤 방법인지는 모르지만 우리를 보고 있어. 그게 아니면 지금 상황은 설명이 되지 않아. 우리도 최대한 모습을 감춰야 해."

"어떻게?"

"진파가 했던 것처럼 길을 만들어서 가자. 기관이 열리면 그곳을 집중적으로 뚫는 거야."

그때 옥지가 둘의 대화를 끊었다.

"잠깐!"

"왜?"

"저기 좀 봐. 누가 있어."

"뭐?"

옥지가 가리킨 방향을 보니 과연 누군가 통로 저편에 서 있었다.

"저……!"

경원이 몸을 날리려는데 양우가 옷깃을 붙잡았다.

"가만."

"왜?"

"잘 봐. 우리에게 손을 흔들잖아."

"음?"

어둠을 환히 꿰뚫어 볼 수 있는 사람들이 바로 소수마후들.

양우의 말에 안력을 돋운 그들은 거의 동시에 소리쳤다.

"현정아!"

통로 저편에서 손을 흔드는 것은 바로 십후 현정이었던 것이다.

양우가 몸을 날리려는데 벽화가 그녀를 붙잡았다.

"가지 마!"

"대장! 현정이야! 죽은 줄 알았던 현정이라구!"

"그래, 철 소협이 헛것을 본 게 아닌가 보다. 내가 봐도 현정이야. 하지만 함정일 거야."

"함정이라니!"

"생각해 봐. 추 언니와 현정이가 먼지로 부서지는 건 우리 모두 똑똑하게 봤어. 그런 두 사람이 살아 있다는 게 뭘 의미해? 섬서에서 계속 흡정대법의 자취가 발견된 건 두 사람이 한 짓일 거야."

양우는 홱 고개를 돌렸다.

"지금 둘을 버리자는 거야?"

"그런 말이 아니잖아!"

벽화가 날카롭게 소리쳤다.

양우는 고개를 흔들었다.

"그럼 저기서 손을 흔드는데 보고만 있으란 거야? 그러려면 여긴 뭐 하러 들어온 건데!"

"좀 더 지켜봐!"

"더 뭘 지켜보란 거야!"

그때 갑자기 옥지가 비명을 질렀다.

"악!"

"왜?"

"누가 현정이를 낚아채 갔어!"

"쫓아!"

양우는 옥지와 경원에게 날카롭게 소리쳤다. 벽화의 손을 잡은 양우는 빠르게 당부를 했다.

"진파 깨어나면 대장이 우릴 찾아와. 대장 맘은 알아. 하지만 우린 서로 버릴 수 없어. 우리끼리마저도 버린다면 세상 무엇을 믿고 살아?"

"양우야!"

그러나 양우는 벽화의 부름에 대답하지 않았다.

허공을 가르는 세 사람의 소수마후는 현정이 사라진 모퉁이를 돌아 엄청난 속도로 사라져 갔다.

"양우야……."

벽화는 안타까운 얼굴로 진파의 얼굴을 바라보았다. 조식이 고비에 들었는지 진파는 미간을 꿈틀대고 있었다.

*　　　　　*　　　　　*

"ㅎㅎㅎㅎ."

임수의 웃음은 득의만면했다.

그는 추소예와 현정을 대동한 채 전면을 바라보며 빙글거리고 있었
다.

넓은 동굴 광장 벽에는 열 명의 여인이 결박되어 매달려 있었다. 양
팔을 활짝 펼친 채 벽에 매달린 여인들은 선지애와 소수마후들이었다.

모두 정신을 잃은 듯 고개를 떨구고 있었다.

임수는 추소예의 엉덩이를 툭툭 두드렸다.

"수고했다."

추소예는 뻣뻣하게 선 채 아무 표정도 없이 동생들을 바라보고 있었
다.

현정 또한 부동자세로 임수의 곁을 지키고 있었다.

탐랑이 옆에 서자 임수는 고개를 돌렸다.

"준비는?"

"모두 끝났습니다."

"좋아, 거문과 녹존은 돌아왔나?"

"아직 오지 않았습니다. 무맹의 잔챙이들을 처리하는 시간이 생각보
다 꽤 걸리나 보군요."

"무적다가에선 들어오지 않았나?"

"이상하지만 그런 것 같습니다. 들어왔다면 보고가 있어야 할 텐데

요. 초고수들만 은밀히 잠입한 게 아닌가 생각되기도 합니다."

"그럴 수도 있지. 자네가 직접 가보도록."

"알겠습니다."

"대적하지 못할 상대가 들어왔다면 후퇴하도록 하게. 시간은 반 시진 남았네."

"교주님께서는?"

"걱정 말게. 이곳의 일을 처리하고 교로 복귀하겠네."

"그럼 무운을 빕니다."

"그러지. 이제 정말 끝을 낼 때가 된 모양이군."

임수의 얼굴에 잔인한 미소가 떠올랐다.

그는 진정 모든 준비를 마친 것이다.

"오라. 네게 지옥의 고통을 맛보여 주마. 크크."

임수는 검게 빛나는 눈으로 소수마후들을 훑어보고 있었다.

*　　　　*　　　　*

임수의 예상대로 흑야동의 외동, 무맹의 인사들이 떨어진 곳을 헤매는 아홉 명이 있었다.

광협과 풍협, 공철과 손일연, 잠룡단의 네 단주였다. 그곳엔 검치 유현 또한 있었다. 광협과 풍협이 무맹에 들러 구해온 것이다.

"무맹에서 몇이나 살아남았나?"

"백오십 정도는 돌아 나간 것 같습니다."

유현의 말에 광협은 신음 소리를 냈다.

생각보다 너무 피해가 컸던 것이다.

"무맹의 타격이 생각보다 크군."

"최선의 결과입니다. 반을 살린 게 어딥니까? 삼천교를 찾아 정리하느라 걸린 시간이니 어쩔 수 없는 것이지요."

"아무래도 이곳을 너무 만만하게 본 모양이야……."

"임가의 현성교는 보통 집단이 아니니까요. 임후생의 심모원려가 보이는 것 같습니다. 이곳에서 힘을 키웠나 보군요."

풍협의 말에 광협은 고개를 끄덕였다.

"그렇구나. 너는 그와는 악연이었지?"

"중원무림이 그와 악연으로 얽힌 것이겠죠."

풍협의 쓸쓸한 어투를 듣다 광협은 끌끌 혀를 찼다.

"아직 후회하는 것이더냐?"

"저의 선택이 중원의 미래에 얼마나 큰 영향을 미쳤는지 생각하면 어쩔 수 없는 일입니다."

"그것이 우리 가문의 일이다. 견뎌내야 하거늘."

"너무 버거운 짐입니다."

"누군가 맡지 않으면 안 될 짐이니 어쩌겠느냐."

"진파의 마음이 이해가 갑니다. 가문의 굴레 같은 건 그 애한테는 속박이었겠지요."

광협은 고개를 흔들었다.

"이번 일을 겪으며 진파도 깨달았을 것이다. 진정한 가주가 되려면 선택의 무거운 책임을 짊어져야 한다는 것을 말이다. 그것을 견뎌내려면 더 가볍게 살아야 한다는 것도."

"아이들이 무사해야 할 텐데 걱정입니다."

"무사할 것이다. 그 애들 모두 단명할 상이 아니다."

그때 창룡단주 용백이 급히 다가왔다.

"아무래도 더 안으로 진입할 길이 보이지 않습니다."

"쯧쯧. 아까 그 녀석들이 자진하지 않았으면 쉽게 찾을 수 있었을 것을."

공철이 다급한 얼굴로 광협에게 매달렸다.

"가주가 위험할 수도 있습니다. 빨리 안으로 들어가야 합니다!"

광협은 공철의 어깨를 두드렸다.

"공 노인, 너무 걱정 마시게. 길이 없으면 만들어서 가면 되느니."

"예?"

"아래의 지형을 살펴야겠다. 모두 조용히들 하거라."

광협은 짧게 말한 후, 제자리에 가부좌를 틀고 앉았다. 바닥에 양손을 짚은 광협이 운기를 시작하자 모두 사방으로 물러선 채 광협을 지켜보기 시작했다.

*　　　　*　　　　*

진파는 괴로운 표정으로 벽화와 함께 달리고 있었다.

양우와 옥지, 경원이 현정을 따라 사라진 후 진파는 벽화와 함께 그들이 사라진 길을 따라 계속 달렸지만 어디에도 그들의 자취는 나타나지 않았다.

더 이상 암습이나 기관도 작동하지 않아 조용하기만 한 어두운 통로는 죽음 같은 정적만을 품고 있었다.

진파는 침묵만을 지키는 벽화의 얼굴을 바라보다 깜짝 놀라고 말았다.

벽화의 얼굴이 온통 눈물로 얼룩져 있었다.

"벽화야……."

진파는 벽화의 손을 잡고 신법을 멈추었다.

"가야 해. 가야 하잖아……."

"지금 상태론 적을 만나도 싸울 수 없어."

벽화는 진파의 어깨에 얼굴을 묻고 엉엉 울음을 터뜨렸다.

"어떻게 해. 어떻게 해. 다 잃어버렸어, 다."

"다 찾을 거야. 우선 진정해."

진파는 벽화의 등을 다정하게 두드렸다.

어깨가 축축하게 젖어왔다.

"오빠…… 나 때문이야……."

"무슨 소리야. 왜 너 때문이니? 누구 잘못도 아냐. 굳이 따지면 내 잘못이지. 너는 아니야."

"그게 아니야……."

벽화의 울음은 좀처럼 그치지 않았다. 울먹이며 두서없이 이야기하는 벽화의 말이 무슨 뜻인지 진파로서는 알 수 없었다.

"애들과 함께 가졌어야 하는데……. 내가 욕심 부리지 말았어야 하는데……."

"무슨 소린지 모르겠지만 일단 다 찾으면 나눠 줘. 반드시 구해낼 테니 걱정하지 마. 약속할게. 아무 일도 없을 거야."

진파는 자신의 말이 공허하다는 것을 스스로 잘 알고 있었으나 그렇게라도 벽화를 달래야만 했다. 이를 악문 진파의 턱이 울퉁불퉁했다.

'잠룡단을 모두 보내는 것이 아니었는데……. 너무 안이하게 생각했어. 너무…….'

진파의 품에 안겨서 서럽게 울던 벽화가 차츰 울음을 멈추었다.

벽화는 힘들게 눈물을 닦고는 몸을 바로 세웠다. 진파는 벽화의 양 어깨를 잡았다.

"너는 일후야. 힘을 내. 다 찾아낼 수 있어."

"응……."

그때 진파의 청력에 인기척이 걸렸다.

진파는 번개같이 몸을 돌렸다. 벽화의 몸을 뒤로 세운 채였다.

삼 장 앞에 나타난 거무스레한 그림자를 보고 진파는 환성을 질렀다.

"정아!"

헤어졌던 철정이었다.

진파나 벽화처럼 피를 뒤집어쓴 몰골은 아니었지만 철정의 고초도 상당했던 듯 먼지로 온몸을 감싼 채였다.

"어떻게 된 거야?"

철정의 앞에 내려선 진파는 철정이 지쳐 보이기만 할 뿐 별다른 부상이 없는 것을 보고 안도의 한숨을 내쉬었다.

"혼자 고립되었어. 무조건 안으로 들어왔던 건데……. 겨우 널 만났구나."

철정의 입가엔 씁쓰레한 미소가 물려 있었다. 선지애와 막수옥과 헤어진 탓이라 생각한 진파는 철정의 어깨를 두드렸다.

"괜찮아. 이제 세 명이다. 다 찾게 될 거야!"

벽화는 철정을 묵묵히 바라보고 있었다.

"다친 데가 하나도 없군요."

"운이 좋았습니다."

"이곳까지 오면서 매복에 걸린 적도 없으시구요?"

"길이 좀 복잡하긴 했지만 별다른 건 없었습니다."

"정말 운이 좋으셨나 보군요."

약간 비꼬는 벽화의 어투엔 철정에 대한 의심이 고스란히 비치고 있었다.

진파가 벽화의 어깨를 잡았다.

"그만 해."

"뭘! 오빠 이상하지도 않아? 우린 혈로를 뚫어서 여기까지 왔어! 함께 왔던 애들도 세 명이나 잃어버렸다구! 어째서 철 소협은 저렇게 멀쩡하지? 어째서?"

"그만 해!"

진파의 음성이 동굴 벽을 울렸다.

벽화가 입을 다물었다.

"우리끼리 의심해서 뭘 어쩌잔 거야! 정이를 못 믿으면 누굴 믿어! 그만 해!"

"오빠! 철 소협은……."

"다시 그 얘기 꺼내면 정말 화낼 거다."

갑자기 목소리를 낮춘 진파의 말에 벽화는 다시 한 번 말을 삼킬 수밖에 없었다.

진파의 말이 거짓이 아니라는 건 진파의 눈을 보면 알 수 있었다. 터질 듯한 분노를 억누르고 있는 것이 분명해 보였다.

진파는 앞장서서 걸어가며 철정의 어깨를 툭 쳤다.

"가자. 벽화가 신경이 좀 날카로워서 그러니 네가 이해해라. 빨리 다른 애들을 찾자."

"그러지."

철정은 벽화의 의심에도 별로 기분이 나쁘지 않은지 아무 표정 없이 걸음을 옮겼다. 벽화도 입술을 잘끈 문 채 둘을 따를 수밖에 없었다.

갈림길이 나오자 진파는 오른쪽으로 가려 했으나 철정이 진파의 팔을 붙들었다.

"왼쪽으로 가자."

"왜죠?"

벽화가 날카롭게 물었으나 철정은 별로 화도 내지 않고 나직하게 대답했다.

"이쪽 길이 좀 더 내리막이군요. 이곳은 내려갈수록 심처로 향하게 되니까요. 저는 그렇게 길을 선택해서 왔습니다."

"좋아. 가자."

"오빠!"

"정이가 선택한 대로 가자. 하나도 다치지 않았잖아. 정이 선택이 옳을 거야."

진파는 빙긋 웃으며 벽화의 어깨를 두드리고는 철정의 앞을 걸었다.

"오빠!"

벽화가 얼른 진파의 옆으로 따라붙었다.

뒤따라오는 철정을 의식하며 벽화는 진파에게 전음을 보냈다.

오빠, 철 소협 눈이 뿌옇게 흐려진 것 봤지?

"아니."

"봐봐. 눈빛이 이상해!"

"피곤해서 그럴 거야. 상당히 지쳐 보이잖아."

"하지만 오빠!"

"정이는 피곤해 보이지만 분명히 제정신이야. 섭혼술에 걸린 게 아니다. 네 말은 지금 정이가 맨정신으로 날 배신했다고 말하는 거야. 난 믿을 수 없다."

벽화는 진파의 강경한 어투에 더는 말하지 못했다.

그러나 벽화의 신경은 온통 뒤를 따라오는 철정에게 쏠려 있었다.

'만일 철 소협이 배신한 거라면…… 우리를 위험에 빠뜨린 거라면……'

벽화의 눈이 차갑게 빛났다. 친구들을 모두 잃고 혼란에 빠졌던 벽화의 정신은 그렇게 가까스로 냉정을 되찾았다.

제56장 선택(選擇)

無敵多家

선택(選擇)

나를 버리느냐,

모두를 버리느냐

진파가

맨 앞에 서 있고 벽화가 뒤에, 철정이 맨 뒤를 따르던 차 다시
한 번 갈림길이 나왔다.

진파는 아예 철정에게 선택권을 주었다.

"정아, 네가 선택해라."

벽화는 진파를 바라보기만 할 뿐 더 이상 진파의 말에 반대하
지는 않았다.

철정은 망설이지 않고 오른쪽 갈림길을 택했다.

"저쪽."

진파는 빙긋 웃고는 철정이 가리킨 오른편 길을 향해 몸을 돌
렸다.

이번 통로는 상당히 길었다. 게다가 점점 좁아지며 경사가 점
점 급해졌다.

진파는 아무 말도 하지 않고 묵묵히 어두운 통로를 걸어 내려갔다.

마침내 통로의 끝에 다다르자 갑자기 사방이 훤하게 넓어졌다.

"과연!"

진파는 넓어지고 높아진 동굴을 휘휘 둘러보다 뒤따라온 벽화를 향해 웃음을 보였다.

"봐! 정이 예감이 쓸 만한걸?"

벽화도 휘휘 주위를 둘러보았다.

큰 연무장에 비길 만한 넓은 곳엔 아무것도 보이지 않아 횅하기만 했다.

"더 이상은 통로가 없나 본데?"

벽화의 말에 진파는 고개를 끄덕였다. 들어오는 통로는 그들이 내려선 한 곳인 듯했고 나가는 통로는 없는 듯 보였다.

"아마 여기가 제일 밑바닥인 것 같다."

"그런가 봐."

진파는 걸음을 옮겨 더 자세히 안을 살피기 시작했다. 벽과 천장을 살피기 시작하는 진파를 따라 벽화도 걸음을 옮겼다.

그때 철정이 마지막으로 통로에서 내려섰다.

"아, 정아! 어서 와. 여길 좀 자세히 살피자."

진파가 철정을 바라볼 때, 갑자기 철정이 자신의 검을 치켜들었다.

"뭐……?"

진파는 철정이 거검을 들어 통로의 한구석을 푹 하고 찌르는 것을 멍하니 바라보고 있었다.

철정이 찌른 곳엔 뭔가 기관 장치가 숨어 있었는지 그들이 지나온 통로가 통째로 와르르 무너져 내렸다.

진파는 눈앞에 보이는 현실을 도저히 믿을 수가 없었다.

"정아, 네가 정말……?"

철정은 거검을 두 손으로 든 채 묵묵히 진파를 노려보고 있었다. 흐릿하게만 보이던 눈에는 초점이 돌아와 있었지만 정작 그 눈 속엔 아무런 감정도 담겨 있지 않았다.

"네가 정말 날 배신한 거냐?"

진파의 떨리는 목소리가 동굴을 울렸다.

벽화가 몸을 날리려는 걸 막고 진파는 철정을 향해 간절히 물었다.

"제발 무슨 말이라도 좀 해봐! 뭔가 사정이 있는 거지? 그렇지?"

철정은 말이 없었다.

그때였다. 동굴 속에 낮은 웃음소리가 천천히 울린 것은.

"흐흐흐흐흐……."

진파의 신형이 눈부신 속도로 돌아섰다. 벽화 또한 마찬가지였다.

그들의 눈앞에는 검은 피풍의를 둘러쓴 사내가 서서 웃음을 흘리고 있었다.

"누구냐!"

벽화의 외침에 사내는 천천히 얼굴을 덮었던 두건을 들춰내었다.

"아니!"

"너는!"

"기억해 주니 고맙군. 오랜만이지?"

임수가 흰 이를 드러내며 웃음을 터뜨렸다.

진파는 이를 질끈 물었다.

"네놈이 정이한테 무슨 짓을 꾸민 것이냐?"

"꾸몄다면?"

"이 자식!"

임수는 손을 들어 천천히 좌우로 흔들었다.

"나는 이제 현성교의 교주다. 너는 무적다가의 가주고. 그 무슨 채신머리없는 말투더냐. 쯧쯧."

임수는 말을 건네며 왼팔을 번쩍 들었다.

"오랜만에 만났으니 선물을 보여주지."

그의 말이 끝남과 동시에 그그궁 하는 기관음이 들리기 시작했다.

"저…… 저……."

벽화가 말을 더듬으며 주먹을 쥔 채 부들부들 떨었다.

동굴 벽의 한 면이 두 쪽으로 갈라지고 있었다.

그 안에는 그녀가 목숨처럼 생각하는 열한 명의 동료가 모두 있었다.

양쪽에 시립하듯 버티고 선 추소예와 현정이 보였고, 동굴 벽의 중간에는 나령을 비롯해 설화까지 함께 흑수림으로 들어왔던 소수마후들이 쇠사슬에 묶여 매달린 채 정신을 잃고 있었다. 선지애마저 한구석에 매달려 축 늘어진 채였다. 그들이 매달린 벽의 바닥은 시꺼먼 아가리를 벌리고 있는 커다란 구멍이었다.

"무, 무슨 짓을 한 거냐!"

벽화의 목소리가 저도 모르게 떨렸다.

"무슨 짓은, 장래 부인들을 곱게 모셔둔 것이지. 클클."

"이놈!"

진파가 몸을 날리려는데 임수가 손가락을 딱 하고 튕겼다.

그러자 갑자기 그르륵 하는 소리와 함께 벽에 매달린 열 명의 몸이 세 자 가까이 내려왔다.

조용한 임수의 음성이 들렸다.

"밑은 용암이야. 가까이 오면 떨어뜨리지. 마누라가 될 노예는 이미 둘이나 있으니까 말야."

"이이……."

진파는 부들부들 턱을 떨었다.

추소예와 현정이 양쪽에서 잡고 있는 쇠사슬에 열한 명의 여인이 모두 매달려 있었다. 둘 중 하나라도 손을 놓는다면 열한 명 모두 바닥으로 추락할 터였다.

임수의 말대로 언뜻언뜻 드러나는 붉은 기운이 무적관문에서 치가 떨리도록 경험한 용암의 기운을 풍겼다.

진파는 그 자리에서 얼어붙어 아무것도 할 수 없었다.

"뭐, 뭘 원하는 거냐?"

"내가? 내가 뭘 원할 것 같은데? 한번 맞춰보지 그래?"

임수는 빙글빙글 웃고 있었다.

웃으며 말하는 임수의 말이 동굴에 울렸다.

"네게 뭘 요구해야 할까? 내 아버지를 죽인 네 아비의 원수를 갚아달라고 할까? 죽은 누이 대신 스스로 죽으라고 할까? 할아버지의 목숨값을 갚으라 할까? 내 팔다리를 잘라 병신으로 만들어줬으니 그에 대한 보답부터 받을까?"

"비겁한 자식!"

임수는 벽화의 말에 결코 동요하지 않았다.

"비겁? 뭐가 비겁하다는 것이지? 저들이나 너는 본래 나를 위해 존재하는 것들이다. 노예를 찾는 주인이 어찌 비겁할까? 아아, 움직이지 말도록. 난 열 명이 넘는 처복을 걷어찰 수도 있는 과감한 남자야."

임수는 빙글빙글 웃으며 진파와 벽화를 조롱했다.

진파는 필사적으로 이 위기를 벗어날 방법을 궁리했지만 뾰족한 수가 나지 않았다.

그때 다시 임수의 음성이 들려왔다.

"자…… 이제 네게 무적다가의 가주답게 죽을 수 있는 방안을 제시하마. 네가 그토록 아끼던 소수마후들은 모두 살려줄 테니 걱정하지 말아라. 저 친구와 그 정혼녀도 살려주도록 하지. 아, 사후가 저 녀석을 좋아하지? 사후와도 맺어주도록 하지. 내 말대로 따르겠느냐?"

진파의 입에서 우드득 이를 가는 소리가 울렸다.

그러나 진파는 임수의 말에 고개를 끄덕이고 있었다.

"말해라."

"먼저 일후를 내게 보내라."

진파가 무어라 말하려 하는데 벽화의 심어가 머리 속에 울렸다.

[오빠, 내가 녀석을 암격할게. 그동안 오빠가 애들을 구해. 기회는 한 번뿐이야. 알았지?]

진파가 말리기도 전에 벽화가 한 걸음 먼저 내디뎠다. 벽화는 임수를 노려보며 한 걸음 한 걸음 천천히 걸어갔다.

"크큭, 드디어 내 것이 되는구나. 일후, 어서 오너라."

'최대한 접근해 한 번에 끝내는 거야. 기회는 이번뿐이야!'

벽화는 스스로 약해지려는 마음을 채찍질하며 걸었다.

임수의 검은자위로 가득 찬 눈이 징그럽게 벽화의 온몸을 훑고 있었다. 흡사 거머리가 온몸에 기어가는 듯한 지독한 불쾌감이 느껴졌다.

'개자식, 죽여 버린다. 친구들의 원수!'

임수와의 거리가 일 장으로 좁혀졌을 때, 갑자기 임수가 환영이라도 하듯 오른팔을 휘익 내저었다. 검은 광택이 도는 의수를 바라보다 벽화는 갑자기 세상이 캄캄해지는 걸 깨달았다.

"벽화야!"

진파는 벽화가 비틀하더니 갑자기 쓰러지는 것을 보고 몸을 날리려 했지만 임수가 더 빨랐다.

"어허, 움직이지 말랬지."

딱 하는 소리와 함께 쇠사슬 끌리는 소리가 다시 울리고 벽에 매달린 열 명이 차르륵 떨어져 내렸다.

진파는 얼어붙은 듯 굳어버렸다. 꼼짝도 할 수 없는 안타까움에 진파의 얼굴이 붉게 타오르기 시작했다.

"그래, 그래. 그 얼굴색 참 오랜만에 보는구나. 큭큭."

어느새 벽화는 축 늘어져 임수의 품에 안겨 있었다.

"무슨 짓을 한 거냐……!"

분노에 휩싸여 딱딱 끊어지는 진파의 말에 임수는 재미있다는 듯 대답해 주었다.

"저기 매달려 있는 소수마후들을 내가 어떻게 제압했다고 생각하지? 본래 소수마후들은 우리 현성교에서 만든 것들이다. 심령 제압을 풀었다고 내게 대들 수 있다고 생각한다면 큰 착각이지."

임수는 이죽거리며 벽화를 안은 팔에 힘을 주었다. 정신을 잃은 벽화의 볼에 얼굴을 댄 임수는 혀를 내밀어 벽화의 볼을 살짝 훑었다.

"이놈!"

"대들 용기는 없지? 아니, 그건 용기가 아니겠지? 큭큭. 본 교에는 사라용뇌향(沙羅龍腦香)이라는 특별한 미혼약이 있지. 소수마후들에게 특히 잘 든다네. 흐흐."

임수는 붉게 물든 진파의 얼굴을 보며 여유있게 이죽거렸다.

"아까 하던 얘기 계속 할까? 난 지금이라도 소수마후들을 다 죽일 수 있어. 내가 시키는 대로 하면 소수마후들은 살려주지. 어때? 그렇게 할 테냐? 아니면 내가 소수마후들을 죽이든 말든 나와 일 대 일로 자웅을 겨루어볼 테냐?"

진파는 주먹을 쥔 채 부들부들 떨고 있었다.

"왜, 붙어보자고? 하긴, 그것도 괜찮겠지. 사실 소수마후들은 강호에서 다들 마녀로 치부하는 것들이잖아. 너 같은 명문의 후손이 감쌀 만한 것들은 아니지. 한판 할까? 이년들 다 죽이고?"

"내가…… 어떻게 하면…… 되겠느냐?"

진파가 부드득 이를 갈며 묻자 임수는 즐겁게 웃음을 터뜨렸다.

"아하하. 과연, 과연! 협객의 집안, 무적다가의 후손은 뭐가 달라도 다르구나. 지금 네 스스로 단전을 폐하거라. 도와줄 필요는 없겠지? 어때, 하겠느냐?"

진파는 부드득 이를 갈며 임수를 노려보았다.

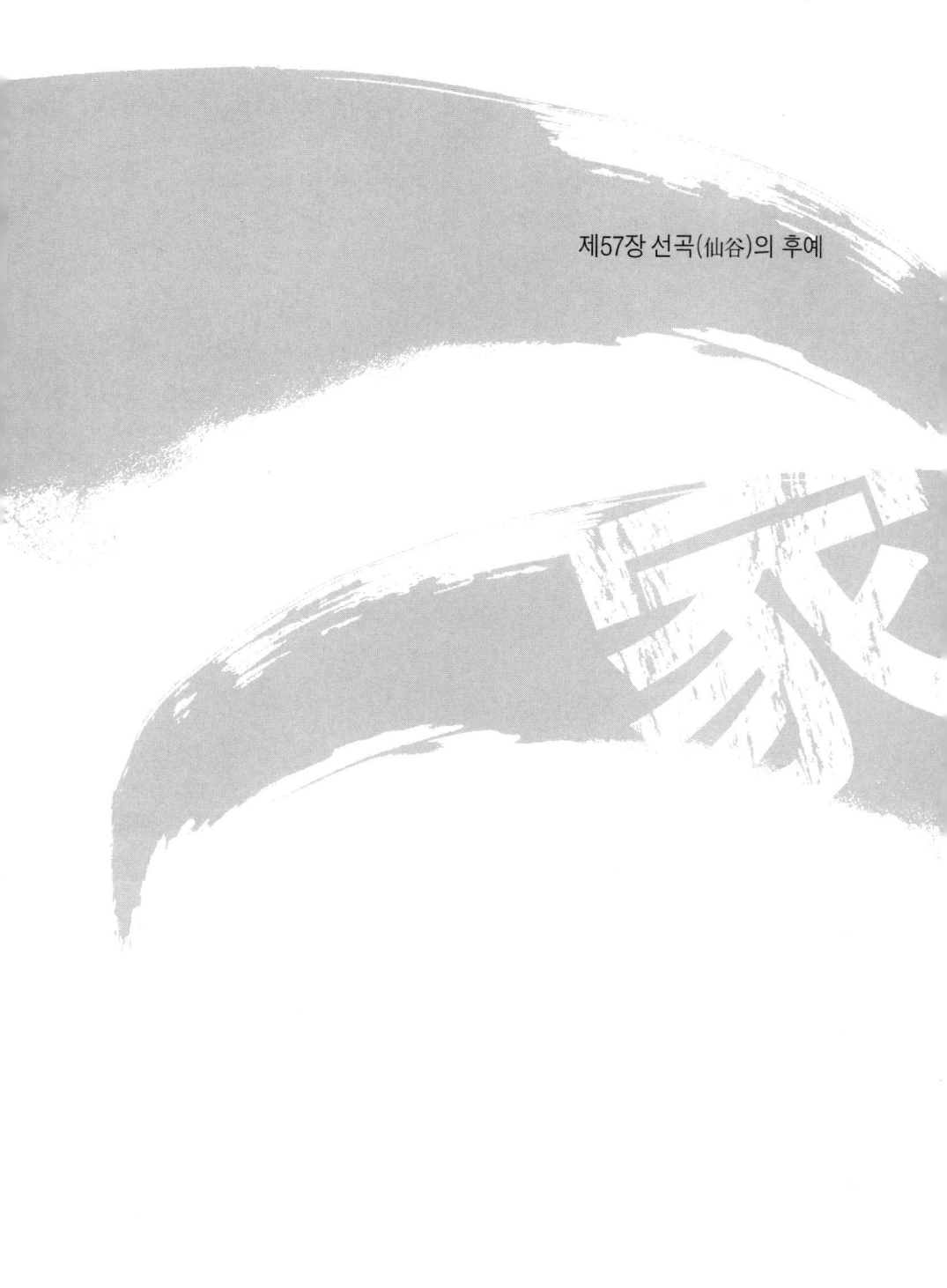

제57장 선곡(仙谷)의 후예

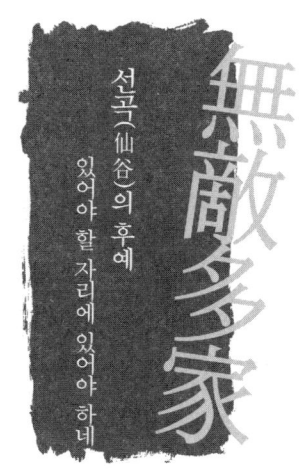

無敵多家

선곡(仙谷)의 후예

있어야 할 자리에 있어야 하네

철정의

숙부인 철극수와 처음 술을 먹을 때, 들었던 말이 새삼 진파의 뇌리에 떠오른 이유는 무엇일까?

"앞으로 자네에겐 무수한 선택의 순간이 올 것이네. 때론 하기 싫어도 그 일을 선택해야 할 때가 있네. 명분 때문이기도 하고, 도덕 때문이기도 하고, 다른 이들과의 관계 때문이기도 하지. 그런 선택의 순간 자기가 하고 싶은 대로 선택한다는 것은 무척 어렵다네. 자신이 진정 당당해야 하네. 그래야만 천만 인이 아니라 해도 당당히 이게 맞다고 외칠 수 있지. 그게 진짜 사내의 신념이라네."

진파는 갑자기 번갯불에 뇌리를 강타당한 것처럼 철극수의 말을 이해할 수 있었다.

'선택, 그래 이런 게 선택이구나. 하지만 내겐 당연한 선택이다.'

진파는 떨리는 손으로 단전에 손을 올려놓았다.

임수는 그런 진파의 행동을 흥미롭다는 듯 눈도 깜박이지 않고 바라보고 있었다.

"그럴 필요까지 있을까? 목숨보다 아까운 여자들이야? 가문보다도 더?"

악마의 속삭임 같은 임수의 말은 진파의 귓속을 파고들었다.

진파의 붉게 달아올랐던 얼굴은 점점 더 시뻘겋게 변해가 핏물이라도 뚝뚝 흘러나올 것만 같았다.

'무얼 망설이는가? 사내가 죽는 이유로 이보다 당당한 선택이 또 있을까?'

진파의 빨갛던 얼굴이 서서히 제 색깔을 되찾기 시작했다. 평온해진 얼굴에는 한 조각 미소마저 떠올랐다. 정신을 잃고 추욱 늘어진 벽화의 얼굴을 보면서 진파는 환하게 웃었다.

진파의 오른손에서 번쩍 하는 광채가 솟아올랐다.

"컥!"

진파가 휘청 비틀거리더니 무릎을 꿇었다.

진파의 입에서는 새빨간 피가 방울방울 떨어져 내렸다. 원정지기가 포함된 진파의 피는 파괴된 단전을 상징하는 것처럼 새빨갛게 툭툭 떨어져 내렸다.

"으하하하하!"

임수의 입에서 파안대소가 터져 나왔다.

가슴 깊이 담긴 울화가 터져 나오는 것처럼 임수의 웃음소리는 높고도 한이 서려 기괴하기조차 했다.

"이, 이제…… 저들을 구해주어…… 라."

힘없이 주저앉아 있는 진파가 생기를 잃은 눈을 들어 임수를 바라보았다.

그러나 임수는 고개를 흔들었다. 엷은 비웃음을 베어 문 임수는 피시식 소리를 내어 웃었다.

"크큭. 바보 같은 자식. 정말 단전을 파괴했군. 정말 바보 같은 놈이야. 크크크."

"약속이나…… 지켜라……."

임수는 진파를 바라보며 다시 이죽거렸다.

"겨우 단전 하나 파괴한 것으로 삼대에 걸친 본 교의 한을 풀었다고 생각하느냐? 네 녀석의 무공이 그리 가치가 있다고 여기느냐? 아직 멀었다, 멀었어. 철정!"

임수는 갑자기 철정을 불렀다.

무너진 통로 입구에 서 있던 철정은 임수의 부름에 홱 하니 고개를 돌렸다.

"진파 곁으로 가라!"

임수의 명령이 떨어지자 철정이 진파를 향해 다가섰다.

눈빛이 흐려진 철정의 모습을 보면서 진파는 이를 악물고 임수를 향해 물었다. 내장이 토막토막 끊어지기라도 한 것처럼 뜨거운 고통이 뱃속을 휘몰아치고 있었기에 진파의 얼굴에선 뚝뚝 식은땀이 흘러내리고 있었다.

"도대체…… 정이한테 무슨 짓을…… 한 것이냐……?"

"무슨 짓? 녀석은 지금 자기 의지대로 행동하는 것이다. 그렇지 않느냐, 철정?"

"그렇습니다…… 주인님."

진파는 철정을 올려다보며 슬프게 웃었다.

"주인? 너…… 정말 섭혼술에 걸린 거구나……. 전혀 감지하지도 못했는데……."

임수는 그런 진파를 비웃었다.

"깊고 깊은 현성교의 무공을 네 짧은 지식으로 어찌 다 파악했다고 자신하느냐? 그 녀석은 이미 황산에서 할아버지에게 복종을 맹세한 것이다. 내가 그 녀석의 두 번째 주인인 것이지."

"그랬었…… 군."

임수는 철정을 바라보며 휙 오른팔을 흔들었다.

"진파의 사지를 자르고 마지막에 목을 베어 죽여라!"

"비겁한…… 놈."

"비겁해? 뭐가 비겁하다는 것이냐? 잠깐 멈춰라."

임수는 거검을 치켜들려 하는 철정의 행동을 막고 진파를 향해 물었다. 이미 단전을 파괴한 이상, 진파는 언제든지 해치울 수 있었다. 임수는 이 복수의 기쁨을 좀 더 오래도록 느끼고 싶었다.

진파는 이를 악물고 대답했다.

"너는…… 가장 친한 친구의 우정을…… 농락하고 있다. 네놈이 사내의 우정이 뭔지 알겠느냐……? 비열한…… 놈."

"우정? 크크크. 지금 우정이라 했느냐? 무슨 말인가 했더니만. 그럼 네놈에게 기회를 주지. 철정에게 베푼 섭혼술은 아주 특별한 것이다. 놈은 자신이 자유 의지를 갖고 있다고 생각하지. 그 녀석은 지금 자신이 어떤 행동을 하는지 다 알고 있다. 이 흑야동 안에 들어와서 한 행동을 전부 다 기억하고 있다는 거야. 저놈이 뭘 했는지 아느냐? 함께 함정에 떨어졌던 사후와 십일후, 십이후, 그리고 자신의 정혼녀까지 내게 바친 놈이다. 나에 대한 충성심 때문에 말야. 너와 일후를 이곳으로 유인한 것도 바로 저놈이지. 이후나 십후는 신지를 잃고 내게 복종하는 것이지만 철정은 진심으로 내게 복종하는 것이다. 어디 한 번 철정이란 놈을 네가 자랑하는 잘난 우정으로 설득시켜 봐라. 그러면 네 말을 인정해 주마. 크크."

진파는 임수의 말에 충격을 받았는지 철정을 멍한 얼굴로 바라보았다.

"전부…… 기억하고 있다고……?"

철정은 진파를 내려다보며 고개를 끄덕였다.

"그렇다. 교주님을 위해 한 행동이지. 후회는 없다."

"정아, 너도…… 들었지? 넌 지금…… 녀석의 섭혼술에 당한 상태야……. 네 의지로 행동하는 게 아니라구……."

진파가 힘들게 말을 이었으나 철정은 단호하게 고개를 흔들었다.

"그렇지 않다. 모든 건 내가 생각하고 내가 판단한 것이다. 막 소저를 취할 때도 내가 원해서 한 행동이고 지애와 막 소저를 교주님께 바친 것도 내 판단에 의한 것이다. 세상은 현성교를 원하고 있다. 피와 혼란을 원하고 있지. 다 쓸어버려 정화해야 할 세상이다."

진파는 멍한 얼굴로 철정을 바라보다 힘들게 한마디를 내뱉었다.

"정말…… 내게 한 말들을 전부 다…… 기억하냐?"

"그렇다. 너는 내가 평생의 친구로 생각했던 놈이었지만 교주님께서 네 목숨을 원하시는 이상 할 수 없지. 그래도 친구인 내 손에 죽는 걸 다행으로 여겨라."

진파는 떨리는 손으로 철정의 바지 자락을 붙잡았다.

"정말…… 내 말을 기억한다면 니가 한 말을 떠올려라……. '나는 안 믿어도 너는 믿는다' 고 네가 말했…… 다. 내 말을…… 믿어라……. 네 적은 내가 아니고 저놈…… 현성교주…… 다."

철정은 무심한 눈으로 진파를 내려다보았다.

흐릿하기만 한 그 눈은 어떤 생각을 하고 있는지 종잡을 수가 없었다.

철정이 냉정하게 진파의 손을 뿌리치자, 임수는 크크크 괴소를 흘렸다.

"말로 설득될 섭혼술이 아니지……. 크크."

철정이 거검을 치켜세웠다. 단숨에 진파를 베려는 것처럼 철정이 움켜쥔 거검은 막대한 기세를 품고 있었다.

"사지를 먼저 자르는 걸 잊지 마라."

임수의 말이 떨어지기가 무섭게 철정의 거검이 허공을 내리그었다.

슈욱―!

텅!

그러나 철정의 검은 진파를 베지 않았다.

검면으로 내려쳐진 검은 철정의 무릎에 튕겨 빙글 휘돌아 임수를 향해 쏜살같이 날아갔다. 검병을 잡은 철정은 거검을 따라 폭탄이 쇄도하듯 임수를 덮치고 있었다.

"헛!"

임수의 왼쪽 다리가 철정의 검을 걷어찼다.

캉!

쇳소리가 요란하게 울리며 철정의 검은 허공으로 튀었다. 철정의 입에서 피분수가 솟아올랐다.

임수는 그런 철정을 보며 설레설레 고개를 저었다.

"믿을 수가 없구나. 망혼술(亡魂術)이 깨지다니……."

"차아아─!"

미간을 찌푸린 철정이 임수를 노리고 거검을 휘둘렀으나 한 팔에 벽화를 안고도 임수는 여유있게 철정의 검을 피하고 있었다. 간간이 오른손을 들어 거검을 튕길 때마다 불꽃과 함께 쇳소리가 들리고 있었다.

철정을 농락하듯 상대하면서 임수는 철정에게 물었다.

"내가 네 주인이라는 것을 부정하는 것이냐?"

"그렇지 않다. 너는 내 주인이다. 하지만 내 적이다. 나는 못 믿어도 내 친구는 믿는다!"

임수의 얼굴에 이해할 수 없다는 것처럼 난감한 표정이 떠올라 있었다.

"허……. 정말 신기하구나. 망혼의 술을 이겨낼 정도로 우정이란 게 강하단 말이냐? 한낱 인간에게 품은 정리 따위가?"

그러나 임수가 난감해한 것은 철정에게 베푼 섭혼술이 깨졌기 때문이지, 철정의 무공이 아니었다.

임수는 철정의 검이 귀찮은 듯 오른팔로 탁 쳐버리고 단숨에 철정의 명치를 강타했다.

"컥!"

압도적인 힘의 차이에 철정의 몸이 새우처럼 구부러졌다.

임수는 폭포수처럼 검은 피를 토하는 철정의 몸을 그대로 뒤로 집어던졌다.

"쓸모없는 놈."

"안 돼! 쿨럭!"

진파가 놀라 소리치다가 다시 피를 토했다.

철정의 몸은 허공을 날아 소수마후들이 매달려 있는 벽면의 용암 구덩이 속으로 사라졌다.

"정아!"

진파의 눈에서 눈물이 흘러내렸다.

그러나 철정을 삼킨 용암 구덩이는 고요하기만 했다.

그때 갑자기 급박한 음성이 들렸다.

"교주님!"

막혀 있는 듯 보였던 벽면이 뻥 뚫리며 탐랑이 안으로 뛰어들었다. 그 뒤를 따라 이십여 명의 피칠갑을 한 흑의인들이 내려섰다.

"탐랑, 왜 그러는가? 미리 떠나라고 했는데 어째 이곳으로 왔지? 한 식경 후면 시간이 돼. 뭐 하러 이곳에 온 건가?"

"지금 당장 피하셔야 합니다. 무적다가의 정예들이 이곳으로 몰려오고 있습니다."

"외동에서 내동으로 오는 길은 다 폐쇄해 놓았는데 무슨 말인가? 그들은 결코 이곳으로 올 수 없다네."

그 순간 퐈르릉 소리와 함께 벽면이 폭발했다. 산산이 비산하는 돌멩이들 사이로 아홉의 인물이 번개처럼 뛰어들었다.

"어느새!"

탐랑이 깜짝 놀라 장력을 휘둘렀으나 풍협의 검에 휘말려 피를 토하며 뒤로 날아가 뒹굴었다.

"이런!"

임수는 이를 갈며 손가락을 딱 하고 튕겼다.

소수마후들을 모두 죽일 셈이었다.

그러나 그는 뜻을 이루지 못했다. 잠룡단의 네 단주가 제일 먼저 쇄도한 곳이 바로 소수마후들이 매달려 있는 벽면이었기 때문이다.

창룡단주 용백과 적룡단주 마편이 각각 추소예와 현정을 상대하는 동안, 쇠사슬을 잡고 열한 명의 소녀를 구출한 것은 벽호단주 맹사달과 혁호단주 지우였다. 공철과 손일연에게 소녀들을 맡긴 맹사달과 지우는 추소예와 현정을 상대로 합공을 펼치기 시작했다.

탐랑을 따라왔던 이십여 명의 흑의인은 번개처럼 움직이는 풍협과 유현의 검에 하나하나 제압되어 쓰러지고 있었다.

뇌격처럼 단 한 번에 역전된 상황을 바라보며 임수는 큭큭 웃음을 흘렸다.

'아직 기회는 있어. 이들을 여기서 다 죽일 수 있지. 그렇게 되면 내 승리다.'

임수는 느릿한 동작으로 진파의 앞에 서 있는 광협을 바라보았다.

광협은 진파의 상세를 살피며 끌끌 혀를 차는 가운데에도 임수의 동작을 놓치지 않고 있었다.

"쓸데없는 짓 하려 들지 말고 이만 포기하게나."

임수는 추호도 두렵지 않다는 듯 날카로운 시선으로 광협을 쏘아보았다.

"당신은 누구요?"

"이 녀석의 할아비지."

"크크. 그렇군. 녀석은 할아버지도 살아 있었군."

광협은 수염을 쓰다듬으며 임수를 바라보았다.

"자네 집안의 흉사는 나도 애통해하는 바네. 하지만 이렇게 악독한 안배를 할 필요는 없지 않은가? 이곳에 들어온 사람들 중 반이 죽었네."

"반? 겨우 반밖에 죽지 않았단 말이지? 실패나 마찬가지군."

"허어…… 어린 녀석이 너무나 흉악한 심사를 가졌구나."

그때 탐랑의 수하들을 모두 제압한 풍협이 추소예와 현정과 싸우는 잠룡단주들을 바라보았다.

유현이 풍협의 어깨를 툭 하고 쳤다.

"저 애들은 내가 도와 제압하지. 자넨 진파에게 가보게나."

풍협이 고마운 눈으로 유현을 바라보자 유현은 빙긋 웃음을 남기고 추소예에게로 쇄도해 갔다.

풍협은 뚜벅뚜벅 진파의 앞에 섰다.

단전이 파괴된 진파는 고통을 참으며 풍협을 바라보고 있었다.

"아버지……"

"많이 다쳤구나."

"벽화를…… 구해주십시오……"

"걱정 말고 쉬어라."

"이 녀석은 내가 맡으마. 네가 저 애를 좀 달래보렴."

광협의 말에 풍협은 고개를 숙였다.

"예, 아버지."

광협이 진파의 곁에 쭈그려 앉자 임수는 큭큭 마른 웃음을 토해냈다.

"정말 다복한 가족이군. 삼대가 다 살아 있다니. 우리는 다 죽었는데 말이지. 할아버지도, 아버지도, 누님도 너희가 죽였는데 말이지!"

풍협은 안쓰러운 얼굴로 임수를 바라보았다.

"그래…… 내가 자네 조부님과 부친을 해쳤군. 그 애를 놔두고 나와 얘기하는 게 어떻겠나?"

임수는 벽화를 안은 팔에 힘을 주며 풍협을 노려보았다.

"감언이설로 날 설득할 셈인가? 내가 왜 인질을 놓아주나? 안 그래?"

임수는 좋은 생각이 났다는 듯 흉소를 흘렸다.

"그래, 너도 네 아들같이 미련한 놈인지 시험해 볼까? 어때? 스스로 단전을 폐하면 이년을 살려주지. 그렇게 하겠나?"

풍협은 씁쓸한 얼굴로 임수를 향해 말했다.

"진파를 그렇게 해쳤군."

"그래! 그 바보 같은 놈은 마녀들을 살려주는 대가로 지 목숨을 바친다고 했다! 크큭."

"바보는 아니지. 그 녀석이 선택한 삶의 마지막이 그랬을 뿐이지. 아마 후회는 없었을 것이네."

"똑같은 부자로군. 어때? 당신은 단전을 폐하겠어?"

임수의 웃음은 계속되고 있었다.

진파는 마치 몸이 둥둥 허공에 떠 있는 것만 같아 신기한 기분이 들었다.

입을 열려는데 광협이 손가락으로 쉿 하는 게 보였다.

이상하게도 아무런 소리도 들리지 않았다. 눈에 보이는 것은 진파에게는 이제 익숙한 색이 완전히 사라진 흑과 백의 세계였다.

광협의 음성이 곧장 뇌리로 전달되었다.

[진파야. 눈을 감아라.]

진파는 할아버지를 물끄러미 바라보다가 스르르 눈을 감았다.

머리에서 울리는 광협의 음성이 계속되었다.

[할아비는 네가 자랑스럽구나. 남을 위해 자신을 희생하는 것은 누구나 할 수 있는 일이 아니지. 너는 사내다운 놈이다.]

진파의 입가에 미소가 떠올랐다. 할아버지에게 듣는 칭찬은 온몸이 찢어지는 듯한 고통 속에서도 기쁨을 주었다.

[네놈이 무적심공으로 단전을 스스로 폐했다만, 할아비의 도움을 받으면 이 자리에서 단전을 회복할 수 있다. 그릇이 깨졌다고 고였던 물이 없어지는 것은 아니니, 네 몸에 흩어진 무적의 기운을 중단전에 몰아넣어 주마. 중단전과 상단전이 열리면 네가 파괴한 하단전은 스스로 생성될 것이다. 하지만 이 자리에서 그걸 하자면 막대한 고통이 따를 것이다. 나중에 하겠느냐?]

진파는 단호하게 고개를 저었다.

진파의 뜻을 알아들었는지 광협의 웃음소리가 들렸다.

[클클. 고집 센 녀석. 네 손으로 끝을 보고 싶다는 말이겠구나. 하긴 손자뻘인 녀석과 손을 섞고 싶지는 않으니. 하지만 후회하지 마라. 상상할 수 없는 고통을 겪게 될 것이다.]

진파는 슬며시 미소를 베어 물었다.

'무적관문을 거치며 고통이 뭔지는 처절하게 느꼈습니다. 그것보다 더한 고통이 있을까요?'

그러나 그 생각이 오만이었음을 진파는 즉각 깨달을 수 있었다.

몸의 외부를 괴롭히는 고통과 내부를 들쑤시는 고통은 전혀 다른 종류의 고통이라는 것을 진파는 뼈저리게 깨달을 수 있었다. 제멋대로 몸이 꼬이고 손, 발가락이 오그라들었다.

"끄으으."

진파의 얼굴이 붉게 달아오르기 시작했다. 가슴이 펄떡이려는데 광협의 손이 지그시 가슴을 눌러왔다.

[참아라. 입을 벌리면 아니 되느니!]

사지백해로 흩어진 진파의 공력이 뻥 뚫린 하단전을 비잉 돌아 중단전에 단단히 뭉쳐들기 시작했다. 자연스레 뭉쳐지는 것이 아니라 광협에 의해 강제로 인도된 공력들이 기혈을 통과할 때마다 진파는 까무러칠 듯한 고통에 덜덜 몸을 떨었다.

마침내 미간이 밝게 빛나는 듯한 새로운 느낌에 휩싸이며 상단전까지 열리자 진파는 새로운 세계를 보기 시작했다. 눈을 감고도 세상을 볼 수 있다는 경험을 진파는 처음으로 하고 있었다.

진파가 겪는 시간은 생사가 오가는 극렬한 투쟁의 긴 여정이었지만 임수와 풍협이 몇 마디 대화를 나누는 찰나의 시간이기도 했다.

임수는 안됐다는 듯 안쓰러운 눈으로 자신을 바라보는 풍협의 눈이 차츰 불쾌해지고 있었다.

'맘대로 떠들어라. 조금 후면…….'

임수는 시간을 계산하며 주변을 훑어보았다.

탐랑은 아직도 살아 있는 듯 보였지만 이미 움직일 수 있는 몸이 아니었다. 풍협의 검세에 꼼짝도 못하게 제압된 탐랑은 굴욕적인 자세로 바닥에 쓰러져 있었다. 탐랑이 끌고 온 수하들도 모두 제압된 채 널브러져 있었다.

'힘의 차이가 압도적이라 이건가? 하지만 너희는 모두 죽는다.'

임수는 눈을 빛내며 아직도 싸움을 계속 하고 있는 두 곳을 보았다.

잠룡단주들과 유현, 공철이 합세한 이후, 추소예와 현정에게 상처를 입히지 않고 제압하려는 듯 그들은 아직도 소수마후들을 몰아붙이고만 있었다.

'결정적일 때 쓸 수 있겠군.'

임수는 만족한 티를 내지 않으려고 다시 풍협을 몰아붙였다.

"어쩔 거냐? 단전을 폐할 테냐?"

풍협이 한 걸음 나서려 할 때, 뒤에서 나직한 음성이 들려왔다.

"아서라. 아들뻘 되는 녀석과 손을 다툴 셈이냐? 너는 물러서거라."

"아버님."

광협의 만류에 무어라 말하려던 풍협은 어느새 자신의 옆에 선 진파를 홀린 듯 바라보았다.

"괜찮으…… 냐?"

진파는 풍협을 향해 씨익 미소를 보여주었다.

"할아버지 손은 정말 약손이네요. 아버지도 나중에 꼭 배워두세요. 저도 배울랍니다."

"헐헐. 전전대 가주가 돼야 배울 수 있는 신선지술이니라. 선곡의 후예로 인정받지 못하면 이어받을 수 없지."

광협이 웃고 있는 동안, 임수의 얼굴은 볼썽사납게 일그러져 있었다.

'이럴 수가!'

다 죽일 한 수가 아직 남아 있긴 했지만 폐인이 되다시피 한 진파를 숨 한 번 돌릴 사이에 회복시켜 놓은 것을 보니 기가 질렸다.

'괴물들이다, 이놈들은!'

진파는 임수를 보며 눈을 빛냈다.

"이제 벽화를 내려놓고 아까 말한 대로 일 대 일로 붙어보지. 날 이기면 살려 보내주마."

임수는 뿌드득 이를 갈았다.

잔인한 표정으로 의수인 오른팔을 벽화의 머리에 가져갔다.

"네가 잘라내 새로 붙인 이 오른팔엔 특별한 기능이 몇 가지 숨어 있다. 광폭사라는 암기도 그중에 있지. 소수마후의 몸이 아무리 단단하다고 해도 이거 한 방이면 뻥 뚫리고 말지. 어떻게, 지금 뚫어줄까?"

임수의 일갈에 진파가 움찔했다.

진파와 풍협의 곁에 나란히 선 광협이 끌끌 혀를 찼다.

"어린 놈이 어찌 저렇게 지독할꼬?"

순간 광협의 몸이 그 자리에서 사라졌다.

"헛!"

임수는 허전해진 팔을 느끼고 경악성을 내뱉었다.

어느새 광협은 벽화의 늘어진 몸을 안아 들고 진파의 곁에 서 있었다.

광협은 너무도 자연스러운 얼굴로 진파에게 물었다. 방금 전 임수에게서 벽화를 빼앗아온 적이 없다는 듯이.

"이 아이가 내 증손주를 낳아줄 녀석이냐?"

"그렇습니다. 고맙습니다, 할아버지."

"나중에 잔뜩 효도해라."

진파는 광협에게 빙긋 웃어 보이곤 임수에게 고개를 돌렸다.

"어때? 이젠 협박도 못하겠는걸? 그렇지?"

말이 끝남과 동시에 진파의 몸이 허공을 갈랐다.

광협처럼 눈에 보이지 않을 정도로 움직이진 못했지만 진파의 신형은 임수의 눈에도 잔상을 남길 정도로 빠른 것이었다.

"하아!"

어쩔 수 없음을 느낀 임수가 북명신공을 끌어올렸다.

진파는 임후생과 싸울 때 보았던 바로 북명벽강을 눈앞에서 다시 볼 수 있었다.

슈아아아아앙—

해일처럼 밀려오는 북명벽강은 임후생의 것보다 더 진한 완벽한 암흑의 색이었다.

모든 것을 집어삼킬 듯 밀어닥치는 북명벽강을 향해 진파는 날카롭게 소리치며 양팔을 떨쳐 냈다.

"연혼!"

양팔에서 연혼사 스무 줄기가 번개같이 폭사되며 북명벽강을 파고들었다.

임후생과 부딪쳤을 때와 같은 방법이었지만 그 양상은 너무나도 달랐다.

스무 가닥의 연혼사에는 모두 시퍼런 검강이 맺혀 북명벽강의 해일을 그대로 찢어발겼다.

"차아아아아—"

무서운 고함이 터지며 임수의 오른팔이 폭발했다.

팔꿈치 부분까지 그대로 갈라지며 임수의 오른팔에선 엄청난 암기 공세가 폭사되었다.

슈슈슈슈슈우—

공기를 가르는 날카로운 파공음이 울려 퍼졌으나 풍차처럼 회전하는 연혼사의 방벽은 임수가 쏘아 보낸 광폭사의 암기 폭풍을 남김없이 가르고 있었다.

그때 임수의 고함이 터졌다.

"이후! 십후!!"

유현은 임수의 고함 소리를 듣고서 엄청난 기운을 뿜어내는 추소예의 공세를 정면으로 맞이하고 있었다.

바로 옆에서 세 명의 합공 속에 사그라지던 현정의 기운이 폭발하듯 터져 나오는 것과 동일한 공격, 온몸의 잠력을 일시에 폭발시키는 자신의 몸을 사르는 공세였다.

현정의 돌진을 막지 못한 손일연 등의 포위망이 폭발하듯 뚫리는 것을 보며 유현은 이를 악물었다.

'이대로 보내면 이후도 죽는다!'

온몸이 불길에 휩싸여 진파를 향해 돌진하는 현정처럼 추소예의 몸도 유현을 향해 전력으로 날아오고 있었다. 맹사달과 용백의 공격이 추소예의 몸에 부딪쳐 튕겨 오르고 있었다.

"추 낭자! 정신 차려!"

유현은 자신의 앞으로 돌진하는 추소예를 피하지 않았다.

오히려 그녀를 맞아 활짝 두 팔을 벌렸다.

'구해야 한다!'

퍼퍽!

추소예의 하얀 소수가 유현의 양 어깨를 파고들었으나 유현은 오히려 추소예의 온몸을 끌어안았다. 이대로 잠력을 폭발시키면 추소예는 죽을 수밖에 없으리라.

유현은 추소예와 함께 불길에 휩싸이면서도 추소예의 몸을 놓지 않았다.

"현정아! 현정아아!"

진파는 연혼사에 온몸이 꿰뚫린 채 처연하게 웃고 있는 현정을 목 놓아 불렀다.

임수의 명에 맹목적으로 몸을 던진 현정은 임수를 대신해 연혼사를 온몸으로 막았던 것이다. 검강이 실린 연혼사를 그대로 막은 현정의 몸은 주먹만한 구멍이 뚫려 있어 손을 쓸 수 있는 상처가 아니었다.

현정은 죽음을 앞에 두고 제정신을 차렸던 것일까?

생기를 되찾아가는 현정의 눈은 진파가 아니라 풍협을 바라보고 있었다.

"아저…… 씨."

겨우 그 한마디를 남기고 현정은 푹 쓰러지고 말았다.

진파는 연혼사를 회수하며 임수를 향해 전력으로 돌진했다.

"이 자식! 죽여 버린다!"

진파의 허리춤에서 철우가 솟구쳐 올라 긴 검강을 내뿜었다.

그때까지도 왼손으로 다리를 만지던 임수가 번쩍 왼발을 치켜들었다.

파아아아—

검은 독액.

임수가 북명신공을 수련했던 북명소의 독액이 분수처럼 진파를 덮쳤다.

"위험해!"

풍협의 입에서 경호성이 터져 나왔다.

현정의 몸을 부둥켜안고 몸을 날리던 풍협이 아들의 위험에 고함을 질렀다.

그리고 풍협은 보았다.

자신이 진파에게 말했던 철우와 연혼사를 모두 이용한 스물한 개의 검강을!

풍차처럼 휘돌며 북명소의 독액을 검막으로 막아내고 섬전처럼 임수의 가슴을 꿰뚫는 철우의 돌진을!

푸시시—

진파가 튕겨낸 독액이 바닥과 동굴 벽을 파고들며 검은 연기가 솟구쳤다.

손일연과 공철이 소수마후들을 안고 급히 반대편으로 물러섰다.

광협이 장력을 뿜어내 독연을 태워 버리는 것을 끝으로 동굴 안의 혈전은 막을 내렸다.

진파는 가슴이 뚫리고도 아직 숨을 쉬고 있는 임수의 머리맡에 서 있었다.

임수는 그 지경이 되어서도 크크 괴소를 짓고 있었다.

"뭐가 우습냐?"

죽음을 앞에 둔 적수를 보며 숙연해졌던 것일까?

진파의 목소리에는 적의가 씻겨 나가 있었다.

임수는 들리지 않는 고개를 끽끽거리며 들고는 마지막 말을 내뱉었다.

"니들도…… 다 죽어……."

임수의 고개가 툭 하고 떨어지자 진파는 씁쓸한 표정으로 고개를 저었다.

"그래, 우리도 언젠간 다 죽겠지. 그럴 거다."

그때 갑자기 우르르 소리를 내며 동굴이 통째로 흔들리기 시작했다.

광협이 고함을 질렀다.

"이런! 저 녀석 말은 빈말이 아니었구나! 여길 폭파시킬 계획이었나 보다! 모두 피해!"

쓰러져 있는 사람들을 최대한 들고 낀 채, 무적다가의 사람들이 동굴 밖으로 탈출하기 시작했다.

진파는 바닥을 뒹구는 탐랑을 들쳐 업다가 눈을 부릅떴다.

용암 구덩이에서 철정이 기어나오고 있었던 것이다.

"정아!"

진파는 철정을 옆구리에 끼고 광협이 뚫고 내려온 구멍으로 몸을 날렸다.

진파가 마지막으로 사라진 동굴 광장엔 눈을 부릅뜨고 기괴한 미소를 지은 임수의 시체만이 남아 있었다.

잠시 후 폭음과 함께 용암이 폭발하기 시작했다.

새빨간 용암이 튀어 오르며 동굴 전체가 우르르 무너져 내렸다.

*   *   *

광협은 칠성의 수장인 탐랑을 바라보고 있었다.

"그래, 이제 돌아가려나?"

"그렇습니다. 보살펴 주신 은혜에 감사드립니다."

"그렇게 생각해 준다니 고맙군. 다시 복수를 꾀하려나?"

탐랑이 쓰디쓴 얼굴로 고개를 저었다.

"부질없다는 생각이 듭니다. 삼대를 거치는 동안 교도들이 흘린 피가 강물을 이뤘을 겁니다."

"맞네. 부질없는 일이지."

"하지만 계속 되풀이되겠지요."

"그렇겠지. 막을 수 없는 수레바퀴라네."

탐랑은 씁쓸한 얼굴로 고개를 숙였다.

"이제 가겠습니다."

"돌아가려나?"

"제가 있어야 할 곳에 있겠습니다."

"그래, 만물은 모두 있어야 할 곳에 있는 게 제일 행복한 일이지. 자넨 대각을 얻었구먼."

탐랑은 말없이 수하들을 이끈 채 등을 보이고 돌아섰다.

태산의 준봉들을 굽어보는 노대협의 눈은 쓸쓸하기 짝이 없었다.

"허……. 인과의 억센 고리를 정마(正魔)로 구분해야 하다니……. 언제까지 이런 치졸한 다툼이 계속 이어지려나……."

광협은 쓸쓸히 일관봉에 서서 나직한 목소리로 중얼거렸다.

"나도 있어야 할 곳으로 가야겠군……."

제58장 대기(大器)

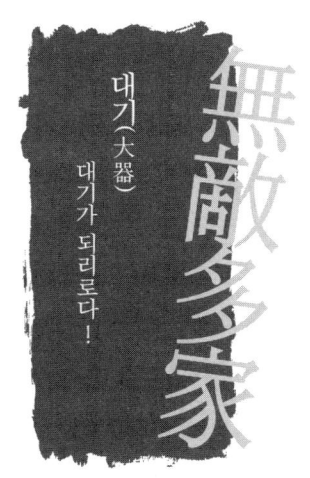

　　　　모든

일이 끝난 후, 이 년이라는 시간이 흘렀다.

　　　　　　*　　　　　　*　　　　　　*

깍깍깍깍—

청명한 아침 햇살이 눈부신 소화산의 한 장원에 반가운 손님의 방문을 알리려는지 까치가 요란한 소리를 내며 울고 있었다.

그러나 까치의 울음소리는 엄청난 고함 소리에 곧 묻히고 말았다.

"야, 임마! 아침부터 왜 난리야!"

피곤에 전 얼굴, 방금 일어났는지 부스스한 머리카락을 긁고 있는 진파였다.

성질 더러운 놈인 줄 재빨리 눈치챘을까?

까치는 더 이상 울지 않았다.

그때였다.

따악!

진짜 청명한 소리란 이런 것일까? 둔탁한 소리였지만 기분이 좋은 건 맞는 이가 진파였기 때문일 것이다.

"아얏! 왜 아침부터 때리고 그래요!"

"이놈! 네놈이 제정신이냐! 왜 까치를 쫓아!"

진파는 죽장자에 얻어맞은 머리를 빡빡 문지르며 원망스러운 표정으로 할아버지인 광협을 흘겨보았다.

광협은 아들인 풍협에게 태산의 자리를 물려주고 진파와 함께 소화산에 머물고 있었던 것이다. 선계로 가기 전, 꼭 마무리할 일이 있다나?

"아니, 왜 때리시는 거예요? 그깟 까치 하나 쫓은 게 뭐가 어때서……."

기세 좋게 대들던 진파의 음성은 점점 기어들어 갔다.

광협의 형형한 안광이 진파를 잡아먹을 듯 노려보았기 때문이다.

"이놈! 오늘은 네 아비가 오는 날이지 않느냐! 그런데 까치를 쫓아! 아비 오다가 발병이라도 나라고 고사 지내는 것이냐? 다른 손님들도 오실 텐데 무슨 망종 같은 짓이야!"

진파는 고개를 외로 꼬고 작게 중얼거렸다.

"아버지 같은 고수가 무슨 발병이 난다고……."

광협이 어찌 그 말을 듣지 못할까? 진파도 사실 들으라고 한 말이었다.

광협은 빙긋 웃으면서도 여전히 카랑카랑한 목소리를 돋우어 진파에게 일갈했다.

"이놈! 애 아버지가 됐으면 진중한 맛을 좀 길러봐라! 어째 하는 짓이 철없는 애들 같을꼬!"

"그럼 열아홉이 애지 어른입니까?"

따악!

죽장자가 한 번 더 춤을 추었다.

그러나 광협의 얼굴에도 진파의 얼굴에도 장난기 서린 웃음이 떠올라 있었다.

*   *   *

공철은 손일연의 허리를 쿡쿡 찔렀다.

"왜 찌르시우?"

"뭘로 결정될 것 같은가?"

"어찌 알겠소? 결국 결정은 하늘에 달려 있는 것인데."

공철은 하늘을 올려다보며 끌끌 혀를 찼다.

"망할 놈의 하늘. 역시 비정상적인 걸 택하겠지?"

"내기해도 좋아요. 전통은 하루아침에 이루어지지 않았으니까요."

손일연도 맞장구를 쳤다.

공철과 손일연 옆에 서 있던 철정이 물었다.

"진파가 얼마나 고생을 했는데요. 아마 정상적인 걸 택할 겁니다."

이제 두 아이의 아버지가 되어 어느새 묵직한 위엄을 갖추기 시작한 철정은 무적다가의 중대사를 맞이하여 특별히 초청된 두 명의 외부 손님 중 하나였다.

공철은 철정을 향해 고개를 저었다.

"가주가 자네 같은 정상적인 사고를 가진 사람이라면 그렇겠지. 아마 아닐걸?"

"그럴까요?"

"가주 성격 모르나? 청개구리도 그런 청개구리가 없을 걸세."

그때 호방한 웃음소리가 들렸다.

손일연이 고개를 돌렸다.

"아이구, 이게 누구야? 늦게 왔군 그래."

손일연이 반갑게 달려가 여인의 손을 잡았다. 결혼을 해 농염한 분위기가 더욱 무르익은 추소예는 손일연의 손을 잡으며 반갑게 웃음을 지었다.

"이이가 늑장을 부려서요."

"검치가 치마폭에 휩쓸려 진짜 바보가 됐다는 소문이 사실인가 보구려."

추소예가 볼을 붉히며 고개를 숙이자 유현이 당황한 듯 공철에게 항의했다.

"아니, 선배님! 오랜만에 만났는데 꼭 이러셔야 합니까?"

"누가 늦게 오라고 했나?"

유현과 철정도 반갑게 인사를 나누었다. 유현이 철정에게 물었다.

"내자들은 어디 계신가?"

"제수씨와 함께 내당에 있습니다."

"막 아우와 선 아우가 거기 있어요? 그럼 전 동생들 만나러 가봐야겠네요."

추소예가 방긋 웃으며 손일연의 손을 잡고 걸음을 옮겨가자 남정네

셋만 남아 열심히 아까 하던 토론을 계속했다.

정상과 비정상의 택일에 대한 논의가 점점 심화되었다.

*   *   *

손일연과 추소예가 들어서자 내당에서 담소를 즐기던 여인들이 일제히 일어섰다.

벽화가 활짝 웃는 얼굴로 추소예를 맞았다.

"언니는 점점 아름다워지시네요."

"일후에 비하면 명월 앞에 반딧불이지."

"우리는요?"

양우가 웃으며 말하자 추소예는 짐짓 허리에 손을 얹고 호통을 쳤다.

"어찌 감히 일후와 너희를 비긴단 말이냐!"

"너무해요!"

까르륵거리는 웃음소리가 넘치는 가운데 모두가 즐거운 얼굴로 오랜만의 재회를 즐기고 있었다.

자리에 앉은 추소예는 나란히 앉아 있는 막수옥과 선지애를 보며 웃음을 터뜨렸다.

"정말 닮아가는구나! 모르는 사람이 보면 너희는 이제 친자매 소리를 듣겠다."

과연 똑같은 차림을 한 막수옥과 선지애는 어딘지 모르게 분위기가 비슷해져 가고 있었다. 그들의 품에 안긴 두 아기도 그렇고 보면 거의 같은 얼굴이었다.

"어디 한번 안아볼까?"

추소예는 귀엽게 옹알이를 하는 막수옥의 아기를 조심스럽게 받아 안았다.

별빛 같은 눈망울이란 바로 아기의 눈을 가리키는 말이 아닐까?

평화롭기만 한 그 눈동자에 추소예의 얼굴마저 환하게 비치었다.

"정말 철 가주를 꼭 닮았구나."

추소예가 감탄한 표정으로 고개를 끄덕였다.

"언니도 이제 아이를 낳으셔야죠."

"그게 어디 맘대로 되니? 하늘을 봐야 별을 따지. 아직도 풍협 어른과 결말을 짓겠다고 난리를 피우신단다."

빙긋 웃은 추소예는 아이를 넘겨주고 벽화를 바라보았다. 예상대로 벽화의 아미는 잔뜩 찡그려져 있었다.

"우리 대장이 골이 나 있네?"

추소예의 말에 나령이 낄낄 웃음을 터뜨렸다.

"골날 만하지요. 남자들끼리만 정한다고 하니."

"너희 의견은 받아들이지 않는대? 다들 무적다가의 안주인들이잖아."

벽화는 뿔난 얼굴로 입술을 내밀었다.

"가문의 전통이라나요? 할아버님이 그리 말씀하시는데 뭐라고 하겠어요?"

"그래도 하나씩 올리기는 했을 거 아니냐."

추소예의 말에 벽화는 고개를 살래살래 저었다.

"이름 짓는 게 어디 쉽나요? 게다가 성이 다(多)가다 보니 이상한 이름 되기가 십상이에요."

"이상한 이름을 지으려는 거 아니었어? 그게 전통 아니야?"

"언니!"

추소예는 훗 하고 고혹적인 미소를 물며 동생들을 향해 한마디 던졌다.

"이름이야 남자들끼리 정하게 하고 우리끼리 미래의 이름을 정해주면 어떻겠니? 어차피 남자들끼리 정하는 이름은 아명(兒名)일 뿐이잖아. 가주야 좀 특이한 사람이니까 이름을 그대로 쓰지만 장성하면 자기 이름을 갖는 게 전통이라며? 귀여운 우리 조카에게 우리끼리 진짜 이름을 지어주자구."

모두가 손뼉을 치며 좋아했다.

가장 어른인 손일연을 앞에 두고 여러 이름이 거론되기 시작했다. 벽화의 얼굴이 좀 풀려 있었다.

*　　　　*　　　　*

"아니, 아버지! 제 이름도 이렇게 정한 겁니까?"

진파는 오랜만에 만난 풍협에게 따지는 얼굴로 물었다.

"그렇단다."

"이것도 전통인가요?"

"네 할아버님 말씀에 의하면 그렇다더구나."

진파는 광협에게로 홱 고개를 돌렸다.

"할아버지! 이거 진짜 전통 맞습니까?"

광협은 진중한 얼굴로 고개를 끄덕였다.

"그렇다. 네 아비 이름도 이렇게 정했다. 그땐 네 증조부님께서 전통이라 말씀하셨지."

"인정할 수 없습니다. 이게 뭡니까?"

진파가 소리를 높이자 광협은 쯧쯧 혀를 찼다.

"이게 어때서 그러냐? 공평무사한 방법이거늘."

진파는 눈앞에 놓인 그릇을 보며 설레설레 고개를 저었다.

진파와 풍협, 광협의 앞에는 하얀 광택이 도는 우윳빛 자기그릇이 하나씩 놓여 있었다.

광협의 말에 따르면 세 사람이 하나씩 작은 종이에 아이의 이름을 적어 그릇 속에 넣는다 했다.

그 그릇들 중 하나를 택하는 것은 아무것도 모르는 그의 돌도 안 지난 아들이란다.

진파는 이 방법을 절대 인정할 수 없었다.

"그럼 제 이름을 쓰신 분은 누구십니까?"

진파는 탁자에 양손을 짚으며 광협과 풍협을 바라보았다. 진파의 눈에서 강렬한 힘이 느껴졌다.

광협은 길게 자란 아름다운 턱수염을 쓰다듬으며 고개를 저었다.

"누가 이름을 썼는지는 절대 밝히지 않는 것이 가문의 전통이다."

"할아버진 뭐라고 쓰셨는데요?"

"전통이라니까."

"아버지는요?"

"전통이라 하시잖니."

"증조할아버지는요?"

광협이 점잖게 대답했다.

"여쭤보지 않았구나. 선계에 드신 분인데 지금이야 알 수 없지."

"으으으……."

진파는 마침내 신음 소리를 냈다.

인정할 수밖에 없었다.

과연 조상님들의 잔머리는 상상을 초월했다.

이 자리까지 오면 작명의 비밀을 밝혀주겠다는 광협의 말을 철석같이 믿고 있었건만.

"그러니까 장난으로 이름을 막 지어놓고 책임은 철저히 회피하시는 겁니까?"

"어허! 우리 가문처럼 책임이 무거운 집안이 어디 있다고 그런 말을 하느냐! 그저 전통일 뿐이라지 않느냐!"

광협이 버럭 호통을 치자 한쪽에 놓인 침상에서 옹알이를 하던 진파의 아들이 겁을 먹은 듯 울먹였다.

진파는 얼른 자신의 아들을 품에 안고 빙글빙글 돌려 달래었다.

"어르르르~ 까꿍!"

곧 아기의 얼굴에 웃음이 피어났다.

광협은 진파를 보며 끌끌 혀를 찼다.

"너도 할아비와 니 아비를 좀 믿어라. 그리고 네가 짓고 싶은 이름을 쓰면 되지 않느냐? 진인사대천명(盡人事待天命). 결국 하늘의 뜻에 따라 그 아이의 이름이 정해질 것이다."

"인간의 장난이 아니라 하늘의 뜻이다 이거죠?"

진파는 광협과 풍협의 얼굴을 바라보며 부득 이를 갈았다.

"그렇지."

광협은 진파의 얼굴을 보며 씨익 미소를 흘렸다.

"너도 붓을 들어보면 오만 가지 생각이 다 날 것이다. 할아비와 아비도 그 과정을 거쳤느니. 어떤 이름을 선택할지는 네게도 삼 분의 일은 선택권이 있는 셈이다. 또 아느냐? 아무도 장난을 치지 않을지."

진파는 광협과 풍협을 번갈아 보다가 마침내 후우 하고 한숨을 쉬었다.

"좋습니다. 한번 해보죠."

"근데 말이다."

"말씀하세요, 할아버지."

"넌 어떤 이름을 생각해 왔느냐?"

"안 가르쳐 드립니다!"

"글쎄……. 기대되는구나. 네가 준비한 이름이 나올지."

광협은 뜻 모를 미소를 지으며 빙긋 웃었다.

"가문의 전통에는 다 이유가 있는 법이지."

                    *   *   *

안에서 들리는 말다툼을 듣던 철정이 공철을 보며 물었다.

"진파가 화 많이 났겠는데요?"

"응?"

공철은 철정의 얼굴을 보며 의아한 표정을 했다.

"자네, 저 말들을 모두 진심이라고 믿나?"

"예? 무슨 말씀이십니까?"

"쯧쯧. 이제 가주가 되었으면 자네도 강호의 험난함을 헤쳐 나가야 할 텐데 이렇게 순진하다니."

공철이 혀를 차자 철정은 정말 이해가 안 간다는 표정으로 유현에게 물었다.

"이게 무슨 말씀인지 아십니까?"

유현은 빙긋이 웃으며 철정에게 몸을 기울였다.

"정아, 생각을 해봐라. 이름을 정하는 가문의 어른은 셋이다. 그들이 모두 이름을 짓는데 장난을 칠 생각이 없다면 무적다가의 출도객들이 어째서 대대로 이상한 이름들을 갖고 강호에 출도하는 것일까?"

"그거야 한 명이 장난을 쳤는데 운 나쁘게……."

"운 나쁘게 대대로 그런 이름이 나온다?"

철정은 고개를 갸웃거렸다.

"하긴, 말이 안 되긴 하는군요. 그럼?"

철정이 뭔가 깨달았다는 듯 고개를 번쩍 들자 유현의 웃음이 짙어졌다.

"맞아. 저건 다 밖에서 들으라고 내는 요식 행위지. 전통에 의해 어쩔 수 없는 선택을 강요당했다고 아들이 크면 말하겠지. 두고 보면 알 거야. 내 장담하건대 진파 아들의 이름도 상당히 이상할 것이다."

"설마…… 진파도 그럼 부인들을 속이겠다고 저런 술수를……?"

"결과를 두고 보면 알겠지. 절대 아는 티는 내지 말게나. 저렇게 큰 소리로 들어주라고 얘기하는데 성의를 생각해 줘야지."

철정의 얼굴이 참으로 이상한 표정을 하고 있었다.

*   *   *

"뭐예요? 뭘로 정해졌어요?"

벽화는 얼른 진파의 품에서 아이를 받아 안고 진파를 재촉했다.

진파는 하늘을 바라보더니 푸욱 한숨을 쉬었다.

"그놈의 전통을 진작에 때려 엎었어야 했는데……."

"서, 설마……?"

벽화는 진파의 얼굴을 보며 불길한 예감에 몸을 떨었다.

진파는 벽화를 향해 천천히 입을 떼었다.

"뜻은…… 좋아. 장차 큰 인물이 되라는 좋은 뜻이지."

"뭔데요!"

"그게……."

"빨리 말해욧! 뭔데요!"

"큰 그릇이라는 뜻이야. 대…… 기(大器)야."

"대기? 좋은 이름이잖……."

벽화의 얼굴이 갑자기 딱딱하게 굳었다.

"대기? 지금 대기라고 했어요?"

진파는 곤란하다는 얼굴로 말없이 고개만 끄덕였다.

벽화의 목소리가 높아졌다.

"다대기? 지금 우리 아들 이름이 다대기란 거예요?"

진파는 할 말이 없다는 듯 하늘을 향해 고개를 들었다.

"누가 쓴 이름이에요, 누가!"

진파는 고개를 떨구었다.

"알 수 없잖아. 당신도 작명 방식 알면서……."

"아무리 그래도 그렇지! 다대기가 뭐예요! 다대기가!"

진파는 벽화의 목소리가 들리지 않는다는 듯 귀를 막고 돌아서서 하늘만 응시했다.

"다대기……."

아들의 이름을 불러본 진파는 푸욱 한숨을 쉬며 고개를 숙였다.

고개 숙인 진파의 표정이 어떠했는지는 아무도 알 수 없었다.

大尾

후기

'무적다가(無敵多家)'는 제가 쓴 두 번째 무협입니다.

첫번째 글은 '위령촉루(慰靈燭淚)'라는 풍자무협(?)이었지요. 돌이켜 보면 정말 부끄러운 데뷔작이 되었지만 글쓰기가 얼마나 어려운지는 정말 톡톡히 느끼게 한 글이었습니다. 첫 글을 출판할 때, 수정 작업을 정말 여러 번 했었죠.

그러던 중 구상된 글이 바로 '무적다가'였습니다.

수정이고 뭐고 다 때려치우고 싶다라는 소박한 공상으로 재미 삼아 끄적인 글이었지요.

'무적다가'의 1권 초반에 진파가 '또 바꿔?'라고 울부짖는 대사는 말 그대로 제 마음이었습니다(그때 '위령촉루'를 일곱 번째 수정하고 있었거든요).

사실 이 글은 출판까지 할 생각은 없었고, 스트레스 해소용으로 킥킥거리며 장난처럼 썼던 글입니다. 술자리에서 몇몇 친구들과 안줏거리 삼아 이 글에 대해 얘기했지요. 모두 현실에 짜증을 느낄 때였던지라 갖가지 상상을 하며 함께 웃었습니다. 그때 친구들과 함께 주절댔던 것이 '무적다가'의 전반부를 이루고 있기도 합니다. 정말 인생에 도움이 되는 좋은 친구들이죠.

그렇게 여흥 거리로 끄적인 글을 출판까지 하게 된 것은 이 글이 '위령촉루' 보다는 재미있다는 주변 사람들의 충고 덕분이었습니다(이 충고는 제겐 좌절을 주기도 했지요. 제가 즐겁게 쓴 글이 읽는 사람도 재미있다는 것을 그때 는 몰랐답니다).

유치할 수 있는 갖가지 아이템을 배설하듯 풀어놓았던 글이라 처음엔 출 판을 망설이기도 했습니다. 시험 삼아 초고를 수정하다 보니 점점 글이 무거 워지더군요(원래의 '무적다가' 는 지금보다 훨씬 거친 출발을 했었지요).

소설이란 형식의 글은 참으로 묘해서 글 속에 작가가 숨을 수가 없습니다. 등장인물의 선택을 통해 작가의 모든 것이 그대로 발가벗겨지듯 드러나 버리 지요. 제 글을 본 분들이 하나같이 하신 말씀이 '감정을 좀 살려라' 였습니 다. 글이 너무 드라이하다는 지적이었지요. 억지로 감정을 죽이는 글을 쓴다 는 지적을 받고 참 당황했습니다. 실제의 저도 그런 편이니까요.

사실 그 이유 때문에 '무적다가' 를 계속 쓰기로 결정했습니다. 당시의 제 감정을 제일 솔직하게 담은 글이라 생각했으니까요. 지금 와서 감정을 살리 는 글을 썼냐고 되묻는다면 아직 부족하다고 할 수밖에 없습니다. 쉽게 해결 되지 않을 화두 같습니다.

열일곱 살인 주인공 다진파는 십대 시절에 대한 제 회고의 대변인이 되었 습니다. 그 시절 제가 꿈꾸었던 것들이 진파를 통해 나름대로 해소되었죠. 여러분이 보신 '무적다가' 는 결국 제가 십대 시절 원하고 바랐던 것들의 펼 침입니다.

이야기를 마무리 짓고 나니 시원섭섭하네요. 판타지적 상상력입니다만 진 파를 앞에 앉혀두고 술이나 한잔 하면서 '잘했다' 라며 어깨를 두드려 주고 싶답니다. 벽화도 보고 싶네요.

'무적다가' 를 쓰며 많은 분들의 도움을 받았습니다.

처음 초고를 읽고 자상한 평을 해주신 금강님, 문성운님, 고명윤님, 진부

동님, 아자자님, 초우님, 무존자님, 일묘님, 안신님, 진신두님, 노는칼님, 장영훈님, 외솔님, 송현우님, 검우님, 버들님, 가영이님께 감사 인사 드립니다 (이분들 중 송현우님의 '거시기'는 '무적다가'와 설정을 공유한 글입니다. 재미있는 시도였지만 형에게 너무 많은 개김성을 보여준 송현우님은 제게 이것 때문에 오지게 찍혔습니다).

고무판(www.gomufan.com)에 연재할 때, 댓글로 성원해 주신 여러 독자께도 감사드립니다(너무 많아서 생략……. 백업해서 영원히 보관하겠습니다. 그때 참 재미있게 함께 놀았습니다).

감정 좀 살려서 쓰라고 내내 모니터링 해주면서 도움을 주셨던 김율 형에게 특히 감사드립니다. 드라이한 동생 수발하느라 고생 많았습니다. 언제나 날카로운 정문일침을 주는 다라나 천명조 형께도 감사합니다. 두 형이 있기에 중심 잡고 사는지도 모르죠.

끝으로 청어람 출판사 분들께 감사드립니다.

마감 일자 계속 어기는 불량 작가에게 내내 웃는 낮으로 대해주셨던 제 담당 유경화님, 함께 편집을 해주신 장상수님, 김민정님, 최하나님, 멋진 표지 만들어주신 오태철님, 발품 팔며 전국을 돌았을 정필님, 마지막에 언급했다고 절대 화 같은 거 안 내실 서경석 사장님께 감사 인사 드립니다.

누락되었다고 투덜대실 지인들을 위해 마감 날의 작가는 제정신이 아니라는 말씀을 드리는 바입니다.